Juan Marsé

Liebesweisen in Lolitas Club

Quart*buch*

Juan Marsé

Liebesweisen in Lolitas Club

Roman

Aus dem Spanischen von Dagmar Ploetz

Verlag Klaus Wagenbach Berlin

Dank an Carolina Sanín,
Juan Gabriel Vásquez und Sofía Malagón

Es ist lächerlich, sich nicht vor eigener Bosheit zu schützen, was möglich ist, und sich dafür vor der Bosheit anderer zu schützen, was unmöglich ist.

MARC AUREL

Man kann nie zu irgend etwas zurückkehren. Doch man muß zurückgekehrt sein, um das zu wissen.

CARLOS PUJOL

⁘ 1 ⁘

»Das Verhalten einer Leiche im Meer ist unvorhersehbar.«

Das hatte der Kapitän der *Alhambra II* ausgesagt, und Valentín erinnert sich jetzt daran, wiederholt laut die rätselhaften Worte mit dem gleichen Gefühl wie damals, als er das Interview in der Zeitung gelesen hat: Mhmm, alte Seeleute sind abergläubisch und sagen seltsame Dinge, aber, verdammt auch, wie sehr das auf die arme Desirée paßt! Der Kapitän schien das Mädchen weit besser gekannt zu haben als diejenigen, die es zu Lebzeiten gekauft und verkauft, genossen und mißhandelt hatten.

Gewiegt von der vertrauten Symphonie sexuellen Seufzens und Stöhnens schreitet Valentín durch den Gang, hält das Tablett mit nur einer Hand hoch, als wäre er schon sein Leben lang ein geübter Kellner. Unter den Füßen spürt er, wie das tiefe, düstere Meer bebt und eisig die launischen Strömungen fließen. Wie weit doch die Einsicht der Seeleute reicht, sagt er sich. Ich Dummkopf dagegen, warum habe ich in Desirées hellblauen Augen nicht lesen können, was geschehen würde? Wie konnte ich nicht sehen, was ein Mädchen tun würde, das so entschlossen war, sich innerlich und äußerlich in tausend Stücke zu zerreißen? Hatte sie es nicht schon einmal mit Tabletten versucht? Warum hat in diesem Haus niemand das Schlimmste vorausgesehen, als man die Weinende gewaltsam abführte? Gesehen, wie sie sich zum Beispiel die Handgelenke aufkratzt oder an Deck wie in einem Käfig auf und ab geht, die gleiche verzweifelte Anspannung, mit der sie sich hier bewegte, über die blaue Tanzfläche des Clubs, auf der Wendeltreppe oder in ihrem eigenen Zimmer, wenn sie Nacht für Nacht mit ihren verblichenen hellblauen, fast schon weißen Augen den Männern dabei zusah, wie sie sich aus- und anzogen ... Heute vor drei Monaten.

Desis goldenes Haar wellt sich zwischen Algen. Wer hat gesagt, alle Wege führen ins Meer ...? Oder heißt es nicht so? Heute vor drei Monaten, er erinnert sich: Ihr Spitzenhöschen in der Sonne, es trocknet durchsichtig an der Leine auf der Dachterrasse des Clubs und gewährt einen Blick auf das nahe, ruhige Meer, das sie fortgetragen hat. Es handelt sich um eine Leiche in der Abdrift, meine Herren, sagte der Kapitän. Die ferne Sirene des Paketboots ruft durch den Nebel nach dem Körper.

»Heute vor drei Monaten.«

In einer mondlosen Nacht fährt die *Alhambra II* auf offenem Meer, bedient die Route Barcelona–Palma. Desirée nähert sich barfuß und ganz langsam der Reling, Backbord, nehmen wir einmal an, obwohl diese oder jene Seite egal ist, denn sie ist schon nicht mehr auf diesem Schiff, auch nicht auf dieser Welt, sie nimmt nichts mehr bewußt wahr und bleibt stehen, ohne zu wissen, daß sie da steht, umgeben von Meer und Vergessen, läßt den Kopf auf die Brust sinken und neigt sich über den Abgrund. Unten brechen die Wellen und setzen leichten Schaum frei, doch ihre blauen Augen sind zwanghaft auf das schwarze Wasser gerichtet. Fern, dort, wo sie nicht hin will, wartet der andere Schaum der Steilküste auf sie. Wo bleibt das Lächeln.

Und die zweite Frage des Journalisten, auf die es die gleiche Antwort gab. Wie erklären Sie sich, daß die Leiche der Ertrunkenen am nächsten Tag dreihundert Meilen entfernt von der Stelle auftauchte, wo sie über Bord gesprungen war? Das Verhalten einer Leiche im Meer ist unvorhersehbar, Señor. Wo bleibt das Lächeln. Ein redseliger Passagier, ein hochgewachsener Mann mit gebeugtem Rücken und kleinem Kopf, wie ein in sich gekehrter Vogel, sagte noch aus, das Mädchen habe sich ihm an jenem Abend auf Deck genähert, wollte ein Gespräch beginnen, und er habe an der Art, wie sie ihn ansah, sofort bemerkt, daß sie eine Prostituierte war. Auf den Hosenschlitz, Señor, direkt auf den Hosenschlitz. Sie habe einen Joint geraucht und stammte sicherlich aus Kolumbien, wie auch der Mann, fügte er hinzu, der mit ihr an Bord gekommen war und von dem man tatsächlich nie wieder etwas gehört hatte. Als das Schiff in Palma anlegte, war er verschwunden.

Der altgediente Kapitän der Compañía Transmediterránea erinnerte sich daran, daß das Mädchen blaue Augen hatte und einen rotgelben Schmetterling auf der rechten Schulter, er merkte jedoch an, daß vierundzwanzig Stunden später, als die Leiche vor der Steilküste treibend gefunden wurde, so fern von dem Ort, wo das Mädchen sich ins Wasser gestürzt hatte, die Augen grün waren, und der Schmetterling auf der linken Brust saß und graue Flügel hatte. Das Meer erledigt seine Arbeit, Señor. Ein alter Seemann kann Unwissen vortäuschen, kann aus Diskretion oder Mitgefühl lügen, er spricht jedoch immer aus der Erfahrung seiner langen persönlichen Beziehung zu den Winden, den Strömungen und den salzigen Brechern, die der Haut zusetzen und den Blick der Ertrunkenen grün werden lassen. So etwas wird er gesagt haben, überlegt Valentín, wir werden nie erfahren, ob der Mann das gesagt oder nur gedacht hat, oder ich vielleicht geträumt habe, daß er es sagte oder dachte, als ich mich laut lesend bemühte, seine Erklärungen in der Zeitung zu entziffern. Mühsam, das muß man sagen, denn lange Wörter schlängeln sich gern und bedrohen den Sinn. Wörter wie *unvorhersehbar* benehmen sich niemals korrekt im Mund eines Stotterers.

»Ni-Nie-Niemals.«

Hinter einer Tür das vertraute, rhythmische Knarren eines Betts. Etwas weiter, hinter einer anderen Tür, ein streng kehliges Kreischen. Valentíns Rücken entfernt sich weiter im grünlichen Aquariumlicht des Ganges, zu beiden Seiten die Zimmertüren, allesamt geschlossen. Er trägt eine hohe Kochmütze und eine makellose Schürze. Ersticktes Keuchen ist zu hören und weibliches Lustgestöhn, eindeutig gespielt, unglaubwürdig, ein Simulakrum von Orgasmus, monoton, hohl und so wenig überzeugend, daß es von seiten des Kunden Anlaß zu Reklamationen geben könnte, das wäre nicht das erste Mal, sagt sich der Koch zerstreut. Das trübe Deckenlicht fällt auf seinen Kopf und auf das Tablett, das er mit ausgestrecktem Arm hochhält, auf eine frischgebackene Pizza, ein Bier und ein Glas Cuba libre, während er mit behutsamem Tritt, wie auf Eiern, über den roten Teppich geht. Weiter hinten endet der Gang vor einer durchsichtigen Gardine, die der Nachtwind bauscht und hinter der sich ein altersschwacher Balkon verbirgt.

Wenig später, nach Ablieferung des Bestellten, entfernt sich derselbe Rücken auf demselben Gang, doch jetzt in umgekehrter Richtung, man sieht ihn durch die vom Wind bewegte Gardine: Valentín denkt, Desirée Alvarado könnte sich erneut hinter dieser Gardine versteckt haben, auf dem Balkon, im Schutz der Nacht, einen kleinen Joint zwischen den Fingern. Er würde ihr etwas zu essen bringen, Kaffee und süße Kringel. So könnte ich tausend Jahre leben, würde sie sagen, wenn du mir nur ab und zu auch einen Joint bringst. So flüchtet Desirée vor dem Mann, der sie gekauft hat, um sie in einen anderen Club zu bringen, diesmal nach Mallorca. Könnte sie sich also ins Meer gestürzt haben, nicht um zu sterben, sondern um tausend Jahre zu leben…?

Er hat gerade die Bestellung auf Zimmer 9 gebracht. Der von der Erinnerung gebeugte Kopf wirft Schatten und läßt das Gesicht nicht erkennen, nur die dunklen, glatten Haarsträhnen, die unter der Mütze hervorschauen und wie Krähenflügel an beiden Seiten der Stirn liegen. Auf halbem Wege bleibt er stehen, die Arme hängen am Körper herab, das Tablett wippt in seiner Hand, er streckt langsam den Hals und neigt den Kopf zu einer Seite, als wolle er das Lust vortäuschende Stöhnen hinter der Tür besser hören. Das Kreischen von Desirée hätte glaubwürdiger geklungen, er erinnerte sich gut daran, ihrer Kehle hatte es nie an Überzeugung oder Einsatz gemangelt, nur ein paar Schlückchen Sekt hatte es vielleicht gebraucht.

»Am Ende bist du immer heiser, Mädchen.«

»Wenn ich sie endlich soweit habe, ist mein Zäpfchen eben gereizt, Valen.«

Er pflanzt sich in der Mitte des Ganges auf. Seine Hände

drücken das Tablett an die Brust, er hält angespannt inne, durchdrungen von einer Art Inbrunst, hebt langsam den Kopf und setzt sich wieder in Bewegung, verschwindet im Schatten der Treppe, die Echos von Gelächter und karibischer Musik birgt.

⁂ 2 ⁂

Weit weg, im Nordosten des Landes, richtet sich in einer dämmrigen Kammer ein nackter Mann von einer Liege auf. Er sieht fast identisch aus, ist ebenso alt, dreißig Jahre, wirkt aber gröber, hat einen Bürstenhaarschnitt und einen Mund wie ein mit Wodka getränkter Strohwisch.

»Was schulde ich dir?« sagt er mit kaputter Stimme, aber ohne Schärfe. Während er die Hose anzieht, bemüht er sich, die bleiernen Lider zu öffnen. »Wach auf. Was schulde ich dir?«

Eine verrauchte Stimme, erstickt unter dem Kopfkissen, murmelt:

»Achtzig.«

»Kommt nicht in Frage. Sechzig, und du bist bestens bedient.«

Er zieht das Hemd an, das Jackett, und schaut auf die Liege, wo sie auf dem Bauch schläft. Von ihrem Körper erinnert er nur noch die frenetische Bewegung des Beckens vor dem trügerischen finalen Krampf, ein Wunderwerk der Täuschung. Eine dunkelglänzende Pobacke, die sich mit plötzlicher Kraft und dem dazugehörigen Grübchen darbietet, schaut unter dem zerwühlten Laken hervor. Ein schöner Hintern, denkt er, und ich habe ihn nicht einmal beachtet. Er legt ihn etwas weiter frei und sieht die Nutte wieder vor sich, sie steht da, mit dem Rücken zu ihm, dreht sich im Nieselregen und kommt mit wiegenden Hüften auf das Auto zu ... Ein guter Polizist erkennt den knackigen Hintern einer Frau an ihrem Gang, hatte sich einmal Inspektor Rubio gebrüstet, ein schmieriger Überlebender der einstigen Politischen Polizei.

Das Zimmer ist klein, Strümpfe und Frauenwäsche hängen

an einer Schnur, die seine Wange berührt, als er sich umdreht. Mit den Füßen stößt er gegen eine leere Flasche, die unter das Bett rollt, seine Hand tastet nach der Pistole im Halfter. Alles in Ordnung. Nichts ist verloren, bis jetzt. Der Mann wirft ein paar Euroscheine auf das Bett. Bevor er geht, sucht er sein Gesicht in einem gesprungenen Spiegel und betrachtet sich mit tiefem Mißmut. Um die Fingerknöchel der rechten Hand trägt er einen Verband mit verlaufenen Blutflecken, und er biegt die Finger, um deren Beweglichkeit zu prüfen. Er holt noch einen Schein aus der Tasche und steckt ihn in eine Spalte des gesprungenen Spiegels, verläßt das Zimmer und schließt die Tür.

Er steigt eine enge, verdreckte Treppe hinab und erreicht, sich eine Zigarette anzündend, den Eingang. Der Wagen steht nicht weit weg. Mitte März, eine bleiche Sonne, Möwenschreie. Auf der Straße bleibt er einen Augenblick stehen, versucht sich zu erinnern, ein blauer Renault Laguna mit zerbeulten Flanken. Er hat den Verdacht, ihn mal wieder falsch geparkt zu haben, und dieser Verstoß läßt dann in seinem Gedächtnis auch den genauen Ort erstehen, wo der Wagen abgestellt ist: zwischen einem Müllcontainer und einer Bushaltestelle, an einem kleinen einsamen Platz.

Er geht los und biegt in eine Seitengasse. Halb drei. Es kann nicht weit sein. Der offene Mund saugt die salzige Luft ein, die ein wenig die quälende Trockenheit nach dem Alkohol lindert. Die Jacke verknittert, das Revers hochgeschlagen, Kälte im Herzen und dieses Brennen auf der Zungenspitze. Er holt einen Flachmann aus der Gesäßtasche, nimmt einen Schluck und rückt den Verband an der Hand zurecht.

Er sieht den Wagen noch nicht, als bereits die Schreie der Frauen und das Geknatter der Motorräder zu ihm dringen. Das ist heute nicht dein Tag, denkt er.

Über das an jenem verdammten Tag Vorgefallene, bevor und nachdem er mit schmerzender Faust und einem schweren Kater in der Kammer einer Hure im Hafenviertel von Vigo aufwachte, wird der Polizist Raúl Fuentes zum zweiten Mal verhört, er soll ein paar dunkle Stellen in seiner Disziplinarakte klären. Der Fall Tristán.

»Mal sehen, du Streithammel«, sagt Inspektor Pardo und zieht den Bericht aus der Mappe. »Wo wollen wir anfangen?«

»Wo es dir am liebsten ist. Am Arsch.«

»Die werden dich vor Gericht bringen, Fuentes, also keine Witze. Seit wann bist du im Drogendezernat?«

»Seit dem giftigen Geschenk der ETA-Leute. Sie haben meinen Wagen in die Luft gejagt, wußtest du das nicht?« Er wird nachdenklich. »Scheiße, am Tag davor hatte ich neue Reifen montiert.«

»Du hattest Drohbriefe bekommen«, sagt Pardo kühl. »Warum? Hast du auch dort bei einer Festnahme über die Stränge geschlagen? Was hattest du für einen Auftrag in Bilbao ...?«

»Darüber darf ich nicht sprechen. Sieh in den Berichten nach, wenn man dich läßt.«

»Du warst eine ganze Zeit lang bei der ETA eingeschleust ...«

»Hör auf damit, Pardo, du nervst.«

»Hast du selbst um deine Versetzung ins hiesige Drogendezernat gebeten?«

»Willst du wissen, ob ich im Baskenland den Schwanz eingezogen habe?«

»Ich stelle die Fragen.«

»Natürlich nicht, Kumpel, ich habe durchgehalten, bis man mich rausgeworfen hat.«

»Also gut, jetzt bist du in Vigo. Nun erzähl mir von dem Krawall, den du neulich in der Calle Rivas gemacht hast, und weshalb.«

»Darüber habe ich bereits ausgesagt.«

»Sie wollen einen vollständigeren Bericht«, beharrt Pardo und beginnt die Beherrschung zu verlieren. »Und mach mir keine Scherereien, Fuentes, ich warne dich! Deine Version deckt sich nicht mit der Wahrheit, also fangen wir noch einmal von vorne an.«

Ein doppelter Whisky wäre ein guter Anfang, denkt er. Er sieht sich wieder neben dem Renault stehen und sich bücken, um unter den Wagen zu sehen. Wie oft hat er in den letzten Monaten das Knie gebeugt, schnell, auf eine Weise, die er für demütigend hält? Ein Stich in der Leber. Er richtet sich auf und trinkt noch einen Schluck aus dem Flachmann. Er spürt seine Füße im Sand versinken, und um die Füße das Meer, durchsichtig, schlafend. Das Röhren und Knattern der Motorräder hält an.

Ich habe nichts zu verbergen, denkt er jetzt, sitzt mißvergnügt da, die Füße auf dem eigenen Schreibtisch. Er hört Pardos Fragen, als höre er Regen fallen, faltet aus Papier Flieger und Vögel. Ab und zu biegt er die Hand, die den Verband getragen hat.

»Die ganze Nacht betrunken und bei einer Nutte«, fügt Pardo hinzu, der im Bericht blättert. »Hier widersprichst du dir. Warst du so unter Alkohol, daß du dich nicht erinnerst?«

»Ich habe alles außer dem hübschen Hintern vergessen.«

»Scheint so, als hättest du schon früh am Morgen reichlich Gin getankt.«

»Es war Wodka und erst am Nachmittag. Wenn du nicht genauer wirst, geht dein Disziplinarbericht mächtig in die Hose.«

»Also, was geschah dann.«

Raúl öffnet die Autotür. Das Geknatter dauert an, und er schaut sich um: Zwei Wilde lassen ihre Motorräder steigen. Du sitzt in der Scheiße, denkt er sofort.

»Hörst du mir zu, Fuentes?« fragt die nasale Stimme des Inspektors.

»Grrrrrrrr.«

Das Verhör findet im Drogendezernat, in einer Ecke des Inspektorensaals statt, ein weitläufiger Raum, in dem die Beamten ihre Berichte schreiben. Vier von ihnen, darunter eine junge Frau, arbeiten gerade am anderen Ende des Saals. Inspektor Pardo, ein ehemaliger Kamerad von Raúl aus derselben Antidrogeneinheit und jetzt für die Dienstaufsicht zuständig, trägt einen makellosen grauen Anzug, eine metallgefaßte Brille und einen schwarzen, sauber gestutzten kleinen Schnurrbart. Das Inbild eines ordentlichen und effizienten Managers. Er lagert sein Gesäß auf die Kante des kleinen Schreibtisches mit den leeren Schubladen, einem Telefon und dem Aufnahmegerät, das er zuvor eingeschaltet hat. An der Wand hängt eine Karte der galicischen Buchten. Der Metallschrank mit den Karteien steht offen und zeigt Unordnung an, Raúls Regenmantel liegt dort hingeworfen, das schwarze Brett ist vollgepinnt mit Arbeitsnotizen, unter einer Plastikhülle steht der Computer.

»Dann und wann hör ich dir zu, verdammt.«

Was er immer noch hört, ist das Geknatter der Motoren und die entsetzten Schreie der Marokkanerinnen. Zwei junge Männer in Ledermontur reiten ihre Motorräder. Der eine ein Glatzkopf, der andere trägt Helm und hat eine Zigarette im Mund. Sie lassen ihre Maschinen tänzeln, ziehen sie aggressiv hoch, dringen auf den Bürgersteig vor und erschrecken zwei marokkanische Frauen und ein kleines Mädchen, die an der Haltestelle auf den Bus warten und sich angesichts der Attacken der Motorradfahrer wimmernd aneinanderklammern, ihnen nicht entkommen können. Die beiden Halbstarken stoßen Indianergeheul aus und amüsieren sich prächtig bei ihren Kapriolen um die Frauen herum. Eine der Frauen schützt mit ihrem Körper das kleine Mädchen mit seinen zwei bunten Luftballons. Sonst ist keiner an der Haltestelle, und in der ganzen Straße ist nur ein Männchen mit Baskenmütze zu sehen, das wie angewurzelt auf dem Gehsteig gegenüber steht und mit Staunen und Entsetzen beobachtet, was da vor sich geht. Der Motorradfahrer mit Helm streift im Vorbeifahren die Frauen und bringt einen der Ballons des kleinen Mädchens mit der Glut seiner Zigarette zum Platzen, der andere Ballon löst sich und steigt himmelwärts.

»Kanntest du die Marokkanerinnen von irgendwoher?«

»Nein.«

»Du hattest sie noch nie gesehen?«

»Nein.«

»Was hattest du dann vor?!« insistiert Pardo. »Warum mußtest du dich da einmischen, wo keiner dich gerufen hatte?«

Raúl Fuentes setzt ein spöttisches Lächeln auf.

»Da mußte einer was in die Eier kriegen, und du warst nicht da ... Hast du gerafft, was da los war, oder ist das zuviel verlangt von einem Tintenschlucker im Innendienst?«

Er wirft den Regenmantel auf den Wagensitz und dreht sich zu den Motorradfahrern um. Der mit dem Helm stoppt einen Augenblick, nimmt den Helm ab und blickt, die Zigarette im Mund, Raúl herausfordernd an. Etwa achtzehn Jahre alt, sehr blond, den blauen Iro nach Art der Punks, Ohrringe. Eine der Marokkanerinnen fühlt sich direkt angegriffen, rennt los, stolpert und fällt kreischend auf die Knie. In Panik hält sie die Hände vors Gesicht und beginnt zu heulen.

Raúl schließt die Wagentür und geht ohne Hast zu den Frauen hinüber. Der andere Halbstarke, der Glatzkopf, startet eine neue Attacke, kommt dabei an Raúl vorbei, der sich plötzlich umdreht, ihm einen heftigen Ellbogenstoß in die Leber versetzt und ihn damit vom Motorrad mäht. Hinter der Glatze kommt der Blonde, und Raúl schlägt ihm mit verschränkten Händen ins Gesicht. Der junge Mann weicht zurück und beugt sich dann vor, versucht vergeblich, seine Maschine geradezuhalten und unter Kontrolle zu bringen, die aber bäumt sich auf, als sie an die Bordsteinkante stößt, um dann direkt gegen eine Mauer zu prallen. Der Fahrer stürzt hart, erst gegen die Wand, dann gegen den Bordstein, und es sieht nach Genickbruch aus.

Die Marokkanerinnen und das kleine Mädchen fliehen verschreckt. Der Kopf des Blonden beginnt auf dem Gehsteig zu bluten, und sein Kumpel, der aufgestanden ist und sich die schmerzende Seite hält, kommt konsterniert näher. Er sieht Raúl an und stammelt: Sie haben ihn umgebracht ...

Raúl wechselt einen Blick mit dem Mann auf der anderen Straßenseite, der schlägt eine Zeitung auf und versteckt das Gesicht dahinter, als wolle er sich in die Lektüre vertiefen.

Vollkommen gleichgültig kehrt Raúl zu seinem Wagen zurück, läßt den Motor an und fährt weg.

»Sehr hübsch. Wußtest du, daß einer der Jungen ein Tristán war?«

»Wußte ich nicht«, sagt Raúl.

»Nun, der Blonde war Monchos jüngster Sohn. Er ist noch keine zwanzig.«

»Er trug einen Helm, und ich habe ihn nicht erkannt.«

»Ach, wirklich? Man hat gesehen, wie er ihn abnahm ...«

»Geh mir nicht auf den Sack, Pardo. Den Mistkerl mußte man stoppen, und das habe ich getan.«

Auf saubere und schnelle Weise. Ohne einen Blick zurück, mit leichten Schmerzen an der verbundenen Hand, fährt er durch enge Straßen. Er hält kurz an einer Ampel und sieht vor dem Wagen eine junge Frau vorbeigehen, an der Hand einen kleinen Jungen mit einem roten Ballon. Raúl betrachtet das Kind mit einer seltsam rückwärtsgewandten Empfindung aus irgendeinem Winkel seines Gedächtnisses. Der Junge dreht ihm sein kleines, bekümmertes Gesicht zu, sieht ihn ebenfalls an: Er ist kurz vorm Weinen. Die Frau zerrt heftig an seiner Hand und schimpft.

»Du hast mal wieder etwas mehr getan, als ihn zu stoppen«, wirft ihm Pardo vor. »Der Junge hat eine Gehirnerschütterung.«

»Unmöglich. Der Arsch ist ohne Gehirnmasse geboren ...«

»Er liegt im Koma und hat ein Auge verloren«, konstatiert der Inspektor. »Und das ist nicht das Schlimmste. Das Schlimmste ist, daß die gesamte Familie Tristán alarmiert ist. Weißt du, was das bedeutet?«

»Mehr oder weniger.«

»Das bedeutet, daß neun Monate geduldiger Ermittlungen im Eimer sein könnten, und das nur wegen deinem blöden Ausrutscher. Du hast dich doch schon mal mit dem älteren Bruder, mit César Tristán, angelegt ... Du liebst es, die Dinge auf deine Weise zu lösen, du hältst dich für einen guten Polizisten, stimmt's? Hier gibt es einige, die würden dir bis in die

Hölle folgen, das wissen wir, aber das hilft dir nicht aus der Klemme. Im Grunde bist du allein, Fuentes, und die Hölle trägst du in dir... Und ich sag dir eins: Ich möchte nicht in deiner Haut stecken.«

Raúl wirft ihm einen Papierflieger an den Kopf und steht auf.

»Okay, dann hast du deinen Scheißbericht zusammen.«

»Setz dich! Wir sind noch nicht fertig!« Er prüft das Aufnahmegerät und blickt wieder auf den Bericht in seiner Hand. »Diesmal kriegst du was ab, bestimmt. Mal abgesehen von dem, was gerichtlich auf dich zukommt, bist du jetzt erst mal vorsorglich von Dienst und Gehalt suspendiert ...«

»Erzähl mir etwas, was ich noch nicht weiß, verdammt.«

Pardo blättert noch einmal in dem Bericht.

»Du bist einfach unmöglich! In anderthalb Jahren vier Anzeigen wegen Amtsmißbrauch ...«

»Drei. Die letzte war eine politische Farce.«

»Hier steht's.« Er liest laut vor, genüßlich: »Anzeige wegen Mißhandlung eines vermeintlichen ETA-Aktivisten. Du bist schon mal für das gleiche belangt worden, also stell dich nicht dumm.«

»Fick dich, Pardo.«

»Was hast du gesagt?! Was hast du gesagt, du Scheißkerl?!«

Raúl hebt scherzhaft die Hände hoch, ergibt sich:

»Schon gut, ich nehm's zurück! Aber hör endlich auf.«

Pardo mustert ihn ein paar Sekunden lang, zügelt seinen Zorn und schaut wieder in die Papiere.

»Du warst eng befreundet mit Leutnant Vega, der im Dienst gestorben ist. Ein Unfall ...«

»Von wegen. Das war kein Unfall.«

»Schon möglich. Aber man hat es nicht beweisen können. Und meiner Meinung nach erklärt das deine Heldentat an besagtem Tag: Du triffst auf der Straße den Jungen, der mit seinem Motorrad angibt, erinnerst dich an seinen beschissenen Bruder und an das, was mit Vega passiert ist, und heizt ihm ein ...«

»Was weiß ein geschleckter Aktenhengst wie du schon vom Einheizen?«

»Alles was recht ist. Das läuft unter Kindermord. Und dann, was macht unser Ritter ohne Furcht und Tadel dann? Er haut ab. Du hast fast eine alte Frau über den Haufen gefahren.«

Er fährt schnell, die verbundene Hand auf dem Lenkrad, die andere ist mit dem Flachmann beschäftigt. Es geschah danach: Die Oma bleibt plötzlich stehen, stochert mit ihrem Stock herum, er bremst rechtzeitig, doch der Stock fliegt weg, wirbelt in der Luft wie ein Windrad. Die Alte hat er nicht einmal berührt. Aber wozu darüber sprechen.

Brüskes Drehen des Lenkrads an den Kreuzungen im Hafenviertel. Er hätte schwören können, daß es der Geruch eines billigen Parfums ist, der ihn hierherzieht, ein alter, sehr vertrauter Duft, aber auch dieses Detail gehört nicht in den Bericht. Ein anderer Geruch dringt jetzt durch das Wagenfenster, nach fauligem Wasser und welken Blumen. Die Sirene eines Dampfers, das Tuckern eines Fischerboots. Der Blutfleck breitet sich auf der verbundenen Hand und im Gewissen aus.

»Einfach abhauen«, fügt der Ermittler an. »Hast du nicht mitbekommen, daß du ihm das Genick gebrochen hattest, daß er einen Arzt brauchte?«

»Ich hatte woanders eine Verpflichtung.«

Ein Ruck am Lenkrad, und der Wagen biegt in das Gebiet der Kais und Speicher. Das Handy klingelt, und er greift es im Fahren.

»Fuentes.«

Die Stimme des Kolumbianers klingt ölig. »Was ist los, Herr Polizist? Sie müßten schon hier sein.«

»In einer Minute bin ich da. Sagen Sie, haben wir uns eigentlich schon mal gesehen?«

»Nein. Gehen Sie direkt zum Tresen und bestellen sie laut ein Glas Milch.«

»Ich werde einen Trester bestellen, wenn Sie nichts dagegen haben.«

»Das bestellt jeder. Tun Sie, was ich Ihnen sage.« Die Verbindung bricht ab, und Raúl schaut verärgert auf das Handy.

Er parkt vor der Kneipe. Ein Glas Milch. Ein Milchbubi vielleicht? Bevor er hineingeht, bleibt er vor der Tür stehen und beobachtet eine junge Frau, die auf dem Bordstein sitzt, halb verborgen hinter einem Stapel lädierter Fischkisten, der zusammenzukrachen und auf sie zu fallen droht. Sie verdeckt das Gesicht mit den Händen und weint auf ihre zusammengestellten Knie, die in schwarzen, nicht mehr ganz heilen Netzstrümpfen stecken. Sie trägt silberne Schuhe mit extrem hohen Hacken und wirkt schon von der Kleidung her wie eine Hure. Um ihre Finger ist die Schnur von zwei roten Luftballons gewickelt, die über ihrem gebeugten Kopf tanzen. Sie läßt sie los, und die Ballons steigen auf, berühren sich, stoßen gegeneinander, als suchten sie sich.

»Hier steht's«, sagt Pardo, im Bericht blätternd. »Du hast ausgesagt, daß du eine wichtige Verabredung mit einem Informanten hattest. Einem gewissen Nelson Mazuera. Kolumbianer. Erzähl schon.«

»Das hat nichts mit meiner Akte zu tun.«

»Das werden wir sehen. Weiter.«

»Oder vielleicht hat es doch damit zu tun, wer weiß. Ich bin ein Scheißrätsel, hast du selbst gesagt.«

Ein paar Sekunden lang betrachtet er, noch vor der Tür stehend, die Frau. Aber das will er Pardo nicht erzählen, auf keinen Fall wird er mit dieser Mißgeburt über seine Mutter sprechen. Er wüßte auch nicht wirklich wie, weil er sie nicht sieht, nur an sie denkt. Es handelt sich um eine plötzliche Erinnerung an seine Mutter, an etwas, das geschehen ist oder das er sich vielleicht nur vorgestellt hat, vor langer Zeit, er kann das nicht entscheiden. Von da her, von diesem Winkel des Gedächtnisses aus, schaut sie ihn mit einem ungewissen Lächeln an. Ihr roter Mund haucht begehrlichen Dunst aus, regelmäßig und zufrieden trotz allen Ungemachs, gleichsam ergeben in die Strapazen, die sie selbst gewählt und niemals beklagt hat. Sie steht etwas mühsam auf, schüttelt ihren Rock und entfernt sich, geht in der Mitte der schmutzigen Gasse, wankt auf silbernen Schuhen und wiegt die Hüften. Durch die Zeit und die noch nicht erloschene Wut hindurch sieht er sie weggehen: die Haare eine rote Flamme, ein zarter Rücken und ein tollwütiger, unbezähmbarer Hintern. Die beiden Ballons verlieren sich in der Höhe, jenseits der Metallkräne am Hafen, die über die Gebäude ragen. Die Frau richtet über die Schulter einen Blick auf Raúl, und gleich darauf beginnt ihr Bild zu verschwimmen.

Ich werde sie wiedersehen, die Schlampe wird mir über den Weg laufen, wenn ich es am wenigsten erwarte. Aber zurück zum Festen und Faßbaren. Auch wenn du es nicht glaubst, die Kneipe, um die es geht, heißt Aguado – verwässert. Im Ernst.

Raúl drückt die Glastür zur Bar auf und geht hinein.

⁘ 3 ⁘

Nelson Mazuera, klein und um die fünfzig, eine tadellose Erscheinung, zimtfarbene Wildlederhandschuhe, glattgestriegeltes Haar, indianische Gesichtszüge, spielt mit ernster Miene und hoch konzentriert am einarmigen Banditen. Er unterbricht das Spiel, um den Polizisten Raúl Fuentes genau zu mustern, der ohne Eile auf den Tresen zuschreitet. Mit der behandschuhten Rechten greift Mazuera nach der Kaffeetasse, die er auf der Maschine abgestellt hat, und trinkt geziert einen Schluck, verliert dabei den Neuankömmling nicht aus den Augen.

»Wo war diese famose Verabredung und um wieviel Uhr?«

»In der Bar Aguado. Bar Finito Aguado, so heißt sie, ich schwör's. Der Besitzer hätte ihr seinen zweiten Nachnamen geben können oder den seiner Frau, oder sich was anderes ausdenken können. Aber nein. Diese Leute sind wirklich das Letzte, Herr Inspektor.«

»Red weiter.«

»Du könntest das als ein besonderes Beispiel für den galicischen Humor vermerken ...«

»Weiter, verdammt.«

In den Seemannskneipen klingen die auf Marmor klackenden Dominosteine anders, eine gemächlichere Frequenz, diskontinuierlich. Als werde gar nicht gespielt, oder als ob die Männer dabei schliefen und die Steine im Marmor plätscherten, statt aufzuschlagen. Eine Kneipe wie ein Tunnel, düster und von Tresterdüften geschwängert. Vier aus der Nachbarschaft an einem Tisch, weiter hinten blättert einer in der Zeitung, eine junge Frau mit wunderschönen grünen Augen kündigt vom Fernseher aus Katastrophen an, und hinter der Theke steht ein alter Mann mit Seemannsmütze und Schurz und spült Gläser. Drei Uhr nachmittags, ungefähr.

Raúl pflanzt sich vor dem Tresen auf und sagt laut und deutlich:

»Eine heiße Milch und einen eiskalten Trester.«

Der Wirt tippt an den Mützenschirm, schaut ihn einen Augenblick mit zusammengekniffenen Augen an.

»Wünscht der Herr Vollmilch, Kondensmilch oder teilentrahmte Milch?«

»Ich überleg's mir, während ich den Trester trinke.«

Mazuera kommt zu ihm rüber und erklimmt den Barhocker. Als der Wirt ihnen den Rücken zudreht, betrachtet Raúl die behandschuhten Hände auf der Theke, die sich in delikater Symmetrie der Finger um das Kaffeetäßchen legen.

»Herr Nelson Mazuera, vermute ich.«

Das Männlein schaut mißtrauisch um sich.

»Hoffentlich habe ich mich in Ihnen nicht getäuscht«, sagt er in vertraulichem Ton. »Ich schiebe Ihnen einen Trumpf zu, aber hören Sie: Sie spielen ihn gleich aus, oder diese Hurensöhne erledigen mich, ehe wir uns umsehen.«

Der Wirt serviert das Glas Trester, und Raúl wartet, bis er ihnen wieder den Rücken zuwendet.

»Warum haben Sie mich ausgesucht?«

»Ich verhandle nur mit Ihnen, ich traue den Bullen aus Ihrer Brigade nicht. Wenn die erfahren, daß ich Ihnen etwas vorsinge, bin ich ein toter Mann. Sie waren bis vor kurzem in Bilbao stationiert, nicht wahr? Also sind Sie für die Tristáns praktisch ein Unbekannter ...«

»Das bezweifle ich«, sagt Raúl. »Ich bin mit den Brüdern ein paar Mal aneinandergeraten. Zufällig, klar, aber der Alte betrachtet das sicherlich als Affront.« Er leert das Gläschen mit einem Schluck und bedeutet dem Wirt nachzuschenken. »Also, was haben Sie anzubieten?«

»Nicht hier.«

Raúl wartet, bis sein Glas wieder voll ist, nimmt es und folgt dem Kolumbianer zu einer kleinen Tür hinten im Lokal. Beide gehen hinaus, stehen jetzt hinter dem Gebäude. Nicht weit davon liegen die Kais, Masten und Kräne sind zu sehen. Das Knattern eines sich entfernenden Fischerboots, das Klatschen des Wassers gegen die Mauer. Nelson Mazuera stellt sich an den Rand des Hafenbeckens.

»Hören Sie genau zu, ich hab nicht viel Zeit. Bis vor kurzem habe ich einige Bücher der Familie geführt, das wissen Sie ... Ich habe also wertvolle Informationen. Das ist das Angebot.«

»Welche Art von Informationen?«

»Geldwäsche und ähnliches. Dokumente, die Moncho Tristán vor den Richter bringen könnten, und seine Söhne auch. Aber im Augenblick ist meine Stellung in der Familie prekär. Ich wäre bereit zu kollaborieren, wenn mir ein Ausweg garantiert wird.«

Raúl schaut zum anderen Ende des Beckens. Überlegt ein paar Sekunden.

»Sagen Sie mir eins, Nelson«, beginnt er widerwillig. »Warum sollten wir ausgerechnet mit Ihnen Abmachungen treffen, mit dem treuen Hund eines Mafioso, der im Gefängnis vermodern sollte?«

Nelson Mazuera schnalzt verärgert mit der Zunge.

»Was sind Sie denn für ein Typ. Ich gebe mich in Ihre Hand, und Sie vertrauen mir immer noch nicht. Enttäuschen Sie mich nicht, Herr Fuentes.«

Raúl fixiert forschend die betrübten Augen des Kolumbianers, schätzt seine Ehrlichkeit ab.

»Nur zu, erklären Sie sich.«

»Es ist eine Auflistung von in Kolumbien getätigten Zahlungen. Mit Drogen hat das nichts zu tun, auf dieser Flanke ist der Alte bestens gedeckt. Es gibt aber andere Geschäfte, ebenso lukrativ, von denen ihr keine Ahnung habt ...«

»Zum Beispiel?«

»Seit zwei Jahren bin ich dafür zuständig, in Kolumbien Frauen zu rekrutieren«, sagt Mazuera. »Die Arbeit findet in Pereira statt:

Ich werbe sie an, verschaffe ihnen Papiere, bringe sie nach Spanien, all das. Ich habe die Rechnungen aufbewahrt, Reisekosten, Unterbringung, falsche Arbeitsverträge ... Wir haben das Geschäft gerade aufgelöst, aber ich muß noch eine kleine Reise machen, um die Leute zu bezahlen, die da aufgeräumt haben. Und ich gedenke nicht, diesmal nach Spanien zurückzukehren. Ich werde mit meiner Mutter und meiner Verlobten und allem Geld, das ich beiseite schaffen kann, im Bergland abtauchen.«

»Glauben Sie denn, daß Tristán sie ungeschoren davonkommen läßt?«

»Ich bereite mich schon seit langem darauf vor. Ich habe Freunde bei der Guerrilla, Sie verstehen, was ich meine. Und wenn die Tristáns hier gut verwahrt sind und die Schläger von dort aus dem Weg geräumt, dann begibt sich meine Wenigkeit auf die Finca, eine kleine Finca, gut versteckt an einem sicheren Ort, und so kann alles ein gutes Ende nehmen ... Das sagt mir mein Herz, Herr Polizist, das Herz sagt es mir.«

»Soso. Sie wollen Schutz ...«

»Keineswegs.«

»... oder ziehen Sie ein ordentliches Begräbnis vor?«

Mazuera erträgt den Scherz, sieht Raúl mit halb ironischer, halb schmerzlicher Miene an, die behandschuhte Rechte hält die Kaffeetasse vor den Lippen, er schüttelt den Kopf.

»Es ist schlecht, keine Milch zu trinken, Herr Polizist, Milch ist gut für die Galle. Sehr gut, jawohl.« Er schaut Raúl mißtrauisch an, trinkt ein Schlückchen und fügt hinzu: »Und noch wird mich keiner begraben. Verstehen Sie mich richtig: Ich will, daß die Vorladung des Richters bei Tristán und seinen Söhne ankommt, wenn ich mit meinen Leuten bereits abgetaucht bin ...«

»Gut. Wann bekomme ich diese Papiere zu sehen?«

Das Männlein holt einen Block und einen Kugelschreiber hervor und notiert etwas, während er sagt:

»Morgen und übermorgen werde ich bei meiner Verlobten in Barcelona sein. Sollte etwas Unvorhergesehenes passieren, rufen Sie mich unter dieser Nummer an. Wenn nicht, warten Sie auf meinen Anruf...« Plötzlich scheint er es sich anders zu überlegen, steckt Block und Kugelschreiber wieder ein. »Nein, besser nicht ... Sprechen Sie erst einmal mit Ihrem Vorgesetzten, und ich komme dann am Samstag wieder, um den Deal abzuschließen. Jetzt muß ich gehen. Ich rufe Sie demnächst an. Sehen Sie sich vor.«

Er dreht sich entschlossen um und entfernt sich steif und geziert in Richtung der Kais.

»Das war alles«, sagt Raúl. »Ich habe ihn nicht wiedergesehen, hab auch keine Möglichkeit, mit ihm Kontakt aufzunehmen. Du siehst also, an dem Tag habe ich nur gute Werke getan.«

Er faltet einen weiteren Papierflieger zu Ende und legt ihn neben das Aufnahmegerät von Inspektor Pardo, der das Verhör für beendet erklärt und die Stoptaste drückt. Er geht um den Tisch, sammelt seine Papiere ein und verstaut sie mit dem Aufnahmegerät in seiner Aktentasche. Er macht das langsam, mit peinlicher Sorgfalt, während Raúl, auf den Sessel gefläzt, die Füße wieder auf den Tisch legt und noch sagt:

»Dein Krawattenknoten sitzt schief, Liebling...«

Pardo platzt vor Wut, beugt sich über Raúls Gesicht und brüllt:

»Halt's Maul, Fuentes, halt bloß das Maul, und hoffentlich kackst du ab! Deine guten Werke werden dich auf die Straße befördern, und du ahnst nicht, wie sehr mich das freut! Diesen Jungen hast du ins Krankenhaus gebracht, du hast ihn enthirnt, und weil du so ein eingebildetes Arschloch bist, hast du nicht einmal daran gedacht, was da für eine Scheiße auf dich zukommt! Na schön, ich sag's dir...!«

»Beruhig dich, Mann.«

»Das Bürschchen ist dem alten Tristán nicht so ganz geraten, aber es ist sein Augapfel, und irgendwann wird einer seiner gedungenen Killer dir die Eier abschneiden... Du bist dran, Bruder! Wir hätten dich schon lange aus dem Dienst entfernen sollen.«

»Bist du fertig?«

»Nein!« Und nach einer Pause fügt er hinzu: »Du tust gut daran, ganz weit wegzufahren und da abzuwarten, was wir mit dir machen. Hast du Polizeimarke und Pistole abgegeben?«

Raúl, der in keinem Augenblick seine geringschätzige Ruhe verloren hat, steht auf und tut so, als wolle er Pardo in den Mantel helfen. Mit spöttischer Miene schnippt er aber nur ein paar Staubkörnchen von seinen Schultern und will ihm dann auch noch den Krawattenknoten festziehen. Pardo weicht aus.

»Ich will Dir mal was erzählen«, sagt Raúl ruhig: »In unserer Einheit rackern wir uns schon lange ab, um dieses Gesindel vor Gericht zu bringen. Schon möglich, daß ein so zimperlicher und verweichlichter Funktionär wie du das nicht verstehen kann, aber« – er klopft seine Worte mit dem Finger auf Pardos Brust –, »das ein-zi-ge in deinem Scheißbericht, was diese Schwanzlutscher von der Dienstaufsicht wirklich interessieren sollte, ist das Angebot des Kolumbianers, der mich am Hafen getroffen hat. Kapiert? Operation Bernstein. Schon mal davon gehört? Ich habe kein großes Vertrauen in Nelsons Angebot, aber die Frage bleibt. Hat die Operation Bernstein Priorität oder nicht?«

»Gerade weil sie Priorität hat, hättest du diesen Jungen nie anrühren dürfen«, sagt Pardo. »Wie auch immer, das geht dich alles nichts mehr an, du bist vom Dienst suspendiert. Oder ist das noch nicht bei dir angekommen?«

Er nimmt seine Aktentasche und wendet ihm den Rücken zu, schaut aber noch einmal über die Schulter, um sich zu vergewissern, daß der andere getroffen ist, daß er abbuddelt. Der große Panzerkreuzer Fuentes geht mit allen seinen Geschützen und Flaggen, alkoholisierten Nächten und Exzessen unter. Da öffnet und schließt er schon mit plötzlicher Heftigkeit Schubladen und Aktenschränke, prüft deren Inhalt und sammelt ein, was ihm gehört, Notizbuch, Schlüssel, ein gerahmtes Foto seines Bruders, eine Zigarettenschachtel, und verstaut alles in einer Plastiktüte.

»Und dieser Nelson Mazuera«, sagt Pardo, »hat er wieder Kontakt zu dir aufgenommen?«

»Nein.«

»Glaubst du, daß er es tun wird?«

»Ich weiß nicht.«

»Vergiß es. Nach deiner Heldentat wird er dich kaum noch sehen wollen.«

»Das geht mir am Arsch vorbei.«

»Und was die Tristáns anbelangt ...« – er wendet sich zur Tür –, »willst du einen Rat?«

»Ich will, daß du dich verpißt.«

»Ich gebe ihn dir trotzdem.« Er dreht sich noch einmal um und zeigt mit dem Finger auf Fuentes. »Wo immer du ab jetzt auch hingehst, halt die Augen weit offen.«

Er entfernt sich, geht an den Schreibtischen vorbei, als María mit den erledigten Aufträgen hereinkommt. Enge Jeans und Pullover, schlank, kurze Haare, ungeschminkt. Raúl hat immer gedacht, und das schon seit dem ersten gemeinsamen Dienst am ersten Abend, daß der kalte Griff der Pistole nicht in ihre Kleinmädchenhand paßt. Er sammelt weiter seine Sachen zusammen, und sie beobachtet ihn ein paar Sekunden lang, den Rücken gegen einen Aktenschrank gelehnt.

»Es ist alles im Auto.«

Sie wirft die Schlüssel zu Raúls Wagen auf den Tisch. Er holt eine Mappe, einen Stoß Papiere und ein paar Zeitschriften und Zeitungsausschnitte aus einer Schublade und wirft alles auf den Boden. María hebt die Mappe auf und öffnet sie.

»Und das hier?«

»In den Papierkorb.«

»Da sind ungeöffnete Briefe. Von daheim ...«

»Wirf es weg«, sagt Raúl.

»Das ist doch nicht richtig ... Die sind von deiner Mutter.«

»Das ist nicht meine Mutter. Und du bist nicht mein Jiminy Grille, ein Gewissen hab ich selbst, also misch dich nicht ungebeten ein.«

Er nimmt ihr die Briefe und die Mappe aus der Hand, zerreißt alles und wirft es in den Papierkorb. Er sieht María einen Augenblick an, als bereue er das Gesagte.

»Du mußt dich darüber freuen, daß ich gehe. Ich rate es dir.« Er gibt ihr einen liebevollen Klaps auf die Wange, dem sie ausweicht. »Das ist ein Befehl.«

»Es gibt immer noch Dinge, die ich allein bestimme.«

Raúl schließt einen metallenen Aktenschrank mit Getöse und öffnet einen anderen, aus dem er eine halbleere Whiskyflasche zieht. Er klemmt die Flasche unter die Achsel, nimmt seinen Regenmantel vom Bügel, die Schlüssel und andere Habseligkeiten vom Tisch und bleibt beim Hinausgehen vor ihr stehen.

»Ich lad dich auf ein Glas ein. Komm schon, das letzte.«

María schüttelt leicht den Kopf.

»Seitdem ich dich kenne, hast du immer nur das letzte Glas getrunken. Mal sehen, wann das wirklich geschieht.«

Raúl sieht sie aus nächster Nähe an und wechselt den Ton, gleichsam entschuldigend.

»Du weißt doch, mir geht es immer um mein Ding ...«

»Dein Ding? Ich habe nie erfahren, was dein Ding ist.«

Dabei weiß sie es. Ein Haus am Meer und ein Pferd. Das hat er einmal gesagt.

»Du bist ein Arschloch.«

»Werd nicht sentimental, María.«

»Ich mach, was ich will. Und du bist ein Hurensohn.«

Das ist schon seit langem klar, denkt er. Sagt es aber nicht, bringt nur ein trauriges, verstehendes Lächeln auf, mit aller Sympathie und Dankbarkeit, zu der ein Polyp fähig ist, der im Umgang mit anderen weder das eine noch das andere verschwendet.

»Wenn du so fährst, wie du sollst, sind das fast zehn Stunden Autofahrt bis nach Katalonien«, sagt María. »Spiel nicht verrückt.«

Raúl streicht ihr leicht über die Wange. Der Kuß, den er ihr beim Abschied nicht gibt, und ihr Blick, der ihm ausweicht, werden ihn einige Kilometer weit begleiten, einige wenige. Ich bereue nichts, widerrufe nichts. Mit der Whiskyflasche unter dem

Arm und dem gefalteten Mantel über der Schulter dreht er sich um und geht durch den Inspektorensaal. Zwei oder drei Kollegen unterbrechen das Tippen auf ihren Computern, strecken die Hand aus, gegen die er mit einer solidarischen Abschiedsgeste schlägt, ohne stehenzubleiben, ohne ein Wort, ohne einen Blick zurück, bis er am Ausgang ist.

Vor dem Polizeipräsidium parken Autos, und auf der gegenüberliegenden Straßenseite steht ein Zeitungskiosk. Der Nieselregen fällt auf den Kapuzenanorak eines stämmigen Mannes, der am Zeitungsstand steht. Er scheint etwas zu lesen, das an der Seitenwand des Kiosks aushängt.

Raúl verläßt das Polizeipräsidium, geht auf eines der Autos zu, öffnet es, legt, was er dabei hat, auf den Rücksitz und setzt sich ans Steuer. Der Regen wird stärker.

Auf der anderen Straßenseite bewegt sich der breite Rücken im Anorak zur Seite, sucht Schutz unter dem Vordach des Kiosks, und der Mann notiert in einen kleinen Block das Kennzeichen des Renaults.

Bei der Ausfahrt aus Vigo, inmitten dichten Nebels, greift er im Fahren nach dem Handy und ruft daheim an.

»Valentín? Bist du das?«

»Raúl?« knarzt die Stimme, und nach einer kleinen Pause: »Was ist los?«

»Hallo, Vater. Ich bin auf dem Weg, ich komme am späten Nachmittag an …«

Schweigen.

»Du kommst also her.«

»Genau.«

»Aha.« Die Stimme verrät keinerlei Interesse. »Was ist los?«

»Das erzähle ich später … Ich hör dich schlecht.«

Wieder ein peinliches Schweigen, und als die ferne, knarzende Stimme ohne jeden neugierigen Unterton eine Frage stellt, ist sie von elektronischem Knistern durchsetzt statt von

Gefühlen, aber die hat der Vater noch nie im Umgang mit ihm gezeigt:

»Weißt du, wie lange du uns nicht mehr angerufen hast ...«

»Halbwegs.«

»Warum hast du uns nie eine Telefonnummer geben wollen?«

»Hab ich doch schon gesagt, Vater. Aus Sicherheitsgründen ... Wie geht es deinem Bein?«

»Es hält durch.«

»Und ... wie geht es Olga?« Oder sollte ich sagen: deiner Frau?, denkt er.

»Auf der Reitbahn, bei der Arbeit.« Und nach einer weiteren Pause: »Ich bin auf dem Weg dorthin, du hast mich gerade noch zufällig im Haus erwischt ...«

»Gib mir meinen Bruder.«

»Valentín ist nicht da.« Wind umrauscht die Stimme, trägt sie davon. »Ruf später an. Wenn er nicht zu Hause ist, dann komm zum Reitstall.«

»Gut, bis später.«

Die schweigsame und waghalsige Rückkehr ins väterliche Haus. Knapp neun Stunden am Steuer, immer wieder ein Schluck aus der Flasche und Wut in den Augen, mit voll durchgedrücktem Gaspedal über regennaß glänzende Autobahnen, er sieht nicht, wo er vorbeifährt, erst Orense, später Burgos, weitere Kilometer und weitere Schlucke und weiter nichts sehen wollen, an nichts denken, außer an den schwarzen Asphaltspiegel und an den Regen, der immer mehr zerstäubt und unsichtbar wird, weiter bis Zaragoza und dann bis Lérida. Dichter Lasterverkehr in Richtung Süden über eine weite Strecke hinweg, durch felsiges, ödes Land. Fabrikanlagen in leeren, abgelegenen Orten, hinter feuchtem, giftigem Dunst, und plötzlich, nach der Mautstelle Vendrell, taucht das Meer auf, schreiend blau. Er biegt wieder nach Norden ab, verläßt die Autobahn, einem dunklen Verlangen gehorchend, sich jetzt doch in der Landschaft zu spüren, und fädelt sich in die C-243 ein, unter berstendem Silberhimmel, ein bleicher Glanz, der sich durch die Wolken Bahn brechen will. Er läßt die Fensterscheibe herunter. Auf der einen Seite das aufgepeitschte Meer und das Kreischen der Möwen, auf der anderen abwechselnd Brachland, leichte Hügel und alte schwärzliche Olivenbäume, aufgegebene Mandelbäume und üppige Johannisbrotbäume. Diese dürren Gebiete haben ihn immer traurig gestimmt. Bald bist du zu Hause. Er läßt Vilanova und Sitges hinter sich, greift nach der Whiskyflasche und trinkt.

Zu seiner Rechten ziehen leere Strände und Klippen vorbei, an denen die Wellen brechen. Eine Weile beobachtet er zwei Jugendliche, die ohne Sattel auf einem schwarzen Pferd an der Brandung entlangreiten. Über der Steilküste von Garraf wirft er die leere Flasche aus dem Fenster. Kurz darauf sichtet er Castelldefels, fährt langsamer, nun flankiert von Palmen und Pinienwäldchen. Jetzt bist du zu Hause. Leere Campingplätze, Sportanlagen und kleine geschlossene Hotels. Er hört förmlich die resignierte Stimme seines Vaters: Es gibt wenig Arbeit, wir sind außerhalb der Saison. In der Tat, viele Häuser und Feriensiedlungen wirken unbewohnt. Die Tankstelle, das Geschäftszentrum, der eine oder andere einsame Imbißstand. Es ist wenig los, ein winterlicher Eindruck, der die ganze Küste länger als üblich prägt.

Ein Stück weiter wird die Landschaft felsig und herb und ist weniger besiedelt. Der Wagen läßt ein altes, alleinstehendes Gebäude mit grünen Fensterläden hinter sich, auf der Fassade prangt ein rotes Neonschild, ein gleiches ist am Rand der Schnellstraße aufgestellt:

LOLITA'S CLUB
Musikbar

4

Ein nichtssagendes zweistöckiges Gebäude mit Zufahrt zur Schnellstraße, ein ehemaliger Gasthof, der lange geschlossen war. Davor, auf dem kleinen Parkplatz, stehen nur ein Auto und ein Lastwagen, dessen Fahrer gerade aus der Kabine gesprungen ist. Er zieht die Jacke an, faßt sich an den Hosenschlitz, streicht mit beiden Händen das Haar glatt und betritt das Lokal.

An den Wänden, grob eingeritzt, sind Pentagramme mit Noten zu sehen, Gitarren, Palmen, Strände, Champagnergläser und Bikinimädchen, daneben, mit einer Melone auf dem Kopf, das Gesicht eines Schwarzen, der mit seinem sehr großen rosafarbenen Mund lächelt. Aus einer pittoresken alten Musikbox an der hinteren Wand dringen karibische Klänge, und eine junge Kubanerin, Bárbara, tanzt in höchst sinnlichem Rhythmus allein vor sich hin, die Augen geschlossen, träumerisch. In der einen Hand hält sie ein Glas Wasser, sie wirft eine Tablette hinein, während sie weiter tanzt, und das Wasser beginnt zu sprudeln. Die Dekoration der Bar setzt naiv auf Tropenkolorit, matte Lichter mischen grüne und rosa Töne, ein langer Tresen mit Barhockern, eine kleine Tanzfläche. In einem schummrigen Bereich stehen ein paar Tische, und hinten, jenseits der Toilettentüren und der Glastür zu den Innenräumen, führt eine Wendeltreppe zu den Zimmern im ersten Stock.

Am Tresen bedient Lola, eine dicke, reife Frau, sie lacht gern, hat leicht virile Züge und einen scharfen Blick. Zuweilen wird sie von ihrem Bruder Simón unterstützt, einem Alten mit undurchdringlichem Gesicht und langsamen Gebärden, der, wenn er sich nicht um die Garderobe kümmert, am einen Ende des Tresens Gläser spült und sich für alles andere nicht zu interessieren scheint.

Aufgrund der vorgerückten Stunde gibt es nur einen Kunden, er sitzt am Tresen zwischen Jennifer und Yasmina und würfelt mit ihnen. Jennifer ist Spanierin, Yasmina Marokkanerin, beide sind etwa Mitte Zwanzig. Lola serviert den Mädchen einen getürkten Martini auf Wunsch des Gastes, der den Arm um Yasminas Hüfte legt und ihr in den Hintern kneift. Sie zuckt hoch und lacht. Der Lastwagenfahrer kommt aus der Toilette, läßt sich am Tresen nieder, und sogleich steuert ein anderes Mädchen auf ihn zu, sie taucht aus den Schatten des Lokals auf und bewegt sich wie ein Regenwurm in schillernder Kleidung. Hallo, Süßer. Ich heiße Nancy und komme aus Kolumbien, um dein Herz zu erfreuen. Das Herz, meine Hübsche? Na ja, fürs erste ... Nancy rückt näher, doch der Mann, der Rücken und Ellbogen am Tresen abstützt, scheint sich mehr für Bárbaras einsamen Tanz zu interessieren.

Wie die anderen Mädchen im Club ist Bárbara aufreizend gekleidet. Doch jetzt tanzt sie nicht, um auf sich aufmerksam zu machen, sie tanzt nur für sich, nach innen gerichtet und ihrer Umgebung fern, doch gerade diese eigenwillige Art, sich selbstvergessen abzukapseln, von der Musik gewiegt zu träumen, zieht nicht nur die Blicke des Lastwagenfahrers, sondern auch die ihrer Kolleginnen an. Sie tanzt für sich, beschwört das Vergessen: des Ortes, an dem sie sich befindet, dessen, was sie sind und darstellen, und jener, die sie beobachten. Ihre Bewegungen haben etwas von einer intimen Zeremonie, eine Art von Exorzismus, geleitet von einem inneren Trotz, dessen Zweck vielleicht nur darin besteht, die öden Stunden des Wartens und das käufliche Schwatzen und Betatschen, das die tägliche Arbeit mit sich bringt, schlafwandlerisch zu ertragen. Die beiden Kunden an der Theke beobachten die Drehungen der jungen Tänzerin amüsiert und vielleicht auch begehrlich, in den Augen der Kolleginnen jedoch liegt eine seltsame Melancholie, die sie schwesterlich mit Bárbara und deren Körperlichkeit verbindet, die sich nun spontan, befreit auslebt, da ist ein gemeinsames Gefühl der Bejahung und zugleich des Verlusts und der Entwurzelung:

dieses andere, natürliche Wiegen der Hüften, dieses glückliche Bewußtsein des eigenen Hinterns, damals, bevor diese Schweine sie herbrachten und zu dem machten, was sie sind.

Alina und Rebeca aus der Dominikanischen Republik setzen sich mißmutig an einen Tisch, sie rechnen mit langweiligem Warten. Rebeca zieht einen Schuh aus und massiert sich den Fuß, dabei hört sie Alina zu, die sich die Nägel feilt, den Blick aber auf die tanzende Bárbara gerichtet hat.

»Und da habe ich zu ihr gesagt, Mädchen, trau dem nicht«, sagt Alina. »Er hat ein hübsches Lächeln, das verschwindet nie, wie bei einem Delphin, aber ich sag dir: Dieser Mann wird dir schaden. Hast du mal Delphine gesehen, Rebe, ist dir aufgefallen, daß sie immer lächeln? Sie lächeln die ganze Zeit, wie gebenedeite Seelen, so sieht es aus, nicht wahr, sie lächeln wunderbar ... Aber nein, Kleine, sie lächeln nicht, ganz und gar nicht!«

Während sie zuhört, beobachtet Rebeca aus den Augenwinkeln Bárbaras schwingende Hüften, die jetzt ganz nah sind, nimmt mit beiden Händen Maß bei ihren eigenen, etwas schmächtigen, und verzieht resigniert das Gesicht.

»Für wen tanzt du, Barbarita?«

»Ich weiß schon für wen, mein Schatz«, entgegnet diese mit starkem kubanischem Akzent, die Rs verschluckend, »ich heiße nicht Barbarita. Ich heiße Bárbara.«

»Hörst du mir zu, Rebe?« insistiert Alina. »Ich hab ihr gesagt, schau, Desi, die Delphine haben nun mal so ein Maul, und wenn du nicht genau hinsiehst, legen dich manche Männer genauso rein wie die Delphine: Sie haben das gleiche Lächeln, immer bereit, aber Vorsicht, sie lächeln nicht für dich, sie haben einfach so einen Mund!« Sie zeigt die Zähne. »Schau dir nur Ronaldinho an. Glaubst du wirklich, daß dieser Junge immer lacht? Nein, er kann nur den Mund nicht zumachen, weil der so groß ist! Er kann es einfach nicht!«

Bárbara hebt die Hände, greift in ihr schwarzes Haar und nähert sich mit ihrem rhythmischen Wiegen der Wendeltreppe, als Valentín diese herunterrennt. Blaue Latzhose, kariertes Hemd, weiße Schürze und weiße Kochmütze. Über dem Kopf hält er das Tablett mit einer zerteilten Pizza und lächelt breit. Am Fuß der Treppe angekommen, tut er einen Sprung, pflanzt sich mit einer Verbeugung vor Bárbara auf, grinst von einem Ohr zum anderen, bietet die Pizza an und trompetet zugleich:

»Tatatan! Willkommen im Club, Lolitas!«

Sie gibt vor zu erschrecken, nicht sehr überzeugend, und schenkt ihm ein bemühtes, aber großmütiges Lachen. Der ewiggleiche kindische Scherz, die sattsam bekannten Witze eines Zurückgebliebenen. Ein Mann von dreißig, der zuweilen das Gemüt eines Zehnjährigen hat. Danke, mein Schatz, ich bin nicht hungrig, und sie wiegt sich großzügig vor ihm, die Füße nebeneinander, fest auf dem Boden. Blau- und rotgestreifte Zehennägel in silbrigen Sandaletten. Na, was ist, Junge, können wir noch etwas für dich tun, armer Freund?, lächelt Bárbara und entfernt sich, windet sich, die karibischen Töne und Rhythmen bemächtigen sich erneut ihres Körpers.

Er betrachtet sie verzückt, saugt die parfümierte Luft ein, die von ihr ausgeht, die Schönheit der Bewegungen, und jetzt, auf einmal, zeugt im trüben Cocktail der Lichter, die auf der Tanzfläche verschmelzen, die leichte Verzerrung seiner Gesichtszüge von einer ungeheuren inneren Anstrengung, von einer geistigen Behinderung, die zeitweise seinen Gesichtsausdruck noch weicher und blöder wirken läßt. Das vorgeschobene Kinn könnte auf Dreistigkeit schließen lassen, doch in seinem Blick nistet etwas Träumerisches oder Verzaubertes, ein erloschenes Leuchten, da ist keine Spur von Anspannung oder Bitterkeit. Anders als sein Zwillingsbruder Raúl, der die gleichen Züge aufweist, allerdings scharf geschnitzt und harmonisch angeordnet, hat er einen dunklen Teint, trägt Mittelscheitel, und das Haar fällt in langen Schwingen über die Schläfen. Er spricht langsam, sein Tonfall ist gleichförmig, ohne jede Emphase und mit einer eigentümlichen Betonung; gelegentlich stottert er.

Er geht weiter bis zum Ende des Tresens, stellt das Tablett

ab, schlüpft hinter die Theke und stellt sich neben Frau Lola, die in einem Notizbuch Rechnungen durchgeht.

»Käse, Artischocken und Ch-Cham-Champignons«, verkündet Valentín.

»Fein. Schmeckt sicher vorzüglich, mein Schatz.« Lola nimmt ein Stück Pizza und probiert. »Komm, stell das in die Vitrine. Was macht Milena? Liegt sie immer noch im Bett?«

Alina hat Rebecas Tisch verlassen, geht zu dem Kunden, der mit Jennifer plaudert, bittet ihn um eine Zigarette und setzt sich dann Valentín gegenüber an die Theke.

»Sie hat nicht einmal kosten wollen«, sagt Valentín und schaut auf die Pizza. »Sie hat eine B-Blasenentzündung und möchte nur noch weinen.«

»Nancy hat ihr die Nägel so lackiert, wie sie es mag, blau wie der Karibikhimmel«, sagt Alina. »Aber das hat sie nicht aufgemuntert.«

»Sie soll noch ein Tablettchen schlucken und runterkommen«, sagt Frau Lola.

»Mhhmmm. Es dauert irre lang, bis der Nagellack trocknet.« Valentín spricht wie im Traum. »Mhhmmm. Das Blau der Karibik ist so eine schrecklich brennende Farbe!«

»Du willst nicht mehr in Palästina sterben, stimmt's, Valen?« scherzt Alina.

»Doch, will ich, aber es hat keine Eile«, sagt er.

»Du solltest jetzt nach Hause gehen, mein Liebling«, schlägt Lola vor.

»Milena hat einen Brief an ihre Ma-Mama geschrieben«, sagt Valentín. »Na ja, Nancy hat ihn geschrieben, die hat eine schönere Schrift.«

»Hörst du nicht, Junge? Du bist schon den ganzen Tag hier.«

Er hört nicht. Benommen schaut er Bárbara zu. Eine andere Musik erklingt, eine traurige Ballade, die Kubanerin hört auf zu tanzen und kümmert sich um einen Stammkunden, der gerade hereingekommen ist. Valentín stützt die Ellbogen auf die Theke und schaut immer noch benommen ins Leere. Da spürt er an der Wange das Streicheln von Meeresalgen. Eine Möwe hält im Flug inne, schwebt über dem Tal zwischen zwei gleichen, eingefrorenen Wellen, und ihr bleiernes Auge kreist, beobachtet, wie unsere Freundin im Wasser versinkt, abwärts zum schlammigen Grund.

»Wie hieß das Schiff von Desirée, Frau Lola?«

»Du sollst nicht mehr daran denken, Junge, das haben wir dir doch schon tausendmal gesagt.«

»Aber das Meer hat sie verschluckt und weit fortgetrieben, Frau Lola.«

»Die Schulden haben sie fortgetrieben«, korrigiert Nancy. »Das war nicht das Meer. Es waren die beschissenen Schulden ... Können wir nicht eine fröhlichere Musik auflegen, Señora? Hast du noch ein bißchen Schokolade, Alina?«

5

Das Auge eines Apfelschimmels, ein unschuldiges, schönes Auge, glänzend und wachsam. Irgend etwas macht das Tier nervös. Ein Aufbäumen, ein Wiehern, als ahne es eine Gefahr.

»Wie finden Sie ihn?« sagt José und hält die Zügel.

»Etwas launisch«, sagt Virginia. »Aber eine Pracht.«

Inmitten der mit Holzpfählen umfriedeten Reitbahn sattelt José das Pferd ab, schultert den Sattel, beobachtet dabei den Renault, der sich dem Reitstall von der Seite der Schnellstraße her nähert. Es ist ein holpriger Weg, und das Auto wird durchgerüttelt. José Fuentes ist ein magerer Mann, klein, von bäuerlichem Auftreten, er hinkt ziemlich stark, ist aber auf eine rauhe und düstere Weise attraktiv. Neben ihm steht Virginia Duran, eine distinguierte Wochenendkundin, seit Jahren schon, sie hält die Zügel des Pferdes, das sie gerade zum ersten Mal geritten hat, streichelt es.

Der Wagen hält neben den Ställen, Raúl steigt aus und mustert, während er lustlos zur Einfriedung geht, mit finsterem Blick den Typen, der neben einem in der Nähe geparkten blauen BMW steht. Auch der Mann läßt Raúl nicht aus den Augen, scheint seine Bewegungen auszuforschen. Er trägt eine dunkle Brille und lehnt mit verschränkten Armen am Kotflügel.

José entschuldigt sich bei der Kundin und geht auf seinen Sohn an der Einfriedung zu, deponiert dort den Sattel.

»Hallo, Vater«, sagt Raúl.

»Mann, du bist aber gerast.«

José untersucht die Sattelgurte. Sie sprechen miteinander in einem Ton, der keinerlei Emotion oder Zuneigung verrät.

»Ich habe zu Hause angerufen, aber es ist niemand da«, sagt Raúl.

»Wir haben hier gegessen. Was ist los, bist du versetzt worden?«

»So gut wie.« Er dreht sich um und zeigt auf den Unbekannten. »Und dieser Wachhund …?«

»Kennst du ihn?«

»Ich rieche die auf einen Kilometer.«

»Die Dame ist Abgeordnete und hat einen privaten Wachmann. Sie ist die Frau von Doktor Duran.«

Der scharfe, routinierte Blick des Polizisten schätzt kurz die Kundin ab. Eine hübsche, dümmliche Blondine, achtunddreißig Jahre alt, trägt Reithose und -stiefel; Chaneltuch um den Hals und eine übermäßig gebräunte Haut, ein Merkmal, das die Edeltusse mit der Nutte gemein hat. Auffallend der schlanke Hals und der Ansatz der Beine.

»Aha.« Eine Pause. Dann fragt er: »Und Valentín?«

Sein Vater prüft die Widerstandskraft der Gurte, ihn scheint mehr der Zustand des Sattels als das Wiedersehen zu interessieren.

»Sie haben dich also beurlaubt. Wieder einmal.«

»Sagen wir, sie haben mich aus Sicherheitsgründen hergeschickt.« Er wendet sich ab und schaut ringsum. »Wo ist Valentín?«

»Dein Bruder arbeitet nicht mehr hier. Die Pferde interessieren ihn nicht. Olga hat dir geschrieben. Hast du den Brief nicht bekommen?«

»Ein Brief von Olga …?«

Er spürt sie schon. Seit er aus dem Auto gestiegen ist, erahnt er den waldigen Duft ihres schwarzen Haars und den säuerlichen Geruch ihrer Achseln, der den des Strohs aus den Ställen aufnimmt. Ich darf da noch nicht hinsehen. Ihm entgeht nicht der junge marokkanische Angestellte, der vor den Ställen lustlos Futter von einem blauen Kleinlaster lädt, er will aber nicht genau hinsehen, noch nicht. Sobald sie aus dem Stall tritt und auf die Leine zugeht, wo die Wäsche trocknet, nimmt er sie aus dem Augenwinkel wahr. Ungekämmt und ungeschminkt hat sie immer noch etwas von einer Zigeunerin. Ihr Gesicht war noch nie besonders hübsch, strahlt aber eine ursprüngliche Anziehungskraft aus. Sie bemerkt Raúl und winkt, ohne Begeisterung. Olga ist fünfunddreißig, sieht aber jünger aus, sah schon immer jünger aus. Sie hebt die nackten braunen Arme und nimmt schnell ein paar Wäschestücke ab, blickt ihn dabei weiter an, ein wenig herausfordernd, steht breitbeinig da, eine Wäscheklammer im Mund. Hinter ihr breitet sich die rötliche Erde des Gemüsegartens aus, wo José und Ahmed Tomaten und Salat ziehen. Olga gibt dem jungen Mann Anweisungen und geht wieder in den Stall. José erklärt inzwischen weiter:

»Ich hab ihr gesagt, sie müsse dich wegen so einer Lappalie nicht belästigen. Außerdem schreibt man heute ja keine Briefe mehr, man schickt Faxe oder Mails, diesen Kram. Aber du weißt ja, wie eigensinnig sie ist…«

Das Pferd frißt Virginia Duran aus der Hand, und sie flüstert ihm etwas ins Ohr. Raúl betrachtet sie, sein Vater bemerkt es und sagt:

»Hör zu, wir müssen arbeiten. Wir sehen uns beim Abendessen.«

Er wirft ihm einen Schlüsselbund zu, den er aus der Tasche gezogen hat. Raúl fängt ihn in der Luft, wendet sich seinem Auto zu und sagt:

»Valentín wird jetzt wohl zu Hause sein.«

»Müßte er.«

Virginia Duran kommt zu José rüber, führt das Pferd am Zügel, streichelt es.

»Er gefällt mir«, sagt sie. »Wie heißt er?«

José überprüft einen anderen Sattelgurt, zieht heftig daran, während er Raúl nachschaut. Der Gurt reißt.

»Roberto.«

Virginia Duran lächelt amüsiert.

»Nein, ich meine das Pferd.«

José zeigt ihr den kaputten Gurt in seiner Hand.

»Sehen Sie? Man muß sich um alles selbst kümmern.« Raúls

Wagen entfernt sich, ruckelt über die Schlaglöcher. »Das Pferd heißt Roberto. Aber wenn der Name Ihnen nicht gefällt, geben wir ihm einen anderen ...«

»Nein, ist schon in Ordnung.«

Es wird Abend, als der Renault in den kurzen Zufahrtsweg zur Rückfront des Hauses biegt, das in einer unbewohnten, kargen Gegend nahe dem Sandfeld liegt. Die Fassade geht zum Meer, nach hinten liegt die Schnellstraße, ein rustikales, zweistöckiges Haus, es ist hie und da etwas reparaturbedürftig, jedoch solide, und steht fest vor den Dünen, aus denen Strandhafer und Seedisteln hervorstechen. Hinter dem Gebäude Pinien, Oleanderbüsche und der eine oder andere schon lange verwilderte Olivenbaum.

Raúl bremst und steigt aus dem Wagen, holt den Koffer und einen Beutel heraus und betrachtet dann den alten geflickten Sandsack, der vom Ast eines Baumes hängt. Neben dem Hintereingang des Hauses lehnt an der Wand ein Damenrad. Er läßt sein Gepäck vor der Tür stehen und geht ums Haus herum zum vorderen Eingang. Er steigt zur Veranda hoch, die alten Bretter knarren unter seinen Füßen, und einen Augenblick lang betrachtet er das Meer. Der Haupteingang ist geschlossen, die Fenster auch. Raúl schaut sich um: der alte Schaukelstuhl, die bunte Hängematte, die beiden vom Dach hängenden Laternen und das Tischchen, darauf die Kaffeekanne, zwei kleine Tassen, ein Aschenbecher und ein Teller mit Obstresten sowie eine Zeitung. Davor der erodierte leere Strand, einzelne vom Wind gepeitschte Pflanzenbüschel, Felsbrocken und das Rauschen der Brandung.

Er geht hinter das Haus zurück. Dort schließt er die Küchentür auf, nimmt den Koffer und den Beutel und geht hinein, drückt mit der Schulter gegen eine zweite Tür aus Gittergeflecht, die dann von selbst zufällt. Durch die Küche gehend, kommt er in ein Durchgangszimmer, dahinter liegt der Hauptraum des Erdgeschosses mit einer breiten Fensterfront. Eine

Holztreppe führt ins Obergeschoß. Das Ganze wirkt wie ein komfortables Ferienhaus, ein erloschener Kamin, rustikale Möbel, Felle und diverse Gegenstände und Dekorationsobjekte, die mit dem Reiten und Fischen zu tun haben: Bilder und Fotos von Pferden, Angelruten, Ruder. Kaum ist er im Wohnzimmer, läßt Raúl Koffer und Beutel fallen und ruft nach seinem Bruder.

»Valentín! Valentín!«

Keine Antwort. Er zieht die Jacke aus, tritt an die Fensterfront und betrachtet die Brandungswellen. Aus einer Flasche, die auf dem Tisch steht, schenkt er sich Wein ein und steigt mit dem Glas in der Hand die Treppe zum Obergeschoß hinauf. Im Gang ruft er erneut nach dem Bruder und betrachtet, bevor er dessen Zimmer betritt, das an die Tür gepinnte Batman-Poster.

Es ist immer noch das Zimmer eines Halbwüchsigen. Sportwimpel, Comic-Hefte, ein Plakat von Shrek an der Wand, ein anderes, auf dem sich Batman und Catwoman umarmen, Zeitschriftenausschnitte, darauf Pizzas und Rennwagen von Rallyes und der Formel 1, ein Paar Boxhandschuhe, ein Skateboard, ein Kassettenrecorder. Auf dem an die Wand gerückten Bett liegt ein Fußball. Und an der Decke klebt ein roter, etwas schlaffer Luftballon, von dem ein Bindfaden herunterbaumelt. Auch hier, Bruder?

Auf dem Regal über dem Bett stehen zwei Fotos, grob mit blauem Klebeband eingerahmt, an einen Stoß Comic-Hefte gelehnt. Raúl hält inne und sieht sie sich an. Auf einer sonnigen Terrasse, umgeben von wehenden Laken, stehen Wange an Wange Valentín und ein dunkelhäutiges Mädchen, lächeln ins Objektiv. Sie scheint das Gesicht verstecken und Valentíns Arm von ihrer Taille abschütteln zu wollen, vielleicht will sie sich aber auch nur verschämt hinter seinem Rücken verbergen; es könnte aber auch umgekehrt sein, er versucht, sie näher ans Objektiv zu schieben, und sie widerstrebt, möchte nicht im Vordergrund stehen, bleibt lieber mit halbgeschlossenen Augen hinten. Sie ist nicht geschminkt. Ein schlankes, ungekämmtes Mädchen in einem ziemlich abgewetzten Morgenrock, darüber eine Lederjacke, die ihr nicht zu gehören scheint. Das Gesicht verhärmt, die Züge eher kindlich, dunkle Augen, ein bleicher Mund. An der Oberlippe ist ein leichter Buckel, als hätte man sie gerade gekniffen, und am linken Ohr glänzt ein kleiner Ohrring. Auch sie lächelt, aber mit einer gewissen Traurigkeit oder Besorgnis, drückt mit den Händen das Revers der Lederjacke an ihre Brust. Hinter ihnen ist hoch auf dem Gebäude die Rückseite des Neonschilds zu erkennen.

Das andere Foto kennt er bereits. Es zeigt die halbwüchsigen Zwillinge, beide im Unterhemd, verschwitzt und mit strubbeligem Haar stehen sie bei dem vom Baum hängenden Sandsack. Raúl hat den Arm um die Schultern des Bruders gelegt, und beide lachen ausgelassen. Sie sind gerade zwölf geworden. Valentín schaut staunend oder überrascht ins Objektiv, Raúl, im Profil, hat nur Augen für den Bruder: ein Blick, der seine, und eine Umarmung, die nicht nur brüderliche Liebe, sondern vor allem einen festen Beschützerwillen verraten.

Er stellt das Foto zurück an seinen Platz, nimmt die Boxhandschuhe und wirft sich aufs Bett.

Eine halbe Stunde später liegt er immer noch in derselben Stellung da, schläft. Er schrickt bei einem Geräusch hoch und ist wach. Sein Vater, im Bademantel, schaut ins Zimmer, trocknet sich gerade das Haar mit einem Handtuch.

»Ißt du mit uns zu Abend, oder willst du lieber weiterschlafen?«

Verschlafen richtet sich Raúl halb auf, erblickt verwundert die Boxhandschuhe, die er gegen die Brust gepreßt hat.

»Ich ziehe mich um und komme runter. Ist Valentín da?«

»Nein.« José zieht sich zurück, sagt noch: »Ich habe den Koffer in dein Zimmer gebracht.«

Die Tür geht langsam zu.

Kurz darauf schließt sie sich hinter Raúl. Sein Zimmer liegt auf demselben Gang, er betritt es, zieht sich dabei schon das Hemd aus. Koffer und Beutel liegen auf dem Bett. Vom Schnitt und der Größe her erinnert das Zimmer an das des Bruders, nur steht hier nicht so viel herum, es gibt auch keine Plakate oder Spielzeug, nur einen schwarzen Plüschbären auf dem Bett. Das Fenster geht auf einen felsigen Küstenabschnitt. Er öffnet den Koffer, holt ein sauberes Hemd heraus und steht, während er es langsam aufknöpft, vor dem Fenster und schaut aufs Meer. Man hört das gedämpfte Geräusch der Wellen, die gegen die Felsen schlagen. Neben ihm läßt der alte Sekretär mit der Rollklappe ein vertrautes Knarren hören. Als habe er nur auf seine Rückkehr gewartet, um sich ganz zu schließen. Raúl hat das saubere Hemd noch nicht fertig aufgeknöpft, als er es sich mit einer raschen Bewegung über die Schulter wirft, aus der Hosentasche einen Schlüsselbund zieht und den Sekretär öffnet. Aus einer Schublade zieht er einen in ein Stück Wildleder gewickelten Revolver. Er läßt die Trommel kreisen, überprüft den Zustand der Waffe, und in diesem Augenblick öffnet sich die Zimmertür, und Olga tritt ein.

Er hört das Geräusch, dreht sich aber nicht um, schaut ins Leere, starr und hartnäckig: Er weiß, wer gekommen ist, man könnte sagen, daß er ihre Gegenwart riecht. Langsam zieht er das Hemd über, dreht sich aber nicht um.

Olga hat die Tür mit dem Rücken zugedrückt und bleibt still stehen, schaut auf Raúls Nacken. Sie trägt einen nachlässig zugebundenen Morgenmantel und hat ein paar Handtücher und eine Daunendecke im Arm. Nach einigen reglosen Sekunden, in denen sie starr auf Raúl geblickt hat, geht sie zum Bett, legt die Handtücher und die Daunendecke darauf, nimmt den schwarzen Plüschbären und macht sich auf den Rückweg. Raúl steht immer noch vor dem Fenster und schaut hinaus. Ein paar Meter hinter ihm bleibt Olga erneut stehen, den Rücken an die Tür gelehnt, drückt jetzt den Bären gegen ihren Bauch und fixiert wieder Raúls Nacken. Doch er dreht sich nicht um, hat immer noch den Revolver in der Hand und blickt nach vorn. Er will nicht aufs neue aus diesen ihn bedrängenden schwarzen Augen einen geheimen Schmerz ablesen, den er nicht teilt und der ihm gleichgültig ist, den er nicht wahrhaben will. Genügt denn nicht mein abweisender Rücken und dieser ungerührte, hartnäckige Blick nach vorn, damit du das kapierst? Verdammt, deutlicher kann man doch nicht werden.

Raúl öffnet das Fenster und schließt die Augen, jetzt rauschen die Wellen heftiger, als brächen sie sich an einer Steilküste. Aber er dreht sich nicht um, sieht sie nicht an, er wird es nicht tun. Schließlich senkt sie die Augen, ergibt sich dem Offensichtlichen. Die Hand im Rücken, drückt sie auf die Klinke, öffnet die Tür, weicht zurück und entfernt sich leise aus dem Zimmer.

Wieder allein, verwahrt Raúl den Revolver an seinem Platz, schließt mit einem Ruck die Rollklappe des Sekretärs. Er betrachtet das Meer durch das Fenster und hört schon die fragende Stimme des Vaters.

6

»Und wegen so einer Lappalie mußtest du ihm das Genick brechen? Verdammt noch mal, wann lernst du endlich, dich zu zügeln? Dir würde eine Schocktherapie guttun, von der Art, wie sie Ehemännern verpaßt wird, die ihre Frauen mißhandeln.«

Sie sind beim Abendessen. Olga hat gerade eine Schüssel mit Salat auf die eine Ecke des Tisches gestellt und setzt sich.

»Man könnte meinen, du kennst deinen Sohn nicht«, sagt sie, den Blick auf ihren Teller gerichtet.

»Ganz genau«, erwidert José. »Ich könnte schwören, daß er auf den Jungen losgegangen ist und dabei sehr wohl wußte, wen er vor sich hatte ... Oder wußtest du es nicht?«

»Das ist auch nicht mehr wichtig«, antwortet Raúl. »Gib mir den Wein rüber. Wieso verspätet sich Valentín denn so?«

José reicht ihm die Flasche, wechselt einen Blick mit Olga.

»Wann ist denn Feierabend in der Konditorei von Frau Mir?« fragt Raúl noch.

»Er arbeitet nicht mehr dort«, sagt Olga.

Raúl schaut sie überrascht an. José kommt seiner Frage zuvor.

»Wir haben ihn unter Kontrolle, keine Sorge. Wir wissen immer, wo er ist und was er tut. Alles in Ordnung.«

»Wer weiß«, sagt Olga. »Manchmal schläft er nachts nicht zu Hause.«

»Ich weiß, er schläft bei Ahmed im Reitstall.«

»Das glaubst du ...«

»Ich sag dir, es ist alles in Ordnung!«

»Also bitte«, sagt Raúl mit wachsendem Staunen, »darf man erfahren, was hier los ist?«

»Dein Bruder hat sich in kurzer Zeit sehr verändert, das ist los«, sagt José. »Es geht ihm sehr viel besser, du wirst das schon selbst sehen. Sagen wir mal, der Junge hat jetzt ... seine kleinen Geschichten.« Er spricht, ißt dabei weiter, ruhig, mit sichtlich gutem Appetit, den Blick auf den Teller gerichtet. »Er konnte ja nicht immer so auf uns, vor allem auf Olga, fixiert sein.«

Raúl hört verwundert zu.

»Und er arbeitet nicht mehr bei der Witwe? Dabei mochte er die Konditorei doch so gern ...«

»Was hast du erwartet, sollte er sein Leben lang Pizza und Kuchen mit dem Fahrrad ausfahren, bis er mir eines Tages auf der Schnellstraße angefahren wird? Er hat es besser, wo er jetzt ist, schön ruhig in dieser Bar.«

»Eine Bar?«

»Ja, die Bar, wo er die Bestellungen hinbrachte. Die kennen ihn, er fuhr jeden Tag dorthin ...«

»Und was macht er da?«

»Alles mögliche, nehme ich an. Es hat eher zufällig begonnen ... Na, ich weiß nicht«, erklärt sich José widerwillig, verstimmt, »er ist wohl einmal zu einer kleinen Feier eingeladen worden, und da wollte er sich revanchieren, du weißt ja, wie er ist, der Junge gewinnt die Herzen. Er ist in die Küche gegangen und hat sie mit einem seiner Kuchen überrascht.«

»Er hat sie überrascht?« sagt Raúl. »Wen zum Teufel hat er überrascht?«

»Die Mädchen, die dort arbeiten«, sagt Olga und zögert einen Augenblick, bevor sie hinzufügt: »Es ist keine normale Bar. Es ist ein Animierclub ...«

José unterbricht sie gereizt:

»Ja, klar, da sind diese Mädchen! Na und?!«

Raúl traut seinen Ohren nicht.

»Moment mal, verstehe ich das richtig ... Valentín arbeitet in einem Nuttenclub?«

»Na gut, das wird es sein, ein Lokal mit Animierdamen oder wie du das nennen magst«, ruft José ungeduldig. »Aber es ist kein Bordell ... Und er hat nicht direkt mit den Kunden zu tun, falls dir das Sorgen bereitet. Er ist nicht angestellt, ist zu nichts verpflichtet. Er geht hin, weil es ihm Spaß macht. Sie zahlen ihm wohl etwas, aber das ist nicht so wichtig... Er kommt da gut zurecht und wird respektiert, er ist nicht so ein wehrloses Wesen, wie ihr denkt. Die Arbeit macht ihm Spaß, und deshalb laß ich ihn da hin.«

»Das glaube ich einfach nicht!« sagt Raúl.

»Es ist aber so.«

Olga starrt auf das Muster der Tischdecke.

»Da ist noch etwas. Sag's ihm, José.«

»Das ist nicht wichtig»

»Doch, ist es. Sag's ihm.«

Olga hebt den Kopf, wendet ihn langsam Raúl zu und trifft zum ersten Mal am Abend auf seinen kalten Blick. Was hast du erwartet, nach fast zwei Jahren? Vielleicht ist es ja besser so. Derselbe Blick, den wahrscheinlich dieses Mädchen verdient, das Valentín betört hat. Sie zögert einen Augenblick, da sie aber sieht, daß José es vorzieht zu schweigen, gibt sie sich einen Ruck. Schließlich geht es um Valentín.

»Er hat sich in ein Mädchen verliebt, das dort arbeitet«, sagt sie mit düsterer Stimme.

Aufgebracht läßt José Messer und Gabel fallen:

»Also komm, Olga, wie du das schon sagst, als ob der Junge sich einen Tripper geholt hätte! Ich weiß wirklich nicht, warum du daraus ein Drama machst.«

»Aber er ist doch ganz verrückt nach ihr! Er bildet sich fest ein, daß sie seine Verlobte ist! Willst du mir sagen, daß du das nicht wußtest?«

»So was geht vorüber«, sagt José. »Das ist nur eine Laune ...«

»Wollt ihr mal einen Augenblick still sein?« fordert Raúl.

»Valentín ist wie ein Kind«, insistiert Olga, »und sie können ihm dort weh tun.«

»Der Gefahr war er schon immer ausgesetzt und wird es immer sein«, erwidert José.

»Also, wie jetzt, habe ich recht gehört?« Raúl setzt sich stimmlich durch. »Ihr laßt zu, daß eine Nutte sich an einem armen Behinderten schadlos hält? Ist es das ...«

»Er ist kein armer Behinderter!«

»Ist es das, was ihr mir sagen wollt?«

»Er ist verliebt und hört nicht auf Argumente«, meint Olga.

»Verliebt?« wiederholt Raúl ironisch. »Erzähl doch keinen Unsinn! Valentín weiß nicht, aus welchem Teig eine Frau gebakken ist, hat es nie gewußt. Und er muß es auch nicht wissen, das verlangt seine Birne nicht und sein Körper schon gar nicht.«

»Weder der Verstand noch der Körper haben etwas mit dem zu tun, was dein Bruder gerade durchmacht«, sagt Olga, ohne ihn anzusehen. »Dafür ist das Herz zuständig. Aber was weißt du schon davon ...«

Raúl steht brüsk vom Tisch auf.

»Schon gut, beruhigen wir uns!« sagt José. »Wo willst du hin?«

»Ich bringe das gleich jetzt in Ordnung. Wie heißt der Nuttenclub?«

»Warte, mit der Brechstange wirst du nichts erreichen ...«

»Und diese Schlampe, wie heißt die?«

»Warte einen Augenblick!« Als er sieht, daß Raúl nicht auf ihn hört, wird er noch lauter. »Willst du dich gefälligst setzen und mir zuhören?!«

Er setzt sich nicht, bleibt aber stehen, um seinem Vater zuzuhören. José wirft verärgert die Serviette auf den Tisch und sagt dann in verhaltenerem, aber festem Ton:

»Ich werde nicht zulassen, daß du deinem Bruder weh tust ...«

»Ich sorge dafür, daß es nicht andere tun.«

»Sicher, aber ich weiß, wie du dich aufführst. Also stellen wir eins klar. Ich lasse Valentín machen, weil ich ihn noch nie so glücklich gesehen habe. So einfach ist das. Der Junge ist glücklich und zufrieden, seit er in dieser Bar ist... Zugegeben, es ist ein Lokal mit Bardamen.« Zornig kommt er Raúls Protest zuvor: »Mit Nutten, okay, wir wissen Bescheid. Aber niemand macht sich über ihn lustig, sie nehmen Rücksicht auf sein Problem und achten ihn.«

»Woher weißt du das?«

»Ich weiß es, und damit basta! Er hat das Mädchen liebgewonnen, aber das geht vorbei ... Vermutlich ist sie bald wieder weg, diese Unglücklichen kommen, um schnelles Geld zu machen, und wenn sie es haben, dann kehren sie in ihr Land zurück ...«

»In welcher Welt lebst du eigentlich, Vater?« entgegnet Raúl mit müdem Tadel, fast schon ironisch. »Aber lassen wir das ... Wie auch immer, ich werde ihm ein paar Dinge verklickern.« Er nimmt seine Jacke. »Ich mache keinen Ärger, reg dich ab. Ich will nur, daß er weiß, wo er da hineingeraten ist, er weiß es nämlich nicht. Ich könnte schwören, ihr habt euch nicht die Mühe gemacht, ihm zu erklären, was für ein Dreck diese Huren sind.«

»Nein, auf deine brutale Art haben wir es ihm nicht erklärt.« Wieder wütend geworden, steht José auf und humpelt zu dem Tisch mit den Getränken. »Kapier das endlich. Dein Bruder ist glücklich bei dem, was er macht, und nur das ist für mich wichtig ...«

»Schon gut, alles klar.« Er will gehen und sieht Olga an. »Wo ist er?«

»Im ehemaligen Gasthof Miramar«, antwortet Olga. »Das heißt jetzt Club Lolitas oder so ähnlich.« Und ohne ihren Mißmut zu verbergen, dreht sie den beiden Männern mit einer schroffen Bewegung den Rücken zu und murmelt ein paar eingespeichelte Worte in ihrem rauhen kroatischen Idiom.

⁂ 7 ⁂

Im dämmrigen Zimmer sitzt Valentín auf der Bettkante, sein Schatten mit Kochmütze ist an die Wand geworfen. Es ist wie der Schatten eines großen Vogels, der am Abgrund sein Nest hütet, über Milenas Schlaf wacht, die in ihr Bettuch gewickelt daliegt. Angespannt, wachsam und im Verhältnis zum restlichen Körper weit vorgestreckt, beugt sich Valentíns schwarzes Profil über das Mädchen.

Ihr Kopf ist halb unter dem Kopfkissen verborgen, vor den Mund hält sie die geschlossene Faust, als küsse sie die. Das Haar ist so verteilt, daß man kaum etwas von ihrem Gesicht sieht. Neben dem Kopfkissen steht schief ein Glas, darin Kippen und der Rest einer trüben Flüssigkeit. Valentín beugt sich langsam über sie, nimmt das Glas und stellt es auf den Nachttisch, öffnet behutsam, ohne sie zu wecken, ihre Faust, nimmt heraus, was sie krampfhaft festgehalten hat: einen weißen Kinderschuh. Er legt ihn in die Nachttischschublade, deckt die Schlafende zu, küßt sie aufs Ohr. Vor ihr stehend, betrachtet er sie noch einmal, geht dann zur Tür und verläßt das Zimmer.

Das Lokal ist jetzt ziemlich belebt. Tanzmusik, erstarrter Rauch, schummriges Licht, Sex liegt in der Luft. Frau Lola bedient an der Theke, unterstützt von Rebeca, die ab und zu hustet. Am einen Ende des Tresens ist der alte Simón damit beschäftigt, den Kühlschrank mit Bier und Limonaden aufzufüllen. Nancy, Jennifer und Alina animieren mit unterschiedlichem Erfolg die Gäste am Tresen oder an den Tischen, lassen sich zu einem Glas einladen. Die eine oder andere hat einen Tanzpartner gefunden. Am Tresen bietet Alina ihrem Begleiter die letzte Portion Pizza an.

»Um den Appetit zu wecken. Aber, weißt du, mein Schatz, ich hab da Sächelchen, die sind noch leckerer…«

»Aber sicher!« lacht der Kunde.

Ein Stück weiter weg taucht Valentín hinter dem Tresen hoch. Er hat eine Flasche Sekt und zwei Gläser in der Hand, die er mit feierlicher Geste auf ein Tablett stellt, eine Parodie auf das kunstvolle und exquisite Handwerk eines professionellen Barkeepers: Er haucht die Gläser an, prüft sie im Gegenlicht, schlingt eine Serviette um die Flasche.

Bárbara nähert sich von der Tanzfläche aus, eine nicht angezündeten Zigarette zwischen den Fingern, und wartet geduldig, bis er die Darbietung beendet hat.

»Feuer?« fragt Valentín, zückt mit sehr viel Stil das Feuerzeug. »F-Feuerflamme?«

»Bitte.«

Bárbara lächelt, bläst ihm einen Mundvoll Rauch ins Gesicht, dreht ab und geht wieder ihrem Geschäft nach. Valentín tritt hinter der Theke hervor, hält das Tablett mit der Bestellung hoch.

»Auf dem Weg kannst du gleich dein Täubchen wecken«, empfiehlt ihm Frau Lola.

»Sie hat kaum geschlafen…«

»Dann soll sie eben schlafend runterkommen.« Lola ist nicht böse, höchstens mit sich selbst. Es ist, als spräche sie mit ihrer Unzufriedenheit. »Was sollen wir denn noch für sie tun? Soll sie lernen, im Stehen zu schlafen. Was hat sich dieses Mädchen bloß gedacht…«

Valentín eilt über die Tanzfläche zur Wendeltreppe und rennt nach oben. Dort angekommen, biegt er unter einem unwirklichen grünrosa Licht leichtfüßig und auf Zehenspitzen in den engen, mit Teppich ausgelegten Gang. Hinter einer der Türen hört man das Kichern und Stöhnen einer Frau, es klingt unecht, ist allzu dringlich, monoton und flach, um glaubwürdig zu sein. Er erkennt den Stil. Yasmina, wer könnte das sonst so schlecht machen? Wie ein verdrießliches Kätzchen. Catwoman vom Lolita's

Club, treten Sie ein und schauen Sie selbst. Wann lernt sie das nur?

Valentín und seine pfiffige Miene, wenn er die Stimmchen hört, die dringliche Liebe vortäuschen. Er kennt keine andere. Yasmi gibt sich einfach keine Mühe, sie ist etwas träge, immer so matt und lustlos um die dunklen Hüften, das hat sie aus der Wüste mitgebracht, sagen ihre Kolleginnen. Aber diese kleinen Schreie sind trotzdem niedlich, denkt er. Eine Täuschung über oder unter einer anderen Täuschung, eine Maske über einer anderen Maske. Aber das ist Liebe, denkt er.

Etwa in der Mitte des Ganges bleibt er stehen und klopft an eine Tür. Yasmina öffnet schließlich, beugt sich halbnackt vor, nimmt Valentín das Tablett ab, zwinkert ihm zu und zieht hinter sich die Tür zu. Valentín geht weiter, bis zur letzten Tür, vor der er wieder stehenbleibt. Etwas weiter, am Ende des Ganges hinter dem Vorhang, führt die Glastür auf den Balkon an der Rückfront des Gebäudes und zu einer alten, verwahrlosten Feuerleiter.

Er betritt das Zimmer, ohne zu klopfen, schaltet das Licht an und geht leise durch ein Schlafzimmer, das zugleich Wohnraum ist, nett aber grell eingerichtet, dabei sauber und komfortabel, wenn auch ziemlich unordentlich, Unterwäsche liegt herum und auf dem Bett ein Tablett mit Essensresten. Teppichware und ein Sitzkissen in lebhaften Farben, duftige Gardinen und gedämpftes, indirektes Licht, das Intimität schaffen soll. Es gibt einen Wandschrank, ein Sofa mit vielen Kissen, einen niedrigen Tisch und in einer Ecke einen tragbaren Fernseher. Das Fenster mit Rollos führt auf die Feuerleiter, also sieht man vom Zimmer aus auf niedriges Gestrüpp, Ödland und die eine oder andere einsame Pinie hinter dem Gebäude.

Valentín steht neben dem Bett und betrachtet Milena. Sie schläft auf dem Bauch, hat das Kopfkissen umarmt, das schwarze Haar ist zerwühlt und verdeckt halb ihr Profil. Er setzt sich auf die Bettkante, schaut sie an, wiegt dabei den Oberkörper leicht vor und zurück, ein nervöser Tick. Nackt, dunkel, die Beine in das Laken verwickelt. Eine kaputte Puppe, denkt er, ka-putt-ka-putt, bringt er sein Wiegen mit dem Wort in Gleichklang, während er besorgt und neugierig zwischen den Haarsträhnen das verschmierte Rot um die leicht geschwollenen Lippen betrachtet. Sie hat den Arm ausgestreckt, und neben der Hand liegt ein kleines Pillenfläschchen, ohne Deckel. Er klaubt die auf dem Laken verstreuten weißen Tabletten auf.

Die Tabletten kreisen im Wasserwirbel des Klosetts. Valentíns kräftige Hand zieht an der Kette, ein ums andere Mal, bis die letzte Tablette von dem Wirbel verschluckt wird. In die Kloake mit den Mistdingern, und ins Meer zu Desirée. Ihr nützen sie vielleicht …

Milena schlafend im Bett und neben ihr, auf dem Nachttisch, das gerahmte Foto eines drei- oder vierjährigen kleinen Mädchens, ein lachendes, schmutziges kleines Gesicht, im Hintergrund ärmliche Hütten. Gegen das Foto lehnt ein Brief, auf dem Umschlag steht in großer ungelenker Schrift:

Señora Adoración Holgado
Calle 3, n° 22–45
Barrio Otún
Pereira (Colombia)

Das zerwühlte Laken gibt die Außenseite des rechten Schenkels frei, auf dem ein sternförmiges, seidiges Gekrakel zu sehen ist. Eine blaßlila Explosion, eine Narbe, gleich unterhalb der Hüfte. Valentín sitzt wieder auf der Bettkante, schaut zärtlich und beschützend auf das Profil der Schlafenden. Er legt die Hand auf ihren Schenkel, beugt sich hinunter, streicht ihre Haare beiseite und bläst ihr zart in den Nacken. Milenas Gesicht taucht hoch, eine sehr junge Prostituierte von düsterer, erniedrigter Schönheit.

»Wach auf«, pustet Valentín ihr leicht ins Gesicht. »Und hab keine Angst. Ich bin hier.« Milena knurrt schläfrig. Valentín streicht mit der Hand über ihre Hüfte, nahe der Narbe, und flüstert: »Wach auf. Wo bleibt das Lächeln? Keine Angst, Valentín w-wacht ... Auf, auf, du hast lange geschlafen. Frau Lola wird sonst böse.«

Die Finger streifen sacht die Narbe. Sie blickt ihn freundlich an, schläfrig schnurrend mit ihrer heiseren, herben Stimme.

»Was machst du noch hier? Wie spät ist es?«

»Tut dir das weh ...? Brennt das Sternchen?«

»Neeeeiin ...« Sie strahlt ihn an und schüttelt den Kopf. »Nicht, wenn du in der Nähe bist, mein Kleiner.«

»Sollen wir etwas Salbe draufstreichen ...?«

»Nicht nötig.« Lächelnd verneint sie wieder. »Heute tut es nicht weh.«

»Ich habe Frau Lola gesagt, daß du wieder eine B-Blasenentzündung hast.«

»Das ist lieb, danke. Dann laß mich mal ein Momentchen allein. Ich komm gleich runter, Schatz.«

»Ich warte auf dich.«

»Ich muß noch das Bett machen und ein bißchen aufräumen.«

»Soll ich das machen?«

»Nein.« Sie greift nach dem Brief auf dem Nachttisch, küßt den Umschlag und reicht ihn Valentín. »Könntest du den gleich aufgeben? Bitte, bitte, damit er morgen früh abgeht ...«

»Okay und einverstanden.« Valentín zieht die Kochmütze ab, holt eine Kappe mit Plastikschirm aus der Tasche und setzt sie auf. »Ein Tri-Trinkgeld für den sprintenden Fahrradboten ...«

Milena küßt ihn auf die Nase. Valentín macht Anstalten aufzustehen, und sie schlingt die Arme um seinen Radlernacken und nutzt seinen Schwung, um sich im Bett aufzurichten.

»Was täte ich nur ohne meinen Herzkeks«, flüstert sie ihm ins Ohr.

⁂ 8 ⁂

Raúl am Steuer seines Wagens, er achtet auf die Leuchtschilder, die am Rand der C-31 vorüberziehen. Aus der Dunkelheit tauchen die grünroten Schnörkel auf, die *LOLITA'S CLUB – Musikbar* ankündigen.

Von der Garderobe aus sieht Simón ihn eintreten und ist der erste, der staunt. Raúl blickt ihn flüchtig an und schreitet zügig dorthin, wo die Musik spielt. Der Tresen ist voll, belebt, die Musik dröhnt, und ein Pärchen tanzt engumschlungen auf der kleinen Tanzfläche, andere Paare bewegen sich undeutlich im Dämmerlicht inmitten des Rauchs, der wie ein regloser Gazeschleier in der Luft schwebt. Raúl pflanzt sich am Rand der ovalen Tanzfläche aus blauen Fliesen auf, dreht sich auf den Absätzen und erfaßt seine Umgebung. Sein Blick ist weder freundlich noch harmlos, und Frau Lola hinter der Theke bemerkt das sofort. Mit seinem so unerwarteten wie überraschenden Auftauchen zieht er sogleich die Blicke der Mädchen auf sich, Blicke, die über die Neugier hinausgehen, die ein neuer Kunde weckt, dem man helfen muß, das Gesuchte zu finden, Alkohol, Sex oder nur eine verbale Anmache. Aber um all das geht es nicht. Es geht darum, daß der Neuankömmling Valentín so erstaunlich ähnlich sieht. Bárbara kann den Blick von dem Unbekannten nicht lassen, macht eine Bemerkung zu Yasmina, und Nancy wechselt einen entsetzten Blick mit Frau Lola, die gerade zwei Wodka Orange mixt.

Raúl kommt an die Theke, sieht Nancy an, doch seine Worte sind an Lola gerichtet.

»Wer führt diesen Laden?« Er läßt den Blick durch das Lokal schweifen und fügt hinzu: »Sie?«

»Ich bin damit beauftragt ...«

»Stellen Sie die Musik leiser. Wo ist Valentín?«

Lola reagiert auf den autoritären Ton, dreht an dem Verstärker hinter ihr die Lautstärke herunter. Nancy scheint fasziniert, kann die Augen nicht von seinem Gesicht wenden und sagt:

»Er ist mit seinem Fahrrad los, um einen Brief aufzugeben ...«

»Und nebenbei am Spielautomaten Rennen zu fahren, ich sehe ihn vor mir«, fügt Lola in resigniertem Tonfall hinzu.

»Ist er schon lange weg?«

»Das weiß ich nicht, ich kontrolliere ihn nicht.«

Raúl mustert weiter das Personal, Nancy macht sich von hinten an ihn heran.

»Spendierst du mir ein Gläschen, Süßer?«

Raúl wendet sich ihr zu und sieht sie zum ersten Mal richtig an.

»Bist du diejenige, die ihn becirct hat?«

Lola kommt Nancys Antwort zuvor:

»Meine Mädchen becircen keinen, es sei denn, er ist darauf aus ... Schon seit Stunden sagen wir Valentín, daß er nach Hause gehen soll. Aber Ihr Bruder ist nun mal sehr dickköpfig.« Mißtrauisch fügt sie hinzu: »Er ist doch Ihr Bruder, oder?«

»Komm schon, Süßer, trau dich«, insistiert Nancy, biegt die Hüfte. »Trinkst du nichts? Magst du tanzen?«

Raúl scheint sie nicht zu hören. Er steht vor dem Tresen, die Hände in den Taschen, und läßt den Blick wieder durch das Lokal streifen, während Nancy, einem Wink Lolas folgend, die zwei Gläser Wodka Orange von der Theke nimmt, Raúl eine geringschätzige Grimasse schneidet und zwischen den Tischen an der Tanzfläche hindurchgeht. Lola beobachtet Raúl argwöhnisch.

»Das geht aufs Haus. Was möchten Sie trinken?«

»Ich möchte mit dieser Nutte sprechen ... wie immer sie auch heißt.«

»Wir pflegen hier nicht solch eine Sprache, Señor. Wen meinen Sie?«

»Das wissen Sie genau.«

»Sie ist nicht zu sprechen.«

»Erzählen Sie mir keine Märchen, Maitresse.«

»Ich bin keine Maitresse. Von niemandem.«

»Nannte man so nicht auch die Inhaberin eines Bordells?«

»Vielleicht zu Zeiten Ihres Großvaters. Wie auch immer, Sie haben sich im Ort geirrt.«

Raúl stützt sich langsam auf die Theke und sieht ihr ins Gesicht.

»Hat mein Bruder Ihnen nicht gesagt, daß ich ein unverträglicher Bulle bin ...?«

»Ich weiß nicht, was Sie herführt, aber hier werden nur die Dienste angeboten, für die eine Genehmigung vorliegt. Massagen, Maniküre und nichts weiter ...«

»Was Sie nicht sagen! Zunächst müßte man mal sehen, ob die Papiere dieser Frauen in Ordnung sind. Aber Sie haben heute Glück, ich komme wegen etwas anderem ... Was zum Teufel macht mein Bruder hier? Warum geben Sie einem elenden Behinderten Arbeit?«

»Er hat sich selbst angeboten. Und benutzen Sie nicht so häßliche Worte für ihn ...«

»Wofür hat er sich angeboten?«

»Er ist ein begeisterter Konditor, das dürften Sie wissen«, sagt Lola. »Er trieb sich immer hier rum, brachte Stunden in der Küche zu, mit Erlaubnis seiner Familie ... Aber ich will keinen Ärger, das müßt ihr entscheiden. Ich habe mit seinem Vater, dem Herrn Fuentes gesprochen, und wir haben uns geeinigt.«

»Herr Fuentes und ich sind in dieser Sache nicht einer Meinung.« Er schaut wieder umher und fügt, als denke er laut, hinzu: »Was Schlampen angeht, waren wir uns nie einig ... Wo haben Sie das Mädchen? Ist sie beschäftigt?«

Er richtet seine Aufmerksamkeit auf die Wendeltreppe hinten im Lokal, deren Stufen zwei weibliche Beine in mattem Rhythmus herabsteigen. Schuhe mit schwarzen Riemchen und Pfennigabsätzen, blaugelackte Nägel und ein Silberkettchen am Knöchel.

»Ob Sie es glauben oder nicht«, sagt Lola, »wir haben Valentín nun mal sehr gern ...«

»Klar. So zahm und gefällig, und so unnütz, nicht wahr?«

»Ganz und gar nicht, Señor.« Raúls Blick auf das die Treppe herabsteigende Mädchen entgeht ihr nicht. »Nun ja, er ist etwas anders, das wissen wir, aber es gibt keine Probleme ... Wir wissen, daß der Arme gleich nach der Geburt einen Hirnschaden oder so was erlitten hat, aber er ist ein prima Kerl ... Wie auch immer, er kann gehen, wann immer er will, hier hält ihn niemand fest.«

Die matten Beine erreichen den letzten Teil der Wendeltreppe. Sie stehen still, die Knie, nackt und aneinandergedrückt, lassen auf eine gewisse Anspannung schließen, ein leichtes Schaudern. Milena erscheint, auffällig geschminkt und gekleidet, aber ihr Gesicht hat immer noch etwas Kränkliches. Sie bleibt auf der letzten Stufe stehen, wedelt sich mit einem Palmblattfächer Luft zu, winkelt ein Bein nach hinten ab, mustert den Schuh, zieht ihn aus, um den Absatz zu untersuchen. Unterdessen nähert sich ihr langsam ein geschniegelter junger Mann in weißem Anzug und schwarzem Seidenhemd und sagt etwas. Der Typ, hochgewachsen und gutaussehend, Pomade im Haar, gegerbte Haut in einem Schlangengesicht, spricht mit ihr, drückt sich an sie und legt ihr die Hand auf die Hüfte. Sie übergeht die Berührung, senkt die Augen, zeigt sich nicht nur gleichgültig, sondern fast schon abweisend.

Das ist sie, dort steht sie. Das Unschuldslamm auf dem Foto, die von meinem Bruder verhätschelte Nutte. Dieser leere Blick, aufgehängt im Nichts, dieser langsame Lidschlag, in Träumen verfangen. Er nimmt im grünlichen Dämmer dort hinten ihren mit Lippenstift verschmierten Mund wahr, die wie betäubt wirkenden Lippen: eine zerquetschte und breitgedrückte Erdbeere. Valentíns Nutte, eine verlorene Seele, die der Dummkopf umsorgen und beschützen will. Das ist sie! Wenn man genau hinschaut, hätte es gar keine andere sein können, denn etwas Undefinierbares verbindet sie mit Valentín, beide erwecken denselben Eindruck von Schläfrigkeit und Verlorenheit, haben die Unbeholfenheit von Sedierten oder Schlafwandlern.

Angespannt und gebannt beobachtet er die junge Frau, wie sie mit gesenkten Augen traurig und unbeteiligt dem Kunden zuhört, wie sie sanft seine Hand von ihrer Hüfte nimmt und ihm den Schuh zeigt, der Absatz scheint zu wackeln, wie sie dem Mann erlaubt, ihr den Schuh wieder anzuziehen, und wie sie dann die Zigarette nimmt, die er ihr anbietet, das gleichgültige Gesicht der Flamme nähert. Beide gehen zu einem nahen Tisch, sie will sich setzen, schaut sich noch einmal um, und ihr Blick fällt auf Raúl. Ihr Gesicht drückt plötzliche Überraschung ob seiner Ähnlichkeit mit Valentín aus, und sie verharrt einen Augenblick reglos, blickt ihn starr durch die verräucherte Luft des Lokals an. Sie setzt sich langsam, ohne die Augen von ihm zu wenden, bis der Mann an ihrer Seite ihre Aufmerksamkeit beansprucht.

Während Lola Drinks zubereitet, beobachtet sie Raúl und liest in seinen auf Milena gerichteten Augen, daß es Probleme geben wird.

»Sie hat nichts Böses getan«, sagt sie.

»Wie heißt sie?«

»Sie ist ein nettes Mädchen ...«

»Wie heißt das Flittchen?«

Valentín, die Radfahrerkappe auf dem Kopf, ist lächelnd hereingekommen und hüpft auf einem Bein, um sich die Klammern an den Hosenbeinen abzumachen. Auf dem Rücken trägt er einen kleinen Rucksack.

»Da haben Sie Ihren Bruder«, sagt Lola.

Als er Raúl sieht, leuchtet Valentíns Gesicht auf, und er läuft auf ihn zu, um ihn zu umarmen. Er hebt ihn hoch und dreht sich mit ihm. Valentíns Freudenrufe vermengen sich mit dem allgemeinen Lärm und der Musik, und Raúl dämpft seine Begeisterung, indem er ihm die Hände auf die Wangen drückt.

Bárbara und Yasmina, die mit zwei Kunden an der Theke flirten, beobachten, wie die Zwillinge einen Augenblick herumalbern, Faustschläge unter die Gürtellinie vortäuschen.

»Siehst du, was ich sehe, Barbarita?«

»Sie boxen wie echte Boxer!«

»Das meine ich nicht, Dummchen«, sagt Yasmina. »Er gleicht Valentín aufs Haar, nur in hübsch!«

»Ich weiß nicht, so richtig gefällt er mir nicht ... Schau dir die Augen an, wie eine Schlange.«

Nancy kommt zu ihnen und bemerkt mit mattem Mißfallen:

»Hör mal, hat Valen nicht gesagt, daß sein Bruder Polizist ist«?

»Stimmt!« sagt Bárbara.

Raúl ist es gelungen, Valentín zu beruhigen, er hält ihn fest und sieht ihm in die Augen, sein Gesicht zärtlich in den Händen.

»Was zum Teufel tust du hier?« flüstert er in tadelndem Ton.

»Ich arbeite hier ... mehr oder weniger.«

»Ach ja? Als Küchenjunge, als Rausschmeißer, oder als was?«

Valentín lacht.

»Na ja ... eher als was!«

»Laß uns heimgehen, wir müssen miteinander reden.«

Er nimmt ihn am Arm, aber Valentín widerstrebt, fragt mit einem Lächeln:

»Bist du gekommen, um Milenas Kaninchen zu sehen?«

»Was sagst du da ...?!«

»Nachts versteckt es sich nämlich ... V-Verlange, was du willst, nur das nicht, nachts kann man es nicht sehen.« Er klopft auf die Theke, erheischt die Aufmerksamkeit von Frau Lola. »Das ist mein Bruder Raúl, und ich weiß, was er mag. Gin mit Limonade und viel Eis!«

»Nein, das mag ich nicht mehr ...«

»Aha, okay und einverstanden. Mhmmm ... Dann eben ohne Eis!«

»Ich habe nein gesagt, ich will nichts.«

»Sag nicht, daß du nicht mehr t-trinkst«, sagt Valentín sichtlich betrübt. »Magst du einen Martini Dry ... oder so ähnlich?«

»Wir feiern zu Hause, komm schon.«

Er greift wieder nach seinem Arm, will ihn mitziehen, diesmal energischer, doch Valentín greift seinerseits das Handgelenk des Bruders und versucht, sich von dem Druck zu befreien, indem er sich vor ihn stellt, lächelnd. Raúl will ihn nicht loslassen.

»Ich habe mehr Kraft als du«, flüstert ihm Valentín ins Ohr. »Hast du das v-vergessen?«

Noch immer lächelnd, hält er Raúls Handgelenk im Zangengriff, drückt zu und kann ihm nach und nach die eigene Hand entwinden.

»Siehst du, Bruder?«

»Ja, ich weiß, du bist sehr stark«, gibt Raúl verärgert zu. »Aber vergiß nicht, du warst krank ...«

»Ich möchte, daß du meine Freundin kennenlernst.«

»Hör auf mit dem Quatsch. Laß uns gehen.«

Valentín hat Milena geortet und schaut sie an. Freddy Gómez, der neben ihr sitzt, legt den Arm um ihre Schultern und flüstert ihr ins Ohr. Raúl deutet Valentíns Blick, und er konstatiert eher, als daß er fragt:

»Seit wann interessieren dich die Weiber? Und wofür?«

»Was heißt hier wofür? Für die Liebe, Raulito!«

»Ich sehe schon, du frißt denen aus der Hand, Junge.«

»Aha. Einverstanden. Liebe ist süßer als meine Kringel ... Bitte, Frau Lola. Da-Das Lied.«

»Laß das jetzt«, sagt Raúl. »Du wirst mir alles erzählen, aber nicht hier. Komm, gehen wir ...«

»Warte. Das ist ihr Lied ... Ich möchte, daß du es hörst. Nur einen Augenblick.«

Frau Lola bedient hinter dem Tresen den CD-Player, und *Luna de miel* erklingt, ein altes Stück von Gloria Lasso. Valentín schaut Raúl an, wartet sehnsüchtig auf dessen Zustimmung, auf eine komplizenhafte Geste, er lächelt, will ihn am eigenen Glück teilhaben lassen. Hin und wieder sieht er zu Milena hin.

Raúls Blick geht indes von der Hure zu dem Bruder, schätzt ab, wie stark dessen Gefühle sind. Scheiße, das ist ernst. Das schmalzige Stück scheint eine persönliche Ode an die Nutte seiner Träume zu sein und zugleich eine Botschaft, die an ihn,

Raúl, gerichtet ist, eine Absichtserklärung, die Valentín auch vor sich hin lispelt:

Nie werd' ich wissen, wie deine Seele
meine Nacht erleuchtet hat.
Nie das Wunder der Liebe fassen,
das mit dir entstand.
Nie werd' ich wissen, warum dein Blut
in meinen Adern pocht,
nie wissen, welcher Wind diese Liebe gebracht.

»Ist das nicht schön!« ruft Valentín aus. »Sag schon, daß es dir gefällt!«

Was für ein Scheißgefühl weckt diese Scheißmelodie in einem armen Deppen?, denkt er. Am Ende ist das Problem noch gravierender, als du dachtest. Er reagiert, holt den Autoschlüssel aus der Tasche und nimmt Valentíns Hand.

»Ja, sehr schön. Später erzählst du's mir ... Komm schon, wach auf! Da draußen steht das Auto für dich, es ist ein Renault, benimmt sich aber wie ein Ferrari. Nimm die Schlüssel. Du fährst doch noch immer gerne, nicht? Na, was sagst du?«

Valentín schaut auf die Schlüssel in seiner Hand.

»Aha, einverstanden!« Er grüßt in Richtung Milena. Sie lächelt ihm zu, und Freddy schaut spöttisch. Immer noch erklingt das Stück von Gloria Lasso.

»Aber nicht rasen, nicht über hundert, klar?« sagt Raúl.

»Sie hat zu tun ... Ich stelle sie dir morgen vor.«

»Ja, ja, morgen.«

»Auf Wiedersehen, Frau Lola. Bis morgen.«

»Bis morgen, mein Schatz.«

Valentín duldet den schützenden Arm des Bruders auf seinen Schultern und läßt sich zum Ausgang führen, flüstert dabei:

»Der Mann bei ihr am Tisch ist ihr Vetter. Er bringt Nachrichten von ihrer kleinen Tochter in Kolumbien ...«

»Das ist ein beschissener Zuhälter, siehst du das nicht, du Unglücksrabe?« sagt Raúl. »Komm jetzt, gehen wir.«

»Hoffentlich hat sie heute Glück. In letzter Zeit hat sie nicht viel gearbeitet, da ist der St-Stern dran schuld ...« Und dann in vertraulicherem Ton: »Erzähl es nicht weiter, aber einige Typen werden klein, wenn sie den sehen, die glauben, daß es eine böse Hautkrankheit ist ... oder so ähnlich. Dabei ist es nur ein kleiner Stern!«

»Ein kleiner Stern. Klar, das erzählst du mir später.«

Von ihrem Tisch aus sieht Milena die beiden gehen. Neben ihr mustert Freddy mit seinen Schlangenaugen ihr Profil. Vor ihm steht eine große Tasse Kaffee. Ohne die Augen von Milena zu lassen, umfaßt er langsam die Tasse, schiebt zwei Finger in den Henkel und führt den Tassenrand an die Lippen. Ein kaffeetrinkendes Reptil. Dann sagt er:

»Wie steht's, Puppe, hast du ein bißchen was extra für mich?«

»Da mußt du Frau Lola fragen, sie führt die Konten.«

»Und was ist, wenn ich dich frage?«

»Keinen Peso. Nichts. Nein, weniger als nichts. Ich hatte Grippe, hohes Fieber ... Und ich mußte den Preis runtersetzen wegen dem Bein.«

»Bist du dir sicher? Und das, was unter deiner Matratze steckt?«

»Alles geht nach Hause, Freddy. Ich habe eben sehr wenig gearbeitet.«

»Sehr wenig also. Und das wegen des verletzten Beinchens ...? Wie geht's ihm denn? Hat es noch einen Verband? Zeig mal her.«

Er hebt ein wenig ihren Rock. Milena schiebt seine Hand weg und schlägt die Beine übereinander. Sie beobachtet einen Kunden, der ihr mit erhobenem Glas vom Tresen her zulächelt, und lächelt zurück. Nancy geht an dem Kunden vorbei, und der faßt sie um die Taille, hält sie fest.

»Nun ja, du hast es so gewollt«, sagt Freddy, sein Reptilauge starrt auf ihre übereinandergeschlagenen Knie. Plötzlich fährt er mit der Hand in seine Tasche. »Schau her, eine kleine Hilfe.« Er nimmt Milenas Hand, legt ein Tablettenfläschchen hinein und schließt ihre Faust, damit sie es sicher hält. »Das schuldest du mir. Und nicht mixen. Ich habe deiner Freundin Nancy gesagt, daß sie aufpassen soll. Ich geh jetzt und rede mit ihr.«

Nancy steht am Tresen und bearbeitet den Kunden. Sie zieht ihm den Krawattenknoten gerade, während sie sich angrapschen läßt, nimmt sodann seine Hand und sieht sich die Nägel an.

»Nancy geht bald«, sagt Milena. »Was für ein Glück, nicht? Ihr Typ hat versprochen, ihre Schulden zu begleichen, er nimmt sie mit und wird ihr sogar einen Kosmetik- und Maniküre-Salon einrichten.«

»Ach ja? Es gibt eben auch Abartige«, sagt Freddy.

»Was heißt hier abartig, das ist ganz offiziell ihr Verlobter ...«

»Na, du solltest dich lieber um deine eigenen Angelegenheiten kümmern. Doña Lola sagt, es gibt Tage, an denen du nur bis Mitternacht arbeitest.«

»Ich war eben krank ...«

»Dann reiß dich mal zusammen. Wenn das so weitergeht, müssen wir allmählich an einen Ortswechsel denken. Hier bist du schon zu bekannt ...«

Milena sieht ihn mit einer Mischung aus Flehen und verhaltener Wut an.

»Nein, schiebt mich nicht ab«, sagt sie mit erstickter Stimme. »Nicht noch einmal, so ein Scheißleben, nein!«

»Immer schön ruhig, Kindchen ... Was ist nur in dich gefahren? Dieser Scheißbehinderte verwöhnt dich wohl zu sehr.«

»Laßt bloß den armen Jungen in Frieden, bitte.«

»Wollte der nicht nach Palästina und da Kleenex verkaufen, der Depp?« lacht Freddy. »Bricht er immer noch in Tränen aus, wenn er von Desirée redet?«

»Scheißkerl, mach dich nicht über ihn lustig.«

»Die kleine Wasserleiche! Träumt er nicht mehr davon, sie zu küssen und zu knutschen? Jetzt bist du dran, was?«

Freddys Hand an Milenas Wange, eine Geste, die halb Ohrfeige, halb Streicheln ist. Sie weicht ihm aus.

⁂ 9 ⁂

Auf dem Parkplatz sitzt Valentín neben dem abwartenden Raúl hinter dem Steuer des stehenden Renaults und beugt sich über das Lenkrad, als sei er bei einer Verfolgungsjagd, er schaltet wild rauf und runter und macht dazu Brrrummm! Brrummm! Es ist die klägliche Parodie einer Nachahmung: Er weiß sehr wohl, daß er kein Verbrennungsmotor ist, und bedauert das, doch sein Gesicht spiegelt kindlichen Jubel wider, er versucht, den Körper angespannt zu halten, und seine Augen sind starr auf einen Punkt jenseits der Windschutzscheibe gerichtet, wo nur dunkle Nacht ist.

»Warum lassen die mich bloß nicht den Führerschein machen?« murrt er. »Brruuuuummm, brruummmm ...!«

Raúl spielt mit.

»Der Motor könnte eine ordentliche Überholung brauchen, was meinst du?«

»Ja, der stott-ottert auch ein bißchen!«

»Hey, Mann, du rast aber ganz schön, brems doch mal ab!«

Er klatscht ihm zärtlich den Nacken. Valentín schaut ihn aus den Augenwinkeln an, grinst.

»Kann ich nicht! Manno, siehst du denn nicht, daß es keine echten Bremsen sind?«

»Okay, alles klar, jetzt halt einen Augenblick an und hör mir zu ...«

»Nach dieser Kurve, nach der Kreuzung, nach diesem Neigungswechsel und so weiter und so fort.«

Raúl gibt auf. Entscheidet sich für eine andere Lösung.

»Einverstanden, warte bei der Kurve auf mich ... Ich bin gleich zurück.«

Er steigt aus dem Auto und geht mit großen Schritten in Richtung Club.

Freddy Gómez kommt gerade aus der Küche. In seinem Rücken, bevor die Tür zufällt, nur eine Sekunde lang sichtbar, dann wieder unsichtbar: Frau Lola und zwei gutgekleidete Männer mittleren Alters sitzen vor ihren Gläsern, unterhalten sich. Sie öffnet gerade eine kleine Geldkasse, und einer der Männer prüft ein paar Rechnungen, während er ein bauchiges Cognacglas schwenkt. Ein flüchtiges Bild der drei, in genau der Zeitspanne, die die Küchentür braucht, um hinter Freddy ins Schloß zu fallen, der nun durch das kleine Vestibül geht, von dem aus die Treppe in den ersten Stock führt. Am Fuß der Treppe bleibt Gómez stehen und blickt hoch, zögert einen Augenblick, dann geht er weiter, öffnet die Glastür vor sich und tritt direkt auf die Tanzfläche des Clubs, am Ende des Tresens. Er überquert die Piste in seinem herausfordernden Gang, beide Hände in den Taschen des Jacketts, erreicht Milenas Tisch und setzt sich wieder auf denselben Stuhl, versucht, ihr Gesicht zu streicheln, sie weicht aus, während sie eine Zigarette anzündet und sieht, wie sich Valentíns Bruder mit ruhigem Schritt nähert, den Blick starr auf einen Teil ihres Körpers gerichtet, den sie nicht präzisieren könnte. Was sie weiß, die ganze Zeit gewußt hat, ist, daß er zurückkommen und sich vor ihr aufpflanzen würde, wie er es jetzt auch tut, und daß er mit einer heiseren, harten Stimme wie dieser fragen würde:

»Bist du die Milena?«

Raúl richtet flüchtig den Blick auf Freddy Gómez, der die Hand bedächtig zu seinem Haar geführt hat und es glattstreicht.

»Ja«, sagt sie leise.

»Was hast du mit meinem Bruder vor?«

»Ich nichts, Señor.«

Freddy beobachtet Raúl schweigend, verwundert: Genau dasselbe Gesicht wie der Schwachsinnige, doch ohne diesen starren, blöden Ausdruck. Ein unangenehmer Typ.

»Was spielst du da für ein Spiel?« Raúl wendet die Augen nicht von Milena ab. »Macht es dir Spaß, dich über einen Zurückgebliebenen lustig zu machen, oder schmeißt du dich nur an ihn ran, um ihn abzuzocken?«

»Sagen Sie nicht so was. Valentín ist ein Freund.«

»Ich warne dich, Nutte. Laß ihn in Ruhe.«

»Señor«, meint Freddy mit Honigstimme, »seien Sie so gut, und behandeln Sie meine Cousine nicht so. Die ist nämlich zu jedem nett.«

Raúl blickt ihn noch einmal schräg und flüchtig an, antwortet nicht. Er stützt die Hände auf die Stuhllehne vor ihm und visiert erneut Milena an:

»Ich sag das nicht zweimal. Laß meinen Bruder in Ruhe, wenn du deine Möse und deine Arbeit nicht verlieren willst. Er hat nur Sägemehl im Kopf, ich dagegen habe böses Blut. Ist das klar?«

Freddy wendet sich lächelnd, versöhnlich an Raúl:

»Hören Sie mal, wie sprechen Sie denn mit ihr, sie verschrekken mir ja das Mädchen. Nehmen Sie doch Platz, dann könnt ihr euch in Ruhe unterhalten ...«

Langsam setzt er zum Aufstehen an, als Raúl schon, ohne ihn anzusehen oder die Stimme zu erheben, brummt:

»Sag deinem Cousin, er soll das Maul halten, oder er kriegt was in die Fresse.«

Freddy setzt sich wieder, lächelt Milena zu:

»Was ist das für ein Arschloch? Muß ich ihm eins auf die Nuß geben, oder was ...?«

Er beendet den Satz nicht, weil Raúl ihn bereits im Genick gepackt hat und ihn brutal und hartnäckig über seine Kaffeetasse drückt. Er hält ihn so fest, den Mund auf den Tisch gepreßt.

»Hör zu, du Schwanzlutscher. Steck dir die Zunge in den Arsch oder hau ab. Du kannst wählen.«

Freddy macht eine einlenkende Geste, und Raúl läßt ihn los. Einige Gäste in der Nähe haben sich zu ihnen umgewandt.

Freddy Gómez hat schmerzende Lippen und eine gequetschte Nase. Raúl stützt die Hände wieder auf die Stuhllehne und spricht zu Milena.

»Und du weißt Bescheid. Wenn ich wiederkommen muß, wird's schlimmer. Es liegt mir nicht, Sachen zu wiederholen.«

Dreht sich um und geht. Milena schaut ihm nach, während Freddy sich ein Taschentuch auf den Mund drückt. Die Lippe blutet ein wenig.

»So eine Mißgeburt!...« Und dann zu Milena, wütend: »Scheiße, ich hab doch gesagt, daß dieser Depp aus der Küche uns in Schwierigkeiten bringt...!«

Milena steht brüsk auf und geht zum Tresen, begegnet Lola, die mit einer Mappe unter dem Arm, einem Kugelschreiber im Mund und je einem hohen Cocktailglas in den Händen zu Freddys Tisch geht.

Warum habe ich statt dem Zuhälter nicht gleich dieser Nutte die Fresse poliert?, fragt er sich. Warum habe ich die Angelegenheit nicht auf meine Weise erledigt? Ich hatte allerdings auch nicht erwartet, daß Valentín ernsthaft verknallt ist, so was Beschissenes, ich hatte nicht damit gerechnet, daß er diesen sentimentalen Bolero anstimmen würde, wie sollte ich wissen, daß er mir leid tun würde. Das war ein Schlag, den ich nicht erwartet hatte.

Als er wieder beim Wagen ist, klammert sich der tollkühne Fahrer immer noch in voller Fahrt ans Steuer. Raúl öffnet die Tür, setzt sich neben ihn und schaut ihn einige Sekunden lang besorgt an.

»Du fährst viel zu schnell, Valen.«

»Brrruuummmm...! Wo warst du?«

»Ich kann's nicht fassen! Da komme ich nach langer Zeit wieder heim, und was finde ich vor? Der Einfaltspinsel von meinem Bruder ist verrückt nach einer Nutte.«

»Ve-Ve-Verrückt ... Du willst sagen, daß ich verrückt bin, stimmt's?«

»Nein, verdammt, das habe ich nicht gesagt!«

»Verrückter Autofahrer, das schon ... Aber die Zündung versagt nie. Wenn du sie gut behandelst, reagiert sie sofort, unmittelbar, schnell, augenblicklich und so weiter und so fort.«

Raúl bewegt sich ungeduldig.

»Überleg, was du sagst, Mensch, denk ein bißchen nach, bevor du den Mund aufmachst.« Er schaut ihn nachdenklich an, während Valentín weiter am Lenkrad dreht. »Laß sehen, warum sagst du, daß dieses unglückselige Wesen deine Verlobte ist?«

»Weil sie es ist«, antwortet Valentín beim Abbremsen. »Die Zündung, darauf kommt's an ... Aber was dein Wagen wirklich braucht, ist ein Unterwasserscheibenwischer. Sie ist meine Verlobte, aber ich hab's ihr noch nicht gesagt. Ich überlege noch, wie ich's ihr sagen soll.«

»Aber, Menschenskind, sie ist doch eine Hure! Wie kannst du dir eine Hure als Braut zulegen?« Er nimmt Valentíns Kopf mit beiden Händen, sieht ihn an. »Schau mich an ... schau mich an! Weißt du, was eine Hure ist, Valentín? Weißt du das?«

Valentín sieht ihn an, in seinen Augen ein Funken Ironie, die Hände immer noch am Steuer. Er beginnt das ihm eigene Wiegen, vor und zurück.

»Was willst du«, insistiert Raúl, »soll ich es dir mit so großen Buchstaben in ein Notizbuch aufschreiben wie damals, als ich dir die Wörter beibrachte ...? Komm schon! Weißt du, was eine Nutte ist!?«

»Klar, so blöd bin ich nicht... Das bin ich nicht, keineswegs.«

»Na gut, und was hast du dazu zu sagen?«

Valentín lächelt freundlich.

»Du b-bist abgelaufen wie ein Joghurt, Raulito. Du glaubst, ich bin blöd, glaubst, daß hier«, er tippt sich mit einem Finger an die Schläfe, »nichts drin ist, daß ich nicht denke ... Da ist sehr wohl was drin, Bruder. Zuerst denke ich es und sehe es, dann heb ich es hier auf und schau's mir wieder an, wenn ich will ... Genau wie bei einem Video. So sehe ich Mama, weißt du? Ich sehe sie jeden Tag, sehe sie mit den Luftballons, die sie mir an dem Tag gekauft hat, als sie das Haus für immer verlassen hat, gekleidet wie ...«

»Wir wollten nie wieder darüber sprechen!« schneidet Raúl ihm das Wort ab.

»... gekleidet wie eine Nu-Nutte. Das hast du gesagt. Gekleidet und geschminkt wie eine Nutte.«

»Halt den Mund, das hat nichts damit zu tun ...!«

»Ich weiß schon, du hörst das nicht gern.« Er wedelt mit den Händen in der Luft. »Ich habe Fliegen in den Augen, ich verscheuche sie, aber sie verschwinden nicht. Und so weiter und so fort. Sie hat sich hergerichtet wie eine N-Nu ...«

»Jetzt hör schon auf, du redest nur Scheiß!«

»Schon gut, schon gut.«

Raúl ist aufgebracht, seufzt, versucht die Situation wieder unter Kontrolle zu bekommen.

»Also gut, einverstanden, du siehst alles und weißt alles. Aber jetzt streng deine Birne noch ein bißchen an und sag mir, was du mit einer Hure anfangen willst, die kifft und Narben hat und dir womöglich die Syphilis anhängt oder Aids oder wer weiß was ...«

»Holla, sonst noch was? Mann! Und so weiter und so fort! Ich hab dir doch gesagt, sie ist meine Verlobte.«

»Soso, deine Verlobte. Und was macht deine Verlobte mit den Freiern im Bett? Wieviel nimmt sie für eine Nummer?«

Valentín grübelt. Das Wiegen seines Oberkörpers, hin und zurück, scheint seine mentale Energie zu erzeugen, die Mühen der Vorstellung zu bewältigen:

»Das Verhalten einer Braut im Bett ist unvorhersehbar«, murmelt er, ahmt sodann wieder das Motorengeräusch nach, bemerkenswert echt, als stecke da wirklich ein abgetakelter Motor in seiner Kehle. »Brrumm, grraaccc, grrrogrrrcroc ...! Dieser Prototyp ist schrottreif, der Motor muß neu eingestellt werden. Alles ist defekt, der Anlasser, die Zündung, das Differential und so weiter und so fort! Wetten?«

Einen Augenblick lang weiß der Bruder nicht, ob er lachen

oder sauer werden soll. Er schließt die Augen und überlegt, was er sagen kann.

»Hör mal zu. Dieses Mädchen ... Schau, es tut mir leid für dich, aber ich werde sie ficken. Damit du merkst, was das für eine ist. Was meinst du? Sie leckt sicher wie ein Engel. Ich ekle mich nicht vor Narben, davon habe ich genug gesehen. Und sie ist dafür da, mit jedermann zu ficken. Das weißt du doch, oder?«

»Klar weiß ich das, aber sicher weiß ich das, glaubst du etwa, ich bin blöd? Aber das, nein, du nicht ... du nicht, bitte.« Auf einmal traurig geworden, zeigt er mit dem Finger auf ihn, markiert den Takt zu seinen Worten, zittert ein wenig, stammelt. »Du nicht, du nicht, du nicht! Nie und nimmer ...!«

»He, he, beruhige dich! Schon gut, Junge, ganz ruhig, war nur ein Scherz!«

Überrascht von einem derartigen Gefühlsausbruch, tätschelt er seinen Nacken. Valentín klammert sich noch fester ans Lenkrad und blickt nach vorn, aber der Motor ist verstummt. Sein Bruder wartet, bis er sich beruhigt hat, und sagt dann in freundschaftlichem Ton:

»So sehr magst du sie?«

»Mehr als Milchreispudding!« Er lächelt verschmitzt.

»Wie lange läuft das schon?«

»Seitdem ich sie kenne.«

»Und seit wann kennst du sie?«

»Mhmmm. Ich hab ihr mal eine Pizza mit Zucchini gemacht und ans Bett gebracht. Aber sie mag keine Zucchini ... Vorsicht, da kommt eine gefährliche Kurve! Seeehr gefährlich!«

»Valentín, sieh mich an. Warum hast du mich nicht angerufen und erzählt, was mit dir los ist? Diesmal hast du wirklich ins Volle gelangt! Und einen Superkuchen angerührt, weißt du das?«

»Ja doch! Den süßesten, den allerbesten ...! Wir sind da!«

Er tut so, als ziehe er die Handbremse an, und blickt mit einem kleinen Grinsen zu Raúl. Der versucht im stillen, klaren Wasser seiner Pupillen zu lesen. Resigniert gibt er Valentín einen zärtlichen Klaps auf die Wange.

»Schon gut, du Plage … Wir sprechen morgen miteinander. Laß mich ran.«

Er gibt ihm einen kleinen Schubs und ergreift das Lenkrad. Valentín steigt aus und schließt die Tür, geht aber nicht um den Wagen herum, um sich auf den Beifahrersitz zu setzen, sondern entfernt sich entschlossenen Schrittes.

»He, wo gehst du hin? Komm zurück!«

Valentín steigt bereits auf sein Rad und steckt die Hosenbeine mit den Fahrradklammern fest.

»Wetten, daß ich vor dir da bin! Um was we-wetten wir? Los, Schumi, zisch ab …!«

Er saust auf seinem Rad davon, tritt in die Pedale, ohne sich zu setzen, biegt in die Schnellstraße wie ein echter Sprinter, schaut mit gesenktem Kopf aus dem Augenwinkel nach Raúl.

Raúl startet den Wagen und fährt hinter ihm her, leuchtet ihn mit den Scheinwerfern an. Er folgt ihm, verringert den Abstand und beobachtet ihn erst nachdenklich, dann mit einem Anflug von Resignation. Zu keinem Zeitpunkt versucht er, ihn zu überholen.

Ab und zu wendet der Fahrradfahrer ihm sein lachendes Gesicht zu und tritt wieder wild in die Pedale. Vor Valentín, auf dem Asphalt jenseits des Scheinwerferlichts, dehnt sich die Finsternis bis zum Meer.

⁜ 10 ⁜

Olga sitzt vor dem Toilettentisch und sieht in den Spiegel, während sie Reinigungscreme aufträgt. Eine weiße Maske, aus der die tiefschwarzen Augen und der bittere Zug um den Mund hervorstechen. Sie trägt ein Hemdchen und einen Slip. Der Spiegel gibt außer ihrem Gesicht das Ehebett und Teile des Schlafzimmers mit der halboffenen Tür zum Flur wieder, von wo die Stimmen von José und Raúl zu hören sind.

»Ist er endlich eingeschlafen?« fragt José.

»Nein.«

»Kein Wunder, nach deiner Gardinenpredigt ...!«

Raúl erwidert in schneidendem Ton:

»Du solltest die Sache ernster nehmen, Vater.«

»Das erledigst du ja für mich, oder? Gute Nacht.«

Die Schlafzimmertür öffnet sich ganz, und José, im Bademantel, kommt leicht hinkend ins Schlafzimmer. Er hat eine Zeitschrift für Pferdesport und ein Glas Wasser in der Hand und raucht eine Zigarette. Olga sieht ihn im Spiegel. Auf dem Bett sitzend, steckt José eine Tablette in den Mund, trinkt einen Schluck Wasser, stellt das Glas auf den Nachttisch neben ein Buch und legt sich hin, lehnt sich, ein Kissen im Rücken, an das Kopfteil des Betts, die Zeitschrift in den Händen.

»So ein Ding!« sagt er. »Erst ärgert er ihn, und dann bleibt er bei ihm, bis er einschläft, wie als sie Kinder waren. Er ist immer noch sein Schutzengel.«

»Hast du Schutzengel gesagt ...?« fragt Olga.

»Jawohl.«

»Soso, ein Engelchen. Du hast doch gesagt, daß er ihm schon im Mutterbauch gegen den Kopf getreten hat.«

»Das habe ich nie gesagt. Ich hab dir erzählt, daß seine Mutter das mal behauptet hat, als sie betrunken war, und Raúl hat es gehört und den ganzen Tag lang geheult. Er war noch sehr klein. Er hat wirklich geglaubt, daß er mit seinen Fußtritten das Hirn des Bruders im Uterus beschädigt hatte.«

»Was immer er jetzt unternimmt, es ist zwecklos«, sagt Olga und reibt sich heftig Creme auf die Backenknochen. »Ich kenne Valentín. Er meint das mit dem Mädchen ernst.«

José sieht den Zigarettenrauch zur Decke aufsteigen. Ihn beschäftigen noch die Zwillinge, die bereits im Uterus aneinandergerieten, vielleicht war es ja so, wer weiß, und wie zu sich selbst sagt er:

»Weißt du, ich habe immer geglaubt, daß Raúl die Schuldgefühle geblieben sind ... Meinst du, er hat sich geändert?«

»Ich weiß nicht ...«

»Wie wirkt er auf dich?«

»Er macht mir Angst. Hat er dir die Geschichte mit seiner Akte erzählt?«

José ist in Gedanken versunken, er reagiert nicht.

»Hörst du mir zu?« fragt Olga. »Was hat er für Pläne?«

»Wer ...?«

»Raúl. Will er länger hierbleiben?«

Sie hat begonnen, sich das Gesicht mit einem Tuch zu säubern, wendet dafür unnötig viel Energie auf. Eine kleine Stelle am Mundwinkel ärgert sie. José hat die Zeitschrift auf den Boden geworfen und greift nach dem Buch auf dem Nachttisch. Es dauert einige Sekunden, bis er antwortet:

»Ich glaube nicht.«

Olga beendet die Hautreinigung und bürstet nun ihr Haar. Sie blickt in den Spiegel und hält einen Augenblick inne. Dieser Scheißpickel. Sie berührt ihn mit der Zungenspitze. Aber vielleicht ist er ihm gar nicht aufgefallen ...

»Und was wird er solange machen?« fragt sie. »Hast du ihn gebeten, uns etwas im Reitstall zu helfen?«

»Das hatte ich vor.«

»Ich finde das keine gute Idee.«

José sieht sie mit versteckter Besorgnis an, sagt aber nichts.

Olga steht vom Toilettentisch auf, bürstet weiter ihr Haar, geht in Richtung Bett und greift sich im Vorbeigehen den kleinen schwarzen Plüschbären, der auf einem Bänkchen sitzt.

»Nicht deswegen, nicht was du denkst«, fügt sie hinzu. »Obwohl ich schwören könnte, daß er sehr viel mehr trinkt als früher. Ich sag das nur, weil …«

»Früher oder später verschwindet er«, unterbricht sie José. »Er wird gehen, und dann siehst du ihn nicht wieder.«

»Er hat sich aber vorgenommen, persönlich über Valentín zu wachen. Und er scheint mir nicht der Richtige dafür zu sein. Mit ihm ist nicht gut Kirschen essen.«

Sie legt sich aufs Bett, den Plüschbären in den Händen, zupft zerstreut und nervös Staubflusen aus dem Fell. Plötzlich legt sie ihn weg, schlüpft unter das Laken und streckt sich auf der Seite aus, den Rücken José zugewandt. Sie sagt noch:

»Hat Frau Duran nicht gesagt, sie brauche noch einen Bodyguard?«

»Ich glaube nicht, daß Raúl solche Arbeit erlaubt ist.«

»Seit wann bittet dein Sohn für irgendwas um Erlaubnis?«

Aus Valentíns Zimmer ist jetzt schwach Musik zu hören, dazu die blecherne Stimme der aus dem Penedés stammenden Sängerin, die *Luna de miel* anstimmt.

Sich mit Geduld wappnend, schließt José die Augen, legt dann den Kopf zur Seite und schaut auf das über das Kissen fallende Haar seiner Frau. Ein Blick, der Zuneigung und eine grüblerische Traurigkeit ausdrückt. Nach einer Weile, als habe er gezögert, fragt er mit noch heiserer Stimme als sonst:

»Willst du, daß er geht?«

Olga, schlechtgelaunt, läßt sich etwas Zeit mit der Antwort.

»Er soll nicht soviel trinken. Wenigstens nicht vor mir.«

José beugt sich herüber und küßt ihr Haar. Sie faßt nach hinten und streichelt, ohne sich umzudrehen, sein Gesicht. Dann kehrt José in seine vorherige Stellung zurück, öffnet nachdenklich das Buch.

Raúl liegt in Pyjamahose auf dem Bett, die Hände im Nacken, schaut er an die Decke. Er greift nach dem Flachmann auf dem Nachttisch und trinkt einige Schlucke. Die Musik aus Valentíns Zimmer ist jetzt deutlicher zu hören.

Ich weiß, der Wind ist die Brise,
die deiner Seele sagt,
komm zu mir, zu dir komm' ich,
der für dich lebt…

Raúl verläßt das Bett und geht hinaus auf den Flur. Ohne anzuklopfen, geht er in das Zimmer seines Bruders. Eine Schreibtischlampe steht auf dem Boden und wirft Licht auf das Kopfende des Bettes, auf dem nackt der schlafende Valentín liegt. Sein Gesichtsausdruck ist friedlich und heiter, als höre er im Traum sein Lieblingslied. Auf der Brust liegt schlaff seine Hand, ihr ist das Foto entglitten, das ihn und Milena auf der Dachterrasse des Clubs zeigt. Auf dem Bettuch ein alter, mit einem Gummiband verschlossener Schuhkarton. Raúl setzt sich auf die Bettkante und betrachtet die unschuldige Nacktheit seines Bruders. Ich bin hier, Valen, du mußt nichts fürchten.

Er wacht über einen unmöglichen, dummen Traum, der nichts Gutes verheißt, ein trügerisches Glücksversprechen. Ich bin hier. Wachsam und hilfsbereit, schiebt sich Raúls Silhouette allmählich über die seines Bruders, der mit gleicher Sorge und zärtlicher Aufmerksamkeit einen anderen Traum beschützt, beide in dasselbe geisterhafte Lied versunken. Sie sitzen nicht auf demselben Bett, werfen aber auf die Wand das gleiche wachsame Adlerprofil, über ein und demselben Abgrund. Ein in sich gekehrter, andächtiger Schattenriß. Ich bin hier, Bruder. Vergiß dieses dumme Lied.

Nie werd' ich wissen, welches Wunder
diese Nacht gebar,
nie wissen,
wie dieser Honigmond über uns kam…

Er betrachtet die kräftige Hand auf der Brust und das matte Geschlecht auf dem Schenkel. Die Eichel fast völlig in Haut verpackt, wie immer ruhend und in sich versunken, ein schlafender Wurm. Gebannt von diesem Geschlecht, das, wie er weiß, unvermögend und harmlos ist, fragt sich der Polizist, von den eigenen Gewohnheiten ausgehend, von sexuellem Furor und Lieblosigkeit, von Einsamkeit und Gewalt, wie dieser Körper, der dem seinen so ähnlich, aber im Inneren kaputt ist, der für die Ausübung der Liebe nicht taugt und keinen sexuellen Drang kennt, nicht die Möglichkeit, sich zu entzünden, wie dieser Körper dennoch und mit so maßlosem Eifer ein Surrogat des Begehrens lebt, als plumpe Parodie leidenschaftlicher Liebe zu einer verkommenen und wohl auch drogenabhängigen Hure.

Er macht den Kassettenrecorder aus, zieht das Foto unter Valentíns Fingern weg und stellt es auf das Bord. Dann greift er nach dem Schuhkarton und bemerkt, was mit dickem Filzstift gemalt auf dem Deckel steht, in ungeschickter Schrift, in schiefen, fallenden Buchstaben: *Für Milenas Schulden.*

Er schüttelt die Schachtel, das Klimpern von Münzen. Er streift das Gummiband ab und öffnet den Karton. Ein grinsendes Kaninchen aus weißer Keramik, eine Sparbüchse. Er holt sie heraus und betrachtet sie nachdenklich. Der Schlitz für die Münzen befindet sich im Maul des Kaninchens. Er legt das Kaninchen wieder in den Karton, schließt diesen und stellt ihn zurück aufs Bord. Dann deckt er Valentín zu, wirft noch einen letzten Blick auf ihn und geht, das Licht ausknipsend, aus dem Zimmer.

⁑ *11* ⁑

Milena schreitet im Bademantel auf dem rostigen Balkon an der Rückseite des Clubs auf und ab, raucht eine Zigarette und hält sich die Schultern. Die rot aufgehende Sonne und der Seewind tun ihren vor Müdigkeit geschwollenen Augen weh. Sie bleibt stehen, mummelt sich in den Kragen des Bademantels und betrachtet den Horizont über dem freien Feld. Vor ihr liegt eine kahle, öde Böschung, eine Übergangszone zwischen der abblätternden Rückfront des Gebäudes und der Schnellstraße, die hier nach Süden schwenkt.

In ein paar Stunden wird Yasmina ihr Gesellschaft leisten, sich auf ein Handtuch legen, um ihre Beine zu bräunen, aber jetzt ist Milena allein. Fern rauscht das Meer, ihr Blick bleibt an der steinigen Böschung hängen. Da unten, bei dem trockenen Gestrüpp, etwa dreißig Meter weit weg, knabbert ein weißes Kaninchen an irgend etwas herum. Daneben rosten ein kaputter Vogelkäfig und die Reste eines Regenschirms vor sich hin. Der Tag bricht an, Nebelfetzen ziehen vorbei, und im Hintergrund fahren ein paar Autos mit brennenden Scheinwerfern über die Schnellstraße.

Plötzlich, von irgend etwas aufgeschreckt, hebt das Kaninchen den Kopf und schaut sie an.

Milena erwidert den Blick von ihrem Hochstand aus.

Geh nicht fort.

Eine halbe Stunde später hat sie die Stellung gewechselt, jetzt sitzt sie am Boden, eine Tasse Kaffee auf den angezogenen Knien, den Rücken an die Wand gelehnt. Sie scheint ein Weilchen geschlafen zu haben, gähnt. Immer noch ist sie ungekämmt, hat Ringe unter den Augen, und ihr düsterer Blick löst sich nicht von der kahlen Landschaft, die sie nun durch die rostigen Gitterstäbe des Geländers hindurch betrachtet. Die Sonne steht jetzt höher und löst die letzten Nebelfetzen auf. Das Rauschen der Wellen ist nicht mehr zu hören. Auf der einen Balkonseite zeugt die alte waghalsige Feuerleiter des Hotels von Rost und Ruin, hält sich aber noch. Einzelne Stufen fehlen, das Stück, das zum Boden reicht, ist verdreht, und Brombeeren klettern daran hoch.

Geh nicht fort, Kaninchen. Laß mich nicht allein.

Auf dem Bildschirm eines Videospiels rast ein gelbrot geflammter Wagen unter dem Logo RALLYE PARIS-PEKING im Zickzack dahin, überholt zwei schwarze Autos. Dich hab ich geschafft, und wenn ich erst den Führerschein habe, kannst du was erleben ... Valentín steuert den Wagen inmitten des ihn umgebenden Lärms im Vergnügungscenter beim Supermarkt, nicht weit vom Club. Ein belebter Ort, schon frühmorgens voller junger Leute, aber er sieht und hört nichts, seine ganze Aufmerksamkeit ist auf das Autorennen gerichtet, die Radfahrerkappe ist bis auf die Augenbrauen gerutscht, das Rad mit dem Einkaufskorb hat er neben sich abgestellt.

Der Wagen stößt mit einem anderen zusammen und zerschellt. Die Gangschaltung, die ist einfach zu hart. Er schnippt mit den Fingern, dreht enttäuscht ab, nimmt sein Rad, steigt auf und fährt los, tritt schwungvoll in die Pedale, pfeift, den kleinen Rucksack auf dem Rücken und einen Strauß gelber Margeriten im Korb vor dem Lenker.

Etwa zur gleichen Zeit kreischen über dem ruhigen und tiefblauen Meer die Möwen, und Raúl beobachtet von der Veranda aus ihren Flug. Er schaut auf die Uhr und geht eilig hinter das Haus, während er die Windjacke anzieht. Bevor er beim Auto ankommt, hat er bereits den Flachmann aus der Tasche gezogen und ein paar Schluck getrunken. Er schaut zur Küchentür hinein, dreht sich um, sieht Olgas Fahrrad an seinem Platz stehen, aber nicht das von Valentín. Er steigt in den Renault, läßt den Motor an und biegt in die Auffahrt zur Schnellstraße.

José steht in der Mitte des eingefriedeten Parcours, hält ein Pony an der Longe, das mit einem achtjährigen Mädchen auf dem Rücken im Kreis trabt. Neben ihm, das Jackett über die Schulter geworfen, steht der Bodyguard von Virginia Duran und beobachtet das Pferdchen.

»Den Rücken gerade!« weist José das Mädchen an. »Gut so!«

Der BMW von Frau Duran parkt am Reitgelände, neben dem alten blauen Kleinlaster. Der Renault fährt langsamer werdend vor, und Raúl streckt den Kopf aus dem Fenster, fragt den Vater nach Valentín. José übergibt die Longe dem Bodyguard und geht auf den Sohn zu, bedeutet ihm auszusteigen. Raúl gehorcht, während Frau Duran, von den Ställen kommend und den bereits gesattelten Apfelschimmel an den Zügeln hinter sich her führend, zu ihnen stößt. Sie trägt ein apartes Reitkostüm und schützt ihre Augen mit einer Sonnenbrille. Raúl, die Hände auf die Hüften gestützt, fragt noch mal ungeduldig nach Valentín, und José schüttelt erneut den Kopf.

»Er ist nicht gekommen. Und du brauchst dir keine Sorgen zu machen«, sagt er und wendet sich Virginia Duran zu. »Mein Sohn Raúl.«

»Hallo.« Eine schläfrige, opake Stimme. Mit der Reitgerte unter der Achsel und abgeschirmt von ihrer dunklen Brille, zieht Frau Duran noch den zweiten Handschuh über und lächelt. Eine nasale Stimme, von Rotz durchsetzt, denkt Raúl.

»Hallo.« Er drückt ihre behandschuhte Rechte, weich und warm. Auf der Zunge spürt er das bekannte Brennen. Er widmet der Dame einen unaufmerksamen Blick, und sie wendet sich ab, bereit aufzusteigen. Ein flacher, zugerittener Arsch. Raúl sucht die Augen seines Vaters: »Gestern abend hat er mir versprochen, helfen zu kommen.«

Er kann nicht glauben, daß Valentín sein Versprechen nicht gehalten hat.

»Du verschwendest deine Zeit«, sagt José. »Aber lassen wir das jetzt ... Wir haben über deine Arbeit gesprochen. Wie du weißt, braucht Frau Duran einen neuen Bodyguard für die

Wochenenden, sie schlägt vor, daß du darüber mit ihrem Mann sprichst.«

»Ja, je eher desto besser«, sagt die Dame trocken, den Fuß schon im Steigbügel, die beiden Hände hinten am Sattelzwiesel. »Mein Mann ist sehr eigen in Fragen der Sicherheit.« José macht eine Geste, wie um ihr zu helfen, doch sie schwingt sich schnell in den Sattel und beobachtet das Pony, auf dem ihre Tochter reitet. »Isabel soll das Tier striegeln und dann lernen, ihm das Halfter anzulegen. Und verwöhnen Sie mir die Kleine nicht zu sehr, José!«

»Ach was! Sie lernt ganz schnell.«

Die Amazone drückt die Sporen in die Seiten des Pferdes und entfernt sich querfeldein im Galopp, während Raúl, verstimmt, seinem Vater den Rücken kehrt und in Richtung Stall marschiert.

Olga verteilt das Heu, und Ahmed säubert die Krippen.

»Suchst du Valentín?« fragt Olga, als sie ihn eintreten sieht.

»Er hat mir gesagt, er kommt.«

»Fehlanzeige. Du kannst dir ja vorstellen, wo er steckt.«

Raúl will etwas sagen, macht dann aber kehrt und geht zum Wagen. José wartet schon auf ihn.

»Nun, was meinst du?«

»Kein Interesse.«

»Warum überlegst du es dir nicht noch mal?«

»Ich hab bei solchen Leuten nichts verloren.«

»Es wird dir guttun, dich zu beschäftigen, solange du ...«

»Ich bin schon beschäftigt!« Er setzt sich hinters Steuer und knallt die Wagentür zu. »Außerdem ist mir gar nicht erlaubt, als Bodyguard zu arbeiten.«

»Ich glaube nicht, daß sich Herr Duran daran stört. Sprich wenigstens mit ihm.«

Mit laufendem Motor schaut Raúl dem Pferd von Frau Duran nach, das angespornt auf ein nahes Wäldchen zugaloppiert.

»Also gut«, sagt er. »Ich verspreche nichts, aber ich gehe zu deinem Doktor, wenn du mich die Sache mit Valentín auf meine Weise regeln läßt.«

»Klar«, räumt José ein. »Du machst eh, was du willst ...«

Raúl schaut auf den Bodyguard, der in aller Ruhe sein Brötchen verzehrt, ohne die Longe loszulassen, an der das Pony mit dem Mädchen seine Runden dreht, und schaut dann wieder Virginia Duran nach.

»Läßt er sie alleine reiten?«

»Sie reitet nicht weit. Sie hat Freunde auf einer Finca hinter dem Wäldchen ...«

»Selbst wenn, dieser Depp müßte ihr folgen.«

»Hier ist keine Gefahr ...«

»Woher weißt du das?« unterbricht Raúl ihn übellaunig. »Misch dich da nicht ein, das ist nicht dein Bier.«

»Ich weiß, wovon ich rede. Keine Ahnung, was sie in Barcelona tut, aber hier entfernt sie sich nie besonders weit und zieht dabei vor, allein zu sein.«

»Hast du das ihrem Mann gesagt?«

»Was soll ich ihm sagen ...?« Raúl antwortet nicht, und José beharrt auf seinem Vorschlag: »Hör mal, das ist doch ein ruhiger Job. Und du verdienst ein paar Kröten, während du darauf wartest, daß sich deine Geschichte klärt.«

Ohne den Fuß von der Kupplung zu nehmen, in Gedanken versunken, verfolgt Raúl mit zusammengekniffenen Augen das galoppierende Pferd mit der Amazone jenseits der Esplanade. Dann dreht er wild am Lenkrad, um das Auto auf den Weg zu bringen, startet durch, und José muß zur Seite springen, brüllt:

»Auf dich muß man ein Auge haben, mehr als auf Valentín, das kannst du mir glauben!«

⁑ 12 ⁑

Der Strauß gelber Margeriten blüht im Krug mitten auf dem Küchentisch. Durch eines der Fenster scheint die Sonne herein, es ist fast Mittag. Um den Tisch herum sitzen Alina, Yasmina, Jennifer, Nancy und Bárbara, vor ihnen große Tassen Milchkaffee, Toast und Gebäck, Joghurts und Säfte. Obgleich es schon so spät ist, haben sie gerade erst gefrühstückt. Ungekämmt oder mit Lockenwicklern, ungeschminkt, in Trainingsanzügen oder Morgenmänteln, unausgeschlafene Gesichter. Alina häkelt. Nancy raucht einen Joint, während sie Alinas Nägel in den Farben der spanischen Flagge lackiert. Sie reicht ihn Alina, die das Gesicht ablehnend verzieht. Hinter ihr, vor der Einbauküche, steht Rebeca und kocht fürs Abendessen, wirft etwas in den Topf und rührt. Sie hat ein Handtuch um den Kopf gewickelt, und der Bademantel ist unachtsam mit einem Ledergürtel zugebunden. Neben ihr, mit weißer Kochmütze und Schürze, ist Valentín emsig dabei, den Pizzateig und den Belag vorzubereiten. Seine Nägel sind rosa und silbern lackiert. Ein paarmal wird er zu dem Tisch gehen und mehr Toasts und Kaffee bringen, dann aber gleich zu seiner Arbeit zurückkehren, während die Mädchen weiterschwatzen, zuweilen alle gleichzeitig, wie es gerade kommt.

»... und da sag ich dem Jungen, hör mal, Schätzchen, was machen wir beide jetzt«, erzählt Alina, »und er fragt: Wieviel. Und ich sage, na ja, das hängt von den Leistungen ab. Und er: Was für Leistungen? Ich will keine Leistungen, Señora, sagt er ganz ernst, ich komme, um ...«, sie prustet vor Lachen, »ich komme, um das Schild da draußen zu bezahlen, das mein betrunkener Bruder gestern mit einem Stein demoliert hat ...«

Alina und Rebeca schütten sich aus vor Lachen. Jennifer schaut ihre Nägel an, verzieht unzufrieden das Gesicht.

»Dieser Multireflex-Nagellack, den dir dein Freund geschenkt hat, ist Scheiße, Nancy! Der geht beim Waschen ab, da bleibt kein bißchen übrig ...!«

»Womit wäschst du dir denn die Möse, etwa mit Benzin?« sagt Nancy. »Bei mir ist der Lack nie abgegangen!«

»Ich habe richtig dolles Halskratzen«, sagt Rebeca.

»Kein Wunder, wenn du mit dem Zeug gurgelst, Mädchen!«

»Also hör mal, Kleine, es reicht«, protestiert Alina. »Hatten wir nicht ausgemacht, beim Essen nicht von der Arbeit zu sprechen?«

»Wer spricht denn von der Arbeit?! Ich sage nur, daß ...«

»Ach, Nancy, warum hältst du nicht den Mund!« Jennifer wedelt mit der Hand den Rauch des Joints weg. »Und hör auf, diesen Scheiß zu rauchen.«

Darauf Nancy wütend:

»Du sagst mir nicht, was ich zu tun oder zu lassen habe! Tu das nie wieder, Jennifer!«

Inmitten des Geschreis versucht Yasmina sich Gehör zu verschaffen.

»Moment mal, Moment ...! Wer hat gesagt, daß ich wie ein abgestochenes Ferkel ächze? Klingt das wirklich so schlimm? Moment mal, Mädels! Alle herhören ... Ahhhhh, aahhh ...!«

Sie schließt die Augen, imitiert Lustgestöhne, als wäre sie bei der Arbeit, aber zu hören sind nur kleine Klagelaute, angstvoll und nicht sehr überzeugend.

»Miserabel, Yasmina, das klingt miserabel ...!« erklärt Jennifer.

»Gar nicht gut, Schätzchen«, meint Rebeca.

»Ja, siehst du, du quiekst wie eine Ferkelin«, bestätigt Nancy.

»Na, das ist doch schon was anderes«, meint Yasmina, »immerhin ein weibliches Schweinchen.«

»So führst du nicht mal einen Grünschnabel hinters Licht, meine Kleine.«

Rebeca tritt an den Tisch, wischt sich die Hände an einem Lappen ab.

»He, wer ist morgen mit Kochen dran?«

»Yasmi«, sagt Alina.

»Schon wieder Couscous!« grummelt Nancy.

»Das Mehl ist alle, das muß sie wissen«, erwidert Rebeca.

»Das ü-übernehme ich«, kündigt Valentín an.

Sie haben ihn nicht gehört, oder vielleicht doch, aber häufig bemerken sie ihn kaum noch, dieses Gestotter ist in der Küche inzwischen ein sehr vertrautes Geräusch, wie das der Spülmaschine oder des Mixers oder der Mikrowelle. Rebeca hat sich gerade einen Saft eingeschenkt und lehnt sich mit den Hinterbacken an den Tischrand. Sie hat den Gürtel abgenommen und untersucht einen Defekt an der Schnalle, der Morgenmantel steht offen, und als sie Valentín vorbeikommen sieht, greift sie ihn um die Taille und umklammert ihn mit den Beinen.

»Komm her, Valentín, Schätzchen, erzähl uns, wie du Milena erobert hast.«

»Weißt du was?« wehrt sich Valentín, »ohne St-Strumpfhose wirst du dich erkälten. Laß los, Rebe.«

»Er hat Milena abgekriegt wegen ihrer nächtlichen Schlaflosigkeit«, sagt Bárbara. »Totale nächtliche Schlaflosigkeit, echt ...!«

»Genau«, bestätigt Alina überzeugt. »Ich glaube, viele von uns verlieben sich nur wegen der Schlaflosigkeit!«

»Welche Schlaflosigkeit, Alina?« spottet Nancy.

Valentín befreit sich mit einer kontrollierten Anstrengung aus Rebecas Schenkeln, befingert sie ohne zweite Absicht, aber auch ohne Hemmungen. Rebeca läßt ihren trockenen Husten hören.

»Willst du dir eine Lu-Lungenentzündung holen oder so ähnlich, Rebe?«

»Man hat mir gesagt, daß du einen sehr hübschen Arsch hast, Valen«, scherzt Jennifer. »Stimmt das?«

Er antwortet nicht. Ernst den Kopf wiegend, kehrt er zu seiner Pizza auf der Marmorplatte zurück und dreht das Transistorradio laut, während die Frauen über den Trick lachen, den sich Valentín am Anfang seiner Verliebtheit ausgedacht hatte, um manchmal nachts bei seiner Freundin zu bleiben, ohne daß es jemand merkte. Nachdem Frau Lola den Club abgeschlossen hatte und nach Hause gegangen war, blieb er noch eine Weile, um Simón beim Aufräumen und Putzen der Bar zu helfen, und wenn die beiden damit fertig waren und Simón zum Schlafen in den zweiten Stock stieg, verabschiedete Valentín sich von ihm und sagte, er werde über die Feuerleiter herunterspringen, was er aber nie tat, stattdessen ging er in Milenas Zimmer, nur wenn sie ihn ließ, natürlich, wenn sie nicht schlafen konnte oder Lust hatte, Mensch-ärgere-dich-nicht zu spielen. Rebeca meinte, so blöd sei Simón nicht, und wenn er sich auf die Täuschung eingelassen habe, dann nicht ohne Gegenleistung, wahrscheinlich hatten sie hinter Frau Lolas Rücken abgemacht, die schwerste Putzarbeit zu teilen.

»Wie auch immer, wer war der Schlauere?« fragt Jennifer. »Valen!«

»Junge, du spielst mit hohem Einsatz«, sagt Alina. »Hat dein Bruder, der Bulle, nicht allen klargemacht, daß er dich hier nicht mehr sehen will?«

»Mhhmmm. Das Basilikum ist aus, ist alle, es gibt kein Basilikum mehr«, verkündet Valentín, im Wandschrank suchend. Er hört Rebeca wieder husten und fügt hinzu: »Meine Mutter hatte dafür immer eine Flasche Anis Machaquito auf Lager. Sehr gut bei Husten, Rebe.«

Er hat ein Sträußchen Petersilie genommen, hackt sie schnell auf einem Brett und bestreut damit die Pizza, bevor er sie in den Ofen schiebt. Er kommt an den Tisch zurück und bringt den Rest einer Torte, und Bárbara sagt zu ihm:

»Nur keine Scheu, mein Kleiner, erzähl uns deine Seifenoper von der ewigen Liebe, bitte, bitte ...«

»Barbarita, bitte, bitte, red k-k-einen Unsinn«, antwortet er sehr ernst.

Yasmina will gerade einen Joghurt aufmachen, da reißt

Valentín ihr den Becher aus der Hand und überprüft das Verfallsdatum. Das Grauen spiegelt sich in seinen Augen.

»Iß das bloß nicht!« schreit er entsetzt. »Genau heute läuft der ab, schau doch! 21. 3. 04! Ganz genau heute, Yasmina! Hast du sie nicht mehr alle, oder willst du dich vergiften, toxifizieren, oder so ähnlich und so weiter und so fort?«

Yasmina fängt an zu lachen.

»Nicht schon wieder! Du meine Güte, Junge, was hast du nur für einen Tick mit dem Verfallsdatum! Was für eine Obsession, was für eine Manie! Ich hab's dir doch schon tausendmal erklärt, ein Tag mehr oder weniger ist nicht gefährlich ...! Gib mir den Becher wieder!«

Sie ringt mit Valentín, versucht, ihren Joghurt wieder zu ergattern, er läßt ihn aber nicht los.

»Natürlich ist das gefährlich!« sagt er. »Du könntest auf der Stelle ste-sterben, Yasmina! Sag nachher nicht, ich hätte dich nicht gewarnt!«

Er wirft den Joghurt in den Mülleimer und bringt ihr einen neuen, während die Mädchen lachen. Es scheint ihn nicht zu stören. Er nimmt die Schürze ab, schenkt sich eine große Tasse Kaffee ein, stellt sie auf einen Teller, auf dem schon ein Tortenstück und zwei kleine Gabeln liegen, und geht vor sich hin brummend zur Tür:

»Rede ich nicht deutlich, oder wollt ihr mich nicht verstehen? Wenn ich nicht wäre, dann hättet ihr euch schon längst an abgelaufenen Joghurts, Gelees und Senf vergiftet, und ihr wärt alle tot und begraben und so weiter und so fort ...«

»Nicht sauer werden, Schätzchen«, sagt Alina.

Er hört noch das Gelächter, als er hinaus in den Vorraum geht. Mit dem Teller in der Hand springt er behende die Treppe hoch und biegt in den langen Gang im ersten Stock. Aus den offenen Zimmern dringt in Schüben warmer, nächtlicher Dunst. In einem zerrt die Putzfrau gerade die Laken vom Bett, so heftig, als wolle sie den Stoff zerreißen. Gu-Guten Tag, Frau Emilia.

Er weicht im Gang einem mit leeren Flaschen, Gläsern und schmutzigen Aschenbechern vollgepackten Wägelchen aus, weiter hinten einem Eimer und einem Schrubber und einem Haufen benutzter Hand- und Bettücher, weiße, blaue, gelbe, rosafarbene, und erreicht den hinteren Balkon.

Milena sitzt dort immer noch auf dem Boden, die Arme um die Beine geschlungen. Sie hat ihre Stellung kaum verändert, die Kaffeetasse steht auf den angewinkelten Knien, die Haare sind nachlässig im Nacken hochgesteckt, die schläfrigen Augen starr auf die Landschaft gerichtet, ohne sie wahrzunehmen.

Valentín setzt sich still neben sie, stellt den Teller auf den Boden, schenkt Milena ein wenig Kaffee nach, zündet eine Zigarette an und steckt sie ihr zwischen die Lippen, streicht ihr dann mit der anderen Hand eine über die Augen gefallene Haarsträhne zurück.

»Ich bin hier. Mhmmm. Was schaust du?«

»Nichts.«

Der Sturzflug einer Taube, die über der nahen Böschung von einer Möwe verfolgt wird.

Vor dem Eingang des Clubs hat Simón ein paar Müllsäcke deponiert, die er nun in den Container schafft. Raúl steigt aus dem Wagen und fragt nach Valentín. Nachdem er Raúl einen Augenblick schweigend angesehen hat, sagt der Alte, während er sich extrem langsam die klebrigen Hände an der Hose abwischt, daß er wohl in der Küche sei. Raúl will hineingehen, dreht sich dann aber um und zeigt mit dem Finger auf Simón.

»Du bist doch der Aufpasser, oder? Warum verbietest du ihm nicht den Zutritt?«

Simón scheint etwas zu wittern.

»Der Junge arbeitet hier«, sagt er.

»Das werden wir sehen.«

»Na gut, sprechen Sie mit meiner Schwester.« Simón wendet den Blick nicht von ihm und scheint ihn dennoch nicht anzusehen. Sein erhobenes Kinn und sein fliehender Blick könnten

Verachtung gegenüber dem Gesprächspartner signalisieren, wer auch immer das sein mag, tatsächlich handelt es sich aber nur um seine besondere Art, aufmerksam zu sein. »Sie hat das Sagen, Señor.«

Raúl betritt den Club und geht schnellen Schrittes über die Tanzfläche zur Bar. Die Stühle umgekehrt auf den Tischen, der Boden frisch gewischt, Reinigungsutensilien, Müllsäcke, leere Flaschen und eine Frau, die das Wischtuch über einem Eimer auswringt. Er fragt nach der Küche, und sie zeigt auf die Glastür jenseits der Theke, die auf das ehemalige Vestibül des Gasthofs und auf die Innentreppe führt; unter deren Schräge halboffen die Küchentür, aus der weibliche Stimmen und Gelächter dringen.

»Was beim armen Valen abgelaufen ist, ist nicht der Verstand, meine Liebe, sondern der Pimmel!«

»Du hast gut reden, Yasmi!« sagt Nancy.

»Ich? Was?«

Raúl hat gerade die Küche betreten, als Nancy antwortet:

»Schau dir mal deine ach so begehrte Mohrenmöse an, Prinzessin! Die ist abgelaufener als die von Frau Lola ...!«

Das Lachen erstirbt sofort angesichts von Raúls Gegenwart.

»Wo ist mein Bruder?«

»Hören Sie, hier kann man nicht einfach so reinkommen«, sagt Alina.

»Jennifer, hol doch Frau Lola«, schlägt Nancy vor.

»Die ist beim Friseur, glaube ich ...«

Raúl wird ungeduldig.

»Nun macht schon, oder wollt ihr alle aufs Kommissariat? Wo ist er? Du da, hast du mich nicht gehört?!«

Er packt Rebeca unsanft am Kragen und zwingt sie aufzustehen. Dem Mädchen rutscht das um den Kopf geschlungene Handtuch hinunter, und ihr Haar fällt schwarz und lockig über die Schultern. Raúl hebt das Handtuch vom Boden und wirft es auf Rebecas Brust, die der nicht richtig geschlossene Morgenmantel nach dem ruppigen Zugriff freigegeben hat.

»Oder ziehst du Prügel vor?« fügt er noch an. »Ist er bei dieser kolumbianischen Schlampe?« Und unversehens schlägt er sie ins Gesicht. »Antworte!«

»Bei wem sonst …!« Rebeca schaut auf ihre Kolleginnen, erschrocken und den Tränen nah. »Stimmt doch, oder?«

»Stimmt.« Bárbara rückt zur Seite. »Sicher doch …«

»Ja, oben«, zeigt Jennifer eilfertig. »Die Treppe hoch.«

Raúl dreht ab und geht aus der Küche.

»Keine Sorge, da passiert nichts«, sagt Nancy. »Er nimmt ihn mit nach Hause, und das war's …«

⁘ 13 ⁘

Sie sitzen in der Sonne mit ihren Kaffeetassen und Zigaretten, ein Kissen zwischen Rücken und Wand, auf dem Boden der Teller mit dem Kuchen und den zwei Gabeln. Die Fingernägel der Kolumbianerin sind smaragdgrün lackiert. Valentín, die weiße Kochmütze auf dem Kopf, spießt ein Stück Kuchen mit der Gabel auf und steckt es ihr in den Mund, sie sieht plötzlich etwas im Augenwinkel und wendet den Kopf zur Seite.

Raúl steht an der Schwelle des Balkons, die Hände in den Taschen, die Augen abgeschirmt hinter einer dunklen Brille, er wirkt gelassen.

»Dein Bruder kommt dich abholen«, sagt Milena.

»Iiiimmmer kommst du zur Essenszeit«, stimmt Valentín im Blödelton an. »Magst du ein bißchen Kuchen, Raulito?«

»Nein.«

»Okay und einverstanden. Kommst du mich abholen?«

Raúl entscheidet sich für ein versöhnliches Vorgehen:

»Papa hätte gerne, daß du heimkommst. Und Olga ebenfalls.«

»Hätte gerne, nein! Papa ist es egal, das hat er mir gesagt. Papa hätte gerne! Komm schon, Raulito, was du nicht alles erzählst!« Er schaut Milena mit einem listigen Lächeln an. »Er hat immer was zu erzählen, weißt du.«

Raúl übt sich in Geduld.

»Hör mal, Valentín, mach mich nicht sauer... Ich möchte, daß du heimkommst, das hier ist kein Ort für dich, klar?«

»Ja, mein Kleiner«, flüstert Milena, »es ist besser, wenn du jetzt gehst.«

»Nein!«

»Kommst du, oder muß ich dich holen?« sagt Raúl.

»Du und wer noch? Ha, ha. Den Kuchen hab ich gemacht, guck mal.«

Er bietet ihm den Teller mit einem Stück an, aber Raúl sieht nur seine rosa und silbern lackierten Nägel.

»Was soll diese Schwuchtelei?«

»Das hat Nancy gemacht, die muß üben.« Er reißt die Augen übermäßig weit auf und lacht. »Glaubst du etwa, ich bin bescheuert?! Ja, das glaubst du immer!«

Raúl beobachtet Milena durch die dunkle Sonnenbrille, doch seine Worte richtet er an Valentín.

»Schon gut. Ich möchte einen Augenblick mit deiner Freundin sprechen. Warum wartest du nicht im Auto auf mich? Und nimm diese Mütze ab, verdammt, spiel nicht den Clown!«

Mit einem leichten Schlag fegt er ihm die Kochmütze vom Kopf. Valentín greift sie sich schnell wieder, während Milena aufsteht und den Balkon verlassen will. Raúl hält sie auf, hat sie am Handgelenk gepackt.

»Du bleibst hier.«

»Sie und ich haben nichts zu besprechen ...«

»Ich glaube schon. Wir werden einiges klarstellen.« Sie versucht loszukommen, er läßt sie aber nicht frei. An seinem Daumen spürt er einen Augenblick das Blut unter der zarten Haut pochen und drückt das Handgelenk stärker, das zerbrechlich und bebend wie der Körper eines Vogels in seiner Hand liegt. »Erstens, Nutten wie du ...«

Er kann den Satz nicht beenden, weil Valentín ihn mit der Behendigkeit eines Affen von hinten angesprungen ist. Keine Sekunde, und er hat seinen Hals mit dem einen Arm eingezwängt und nimmt ihn in den Schwitzkasten. Die Sonnenbrille fliegt auf den Boden, und die Kaffeetasse, die Valentín hat fallen lassen, zerbirst.

»Was machst du da ...?! Laß mich los!«

Überlegen schiebt Valentín ihn zum Eisengeländer, drückt ihm das Genick über den Abgrund und flüstert ihm, jede einzelne Silbe betonend, ins Ohr:

»Wirst-du-noch-mal-bö-se-sein, Rau-li-to? Mhhmmm ... Be-be-benimm dich, hörst du? Ich sag's dir singend, dann komm ich nicht durcheinander. Behenihimmm dich ...«

»Du hast sie ja nicht mehr alle, laß los, verdammt ...!«

Milena geht dazwischen, doch Valentín schiebt sie beiseite. Die Maske einer Obsession liegt auf seinem Gesicht, als er zu seinem Bruder sagt:

»Du-faßt-sie-nicht-an. Hast du gehört? Du krümmst ihr kein Härchen ... Schau, du mußt das tun, was Papa gesagt hat, geh zu Doktor Duran, such dir einen Job und so weiter und so fort. Dann hast du Arbeit und läßt uns in F-Frieden, Milena und mich ...«

»Du sollst mich loslassen, habe ich gesagt!« befiehlt Raúl. »Führ dich nicht so auf, Valentín!«

Valentín schüttelt mit zwanghaften Bewegungen den Kopf, während er Raúl von Milena fernhält und ihm ins Ohr flüstert, als wolle er verhindern, daß sie etwas hört.

»Mir wird das nicht passieren. Weißt du noch ...? Mir wirst du das nicht antun, du schleppst sie mir nicht in den Stall ... Du weißt, daß ich dich erwischt habe! Ich wollte es nicht sehen, hab es aber gesehen ...«

»Du faselst, wie üblich!«

Erneut versucht Milena, ihn abzuhalten.

»Laß ihn, Valen ...«

»Und mit nur einem Auge«, fährt Valentín fort. »Mit diesem Auge, schau!« Er verdeckt das linke Auge mit der einen Hand, mit der anderen aber hält er ihn noch immer gepackt und spricht ihm weiter ins Ohr. »Kein einziges Mal, nicht eine Nacht ...! Nicht mit ihr, hörst du? Nie-wie-der-nie-wie-der ...!« Endlich läßt er ihn los, gibt ihm einen Stoß. »Ich drück mich doch klar aus, oder?«

Raúl reibt sich den schmerzenden Hals, bückt sich, um seine Brille aufzuheben.

»Scheiße, Junge, kannst du dich nicht etwas beherrschen?«

»Etwas. Aha. Einverstanden.«

Auch er bückt sich und hilft Milena, die Scherben der zersprungenen Tasse aufzuheben.

Raúl betrachtet seinen Bruder resigniert, weiß nicht was tun, beschließt dann, die Taktik zu wechseln.

»Also gut, einverstanden, wozu diskutieren, wenn dir die Sicherung durchbrennt ...«

»Klar. Die Sicherung. Wo bleibt das Lächeln. Jetzt kannst du aber nach Hause gehen.«

Raúl packt ihn am Arm.

»Sieh mich an. Verdammt, sieh mich an! Ich will nur, daß die da mir ein bißchen von eurer Geschichte erzählt ... Ich bin dein Bruder und muß auf dich aufpassen, das weißt du doch, oder? Das haben wir so abgemacht, erinnerst du dich nicht?«

Valentín ist argwöhnisch, tippt sich mit anklagendem Finger an die Stirn.

»Ich erinnere mich, ja ... Ich hatte einmal eine Freundin, gelb wie das Fahrrad, und du hast sie mir weggenommen. Weggenommen!«

»Quatsch, du hast nie eine Freundin gehabt, das hast du dir nur eingebildet!« schreit Raúl, wieder wütend. »Das war ein Flittchen, das dich ausnahm! Und diese da macht haargenau dasselbe, was glaubst du denn? So verdienen sie ihr Geld, machen auch noch das Personal an, das ist ihre Arbeit ... Und ich sag dir was, ich werde sie ficken. Ja, genau, an einem dieser Tage mangele ich deine Nutte durch, damit du kapierst, um was es hier geht ...!« Er sieht Valentín auf sich zukommen, seinen flehenden Blick, und fügt hinzu: »Sie mag eine nette Person sein, das will ich gar nicht bestreiten, aber sie verdient ihr Geld mit Ficken. So sieht's aus, Junge, tut mir leid, aber so ist das nun mal ...«

Valentín unterbricht ihn, stößt mit dem Zeigefinger auf Raúls Brust:

»Du nicht, Bruder ... Ich ve-verbiete es dir. Du nicht, nein, nein und nochmal nein! Du mußt sie mir lassen ... Wenn du sie anfaßt, bringe ich d-dich um ...!«

Nach mehreren vergeblichen Versuchen gelingt es Milena,

sich zwischen die beiden zu drängen; sie nimmt Valentíns Gesicht in ihre Hände.

»Hör mal, Lieber, tust du mir einen Gefallen, ja? Geh ins Bad und dreh den Wasserhahn auf ... Wenn kein Shampoo mehr da ist, nimm das von Nancy. Ich komm gleich nach. Heute ist doch Freitag, das hast du glatt vergessen, was? Nimm dir ein Handtuch, setz dich auf den Hocker und warte kurz auf mich. Bitte. Mir passiert nichts, mach dir keine Sorgen.«

Valentín dreht sich nach Raúl um und zielt wieder mit dem Zeigefinger auf ihn.

»Mhmmm. Vorsicht. Faß sie nicht an ... Du nicht! Aber wenn du brav bist, darfst du Milenas Kaninchen sehen ... Das w-weiße Glückskaninchen, das echte!«

Und er zeigt in Richtung Feld. Dann verschwindet er im Innengang.

An das Geländer gelehnt, reibt Raúl seinen schmerzenden Nacken, beobachtet Milena, wartet, daß sie sich ihm zuwendet, um dann zu murmeln:

»Das Glückskaninchen! Da siehst du mal, wie er drauf ist ... wußtest du, daß er eine Metallplatte im Schädel hat?«

»Das hat er mir gesagt.«

Sie hält eine Zigarette zwischen den Fingern, steht still da, in der Defensive. Raúl mustert sie und beschließt, anders vorzugehen. Er holt sein Feuerzeug heraus, und während er ihr Feuer gibt, sagt er in milderem Ton:

»Ein Joint wäre jetzt besser, wetten ... Oder hast du lieber was Kräftigeres? Ich kann dir beschaffen, was du willst.«

Milena zieht ein paarmal an der Zigarette und sieht ihn mit ihren von Schlaflosigkeit gezeichneten Augen kurz an.

»Von einem Polizisten? Nicht geprügelt.«

Raúl senkt nachdenklich den Blick. Ein paar Sekunden lang. Auf einmal verpaßt er ihr eine Ohrfeige, die ihr Gesicht herumreißt und die Zigarette wegschleudert.

»Was ist mit dir los?« Er kommt noch näher und brüllt sie an. »Was suchst du an der Seite dieses Unglücklichen? Wofür brauchst du ihn …? Fürs Vögeln wohl kaum. Denn dafür taugt der Junge nicht, er springt nicht an, das wirst du ja gemerkt haben …«

Er schweigt, wartet auf eine Reaktion von Milena, sie aber sammelt geduldig die Scherben der Tasse vom Boden auf. Raúl fährt fort:

»Du scheinst nicht wirklich auf dem laufenden zu sein. Mein Bruder hat von Geburt an Probleme in der Dachstube. Er hatte eine Meningitis und mit achtzehn dann einen schweren Unfall. Man kann sagen, er ist ein Krüppel. Nun ja, er kann nicht.«

»Ich weiß schon.«

»Du weißt schon?! Was zum Teufel fängst du dann mit ihm an, wofür taugt er dir …? Wie kann dir dieser Unglückliche Lust bereiten, saugt er an deinen Titten, knabbert er an deiner Fotze? Hält er dir das Bett warm, leckt er dir deinen Hurenarsch? He! Wozu taugt er dir?!« Gebückt, unterwürfig beendet sie das Aufsammeln, richtet sich wieder auf, und er fügt hinzu: »Weißt du, daß du einen geistig Zurückgebliebenen mißbrauchst und daß ich dich ins Kittchen bringen kann?«

»Niemand mißbraucht ihn. Ich laß nicht zu …«

»Was du nicht sagst! Glaubst du etwa, ich sehe nicht, was hier vorgeht? Du hast ihn um das bißchen Hirn gebracht, das ihm noch blieb, du hast ihn glauben lassen, ihr seid ein Paar! Und der arme Kerl meint, er sei ernsthaft verliebt und posaunt das überall herum …!«

»Ja, und?« sagt Milena fast ohne Stimme, mutlos. »Wen kümmert das schon? Wer hört denn auf ihn? Und wer glaubt einem Jungen, der nicht richtig im Kopf ist? Und wir Mädchen … warum sollten wir ihm irgendwas Böses wünschen …« Sie zögert, sucht nach Worten, dreht ihm den Rücken zu und wirft die Scherben der Tasse ins Feld, blickt in die Ferne. »Die Mädchen haben ihn gleich liebgewonnen, ich schwör's … Ich wollte erst nichts damit zu tun haben, er wirkte so unschuldig, daß es mir fast schon unheimlich war … An einem Abend, ich war krank geworden, bin ich nicht runter in die Bar, sondern im Bett geblieben. Er hat mir ein Täßchen Tee und ein Aspirin hochgebracht, und ich bin eingeschlafen. Und dann, gegen Morgen, bin ich aufgewacht, und er war da, saß auf dem Bett und sah mich an. Ich hab gesagt, was machst du hier, und er hat gesagt: Señorita, ich halte Wache.« Sie dreht sich um und blickt Raúl in die Augen. »Und mehr ist da nicht. Ich weiß nicht, ob Sie mir glauben, Señor, aber ich sag Ihnen eins: Zur Zeit ist Valentín der einzige echte Freund, den ich habe.«

Raúl, der aufmerksam zugehört hat, reagiert nicht gleich. Als wache er schlechtgelaunt auf, murmelt er dann höhnisch:

»Ach wirklich! Wie hübsch... Jetzt hör mal zu, Schlampe. Du servierst ihn ab, und zwar dalli!«

»Wie denn. Ich möchte ihm nicht wehtun ...«

»Hör mir gut zu! Du sagst ihm, daß du ihn satt hast, ihn nicht mehr erträgst. Daß du nicht mit einem Schwachsinnigen zusammensein kannst und daß du ihn hier nicht mehr sehen willst. Hab ich mich klar ausgedrückt?«

Milena wirft die Zigarette über das Geländer und starrt wieder auf den Horizont. Dann schließt sie die Augen und läßt den Kopf auf die Brust sinken.

Raúl beobachtet sie und wartet auf eine Reaktion. Er ist nicht zufrieden. Er meint, nicht brutal genug vorgegangen zu sein. Er fragt sich, warum.

Valentín steht vor dem Spiegel und betrachtet nachdenklich den geschlossenen Hahn über dem Waschbecken. Wenn ich hier nicht aufdrehe, kannst du nicht weg, Wässerchen, mach dir keine Hoffnungen. Er beginnt mit dem charakteristischen Wiegen des Körpers, vor und zurück. Er öffnet den Hahn und schließt ihn wieder. Er schaut sich eine Weile im Spiegel an, streckt dann plötzlich die Zunge heraus, verzieht spöttisch das Gesicht und sagt zu seinem eigenen Spiegelbild:

»Sch-Scheiß drauf!«

Auf dem Bord ordnet er ein paar Gegenstände, die ihm gehören: Rasierapparat und -klingen, die Zahnbürste in dem

Superman-Becher, eine Flasche Massageöl, ein Shrek-Kinoprogramm, hinter eine Ecke des Spiegels gesteckt, die Radfahrerkappe am Haken, bis er sich erneut im Spiegel anblickt und lächelnd hinzufügt:

»Magst Du Valens Sachen in deinem Leben …? Jaaaa?« Und, die Stimme der Kolumbianerin imitierend, antwortet er: »Jaaaaa, mein kleiner Herzkeks!«

Milena nimmt den Teller mit dem Tortenstück und zieht sich redend ins Innere des Hauses zurück:

»Auf die fiese Tour werden Sie nichts erreichen.« Sie betritt, von Raúl gefolgt, den Gang. »Sie haben ja gesehen, wie er reagiert. Sie müssen mir Zeit lassen.«

Vor ihrer Tür bleibt sie stehen, die Klinke in der Hand. Die Tür gegenüber ist die von Nancy, sie steht offen.

»Gehen Sie, bevor Frau Lola zurückkommt.«

»Nicht daß sie glaubt, ich wäre zu etwas anderem gekommen«, sagt Raúl verächtlich. »Du weißt Bescheid: Du servierst ihn ab, oder du hast ein ernstes Problem. Verstanden?« Er geht rückwärts den Gang entlang, zeigt mit dem Finger auf sie. »Je früher du ihn aus dem Nest stößt, desto besser für alle.«

Milena öffnet endlich die Tür und tritt ein, die Putzfrau kommt ihr mit schmutziger Wäsche, Eimer und Schrubber entgegen. Nancys kreischende Stimme aus dem anderen Zimmer:

»Ach, ich freu mich ja so, wenn du mich holen kommst! Hast du das Geld, Schatz …?«

Die Putzfrau hat beide Hände voll, läßt Milenas Tür offenstehen und geht in das gegenüberliegende Zimmer, wo Nancy mit dem Handy am Ohr auf und ab geht und laut redet:

»Was ist aus meinem Aerobic- und Kosmetikstudio geworden, hast du schon was angemietet …?«

Am Ende des Gangs geht Raúl nun die Treppe hinunter, hört Nancy und wendet den Kopf:

»Ich übe ständig, Maniküre und Pediküre, es sieht schon ganz phantastisch aus …! Ah, und dann regle doch auch das mit

Milena …! Oh nein, sag mir nicht, daß das nicht klappt, Onkel! Der Armen geht es richtig mies …«

Milena bleibt mit gesenktem Kopf vor der offenen Badezimmertür stehen. Sie denkt an Raúls Drohung. Das Rauschen des Wassers aus dem Hahn erreicht ihr Ohr, und sie geht hinein, als sie Valentíns Stimme hört:

»Ich sitze schon da.«

Wenig später wird er wie jeden Freitag den warmen, sanften Unterleib des Mädchens an seinem Rücken spüren, auch das angenehme Brennen seiner Lider. Er hält sich das Handtuch um den Hals und sieht beim Blinzeln ab und zu im Spiegel seine eigenen rosa- und silberfarbenen Nägel, während sich ihre hübschen smaragdgrünen Nägel in dem Schaum bewegen, der sein Haupt krönt.

»Ordentlich kratzen, fester. Das mag ich.«

»Schließ die Äuglein.«

»Ist mein Bruder schon weg?«

»Ja.«

Wohliges Schaudern im Nacken, sitzt Valentín auf dem Hokker, neben ihm steht Milena. Die offene Badezimmertür gibt den Blick frei auf einen Teil des Schlafzimmers, im Hintergrund, halboffen, die Tür zum Gang.

Durch den abwärtsgleitenden Schaum hindurch schielt Valentín spitzbübisch zu Milena, sagt:

»Hör nicht auf ihn. Wir haben immer ge-gestritten … Wir haben schon in Mamas Bauch gestritten!«

»Im Bauch deiner Mutter? Du bist ein Witzbold, Valen! Was dir immer so einfällt!«

Sie schmiert ihm das Gesicht mit Seifenschaum voll, und Valentín lacht.

»Mein Bruder hat dich gebeten, nicht mehr meine Freundin zu sein, wetten?«

»Du sollst nicht mehr herkommen, dich nicht mehr mit mir treffen. Das soll ich dir sagen.«

»Aber du wirst mir das nie und nimmer sagen.« Er hebt den Kopf und sieht sie an. »Stimmt doch?«

»Stillhalten.«

»Stimmt doch, oder?«

Milena schweigt, massiert sanft den schaumigen Kopf.

»Und weißt du warum?« fügt Valentín hinzu. »Weil du mich sehr lieb hast, heute, morgen und immer und so fort.«

Sie läßt einen Augenblick die Hände ruhen, sagt:

»Du solltest deinem Bruder gehorchen. Er weiß, wie er auf dich aufpassen muß.«

»Mehr als meine Mutter mich liebhatte, hast du mich lieb.«

»Du weißt ja, ich liebe viele Männer.«

»Okay und einverstanden. Aber da ist ein Trick dabei ...! Dafür hast du einen Trick, das weiß ich, den k-kenne ich.«

Er hat sich bewegt, und sie rückt brüsk seinen Kopf zurecht.

»Stillhalten, habe ich gesagt!«

»Raúl ist ein guter Kerl. Er wirkt zwar nicht so, ist es aber. Er ist nur ... ein bißchen b-bockig. Soll ich dir was verraten? Er nimmt mir immer die Freundinnen weg!«

»Was du nicht sagst. Und wie viele Freundinnen hast du denn gehabt, darf man das wissen?«

»Huiii! Einen ganzen Haufen!«

Sie wirft den Kopf zurück und schließt die Augen, unterdrückt das Lachen. Sie lacht nur selten über Valentíns Einfälle, nicht, wenn sie es vermeiden kann. Sie wendet das Gesicht ab, da sie aber die Augen geschlossen hat, sieht sie nicht jenseits des Schlafzimmers durch die halboffene Gangtür die Silhouette der Person, die dort steht, beobachtet und zuhört.

»Ach, ja, einen ganzen Haufen? Und warum glaubst du, daß dein Bruder dir die Freundinnen wegnimmt?«

»Weil er ein Drogist ist. Bullen wie Raúl heißen Drogisten ... oder so ähnlich. Wußtest du das nicht?«

»Hat er denn keine Freundin?«

»Polypen haben keine Freundinnen, sondern Ehefrauen. Die geben sich die Handschelle fürs Leben!«

Er lacht wie ein Kind, windet sich vor Lachen. Milena quält sich schließlich ein rauchiges Lachen ab.

Raúls Gesicht, halb verdeckt in der Tür zum Gang, sein Blick, ein leichtes Funkeln im Schatten, ist auf Milenas Finger gerichtet, die sanft und zärtlich durch den Schaum fahren, Schläfen und Nacken des Bruders verwöhnen, der völlig hingegeben flüstert:

»Hinter dem Ohr, bitte, hier... ja, so.«

Abrupt drückt Milena den Kopf dann unter den voll aufgedrehten Hahn, spült das Haar.

»Fertig. Wenn du in den Supermarkt gehst, bring mir Zahnpasta und Haarbalsam mit. Und ich brauche weißes Garn und Nähnadeln ... Kannst du das alles behalten?«

»Hui, ich habe eine ganze Liste von Aufträgen ...! Nagellack für Nancy, Ko-Kondome für Jennifer, ein Gleitgel und Schlaftabletten für Barbarita und grünen Balsam für Rebe. Und so weiter und so fort. Ah, und einen Film aus der Videothek für Alina.«

»Dann gib auch gleich meinen zurück und bring mir diesen anderen ... *Pretty Woman* mit Julia Roberts, der soll so schön sein. Erinnerst du dich an das Lied ...?«

Milena rubbelt ihm das Haar mit dem Handtuch trocken. Eine Seite ihres Morgenrocks rutscht beiseite und legt ihren Schenkel mit der Narbe frei, die Valentín aus dem Augenwinkel mustert. Er sagt:

»Und dann noch ein kleines Extrageschenk für dich: Netzstrümpfe! Oder willst du ein neues Bein? Ich habe ein g-ganz hübsches gesehen ...«

»Ein neues Bein, so ein Quatsch, Valen. Und nichts da mit kleinen Geschenken, verstanden?« Sie gibt ihm eine freundschaftliche Kopfnuß. »Kann man denn nicht ernst mit dir reden, oder was? Also komm, benimm dich.«

Sie zieht ihn am Haar, wickelt ihm das Handtuch um den Kopf, beide lachen.

Raúls Schatten zieht sich vorsichtig von der Zimmertür zurück.

⁘ 14 ⁘

Es sind keine zehn Tage mehr, bis der private Bodyguard von Virginia Duran aufhört, und José kann Raúl nicht dazu überreden, sich wenigstens vorläufig für die Stelle zu bewerben. Eine ruhige Arbeit, gut bezahlt, du wirst nichts besseres finden. Er hat sich bereits damit abgefunden, ihn länger als vermutet im Haus zu haben, und möchte ihn fern von seinem Bruder beschäftigt sehen, je eher desto besser, und so legt er ihm ein ums andere Mal nahe, nach Barcelona zu fahren, um sich dem Ehemann der Abgeordneten zu präsentieren. Er selbst hat schon mit dem Doktor telefoniert und ihn daran erinnert, daß der Junge Polizeibeamter ist und von daher eine vertrauenswürdige und erfahrene Person.

»So eine Arbeit darf ich nicht annehmen«, redet Raúl sich heraus. »Ich will keine Schwierigkeiten bekommen, schon gar nicht in meiner jetzigen Situation.«

Auch Olga kommt darauf zurück. Eine Gelegenheitsarbeit, bis sich deine Sache in Vigo geklärt hat und man dich wieder anfordert ... Und wenn man mich nicht anfordert, liebe Stiefmutter, und wenn man mich mit dieser Scheißakte endgültig auf die Straße setzt und es eigentlich besser wäre, mich sofort aus dem Staub zu machen? Schon gut, keine Aufregung, niemand wird dich aufhalten, wenn du früher wegwillst.

»Als ob man zu einer Wand spräche«, meint José.

Tatsächlich ist es Raúl nie in den Sinn gekommen, seinem Vater den Gefallen zu tun, aber an diesem Morgen, nachdem er mit der kolumbianischen Hure gesprochen und sich immer noch nicht dazu hat entschließen können, Valentín mit Gewalt aus dem Club zu holen, daher etwas verwirrt und auch wütend auf sich selbst ist, steigt er ins Auto, und einige Minuten später ist er nicht etwa unterwegs nach Hause oder zum Reitstall, sondern fährt in entgegengesetzter Richtung mit eher unzulässiger Geschwindigkeit. Er hat die dunkle Brille aufgesetzt, von der er weiß, daß sie einschüchtert. Er spürt den Widersinn, der ihn nach Barcelona führt, spürt ihn in seinen Adern und Nerven wie Stacheldraht, will darüber aber nicht nachdenken. Besser zum Flachmann greifen. Es ist nur noch ein Schluck übrig.

Eine Stunde später sitzt er mit einem Whisky am Tresen der Popeye Bar in der Calle Balmes. Ein enges, dunkles Lokal, das seine beste Zeit offenbar gesehen hat. Abblätternde Wände mit alten vergilbten Schildern, verstaubte Flaschen und die eine oder andere Spinnwebe. Beim Eintreten hat er die Brille abgesetzt, weil er nichts mehr sah. Sie haben ihm den Whisky in einem hohen Glas serviert, und er hat dafür gesorgt, daß er ihn in einem niedrigen bekam, und zwar ohne Eis. Neben ihm sitzen zwei Gäste mittleren Alters auf den Barhockern und trinken Bier, dem einen hängt der Mantel sorgfältig zusammengelegt über der Schulter, der andere ist in die Zeitung vertieft. Am einarmigen Banditen an der Wand spielt ein junger Mann, der sich die Pulloverärmel um den Bauch gebunden hat. Der Gast mit der Zeitung scheint nicht interessiert an dem, was ihm sein Kumpel – langes, beleidigtes Gesicht – ziemlich erregt vorwirft:

»Du hörst mir nicht zu, verdammt!«

»Ich höre dir seit zwei Stunden zu.«

»Nein, du hörst mir nicht zu.«

»Hast du nicht gesagt, du mußt pinkeln? Hinten links.«

»Mein Gott, was bist du nur für ein Typ«, insistiert das Langgesicht. »Die Zeitung mag sagen, was sie will, aber ich sag dir, dieser Junge, der sich beim Bombenbasteln in die Luft gejagt hat, ist für viele Basken ein Held des Vaterlands. Und das wird er im Gedächtnis seines Volkes auf immer bleiben ... So ist das.«

»Alles klar, Mann, alles klar.«

»Und er wird es bleiben trotz allem Fanatismus und aller

Gewalt, ob das euch Scheißwächtern der Demokratie gefällt oder nicht!« Er unterstreicht seine Worte, indem er mit dem Finger auf die Theke klopft.

»Nicht so laut, bitte«, sagt der andere, ohne den Blick von der Zeitung zu heben. »Und nun geh schon aufs Klo, vielleicht erleichtert dich das ...«

Raúl kann nicht umhin, ihnen zuzuhören, wie er so auf den Tresen gestützt dasitzt, das Profil über den verwässerten Whisky gebeugt. Der Boden des Glases ist dünn, der Whisky blaß und durchsichtig, so daß Raúl den Dreck und die Scharten des alten Tresens sehen kann.

»Und was hältst du davon, was sie dem armen Iñaki angetan haben?« beharrt das Langgesicht. »War das etwa so schlimm, was er über die Guardia Civil gesagt hat? Hart anpacken, Antón, das war alles, was er gesagt hat, und wie haben sie ihn zugerichtet! Nein, mein Lieber. Die haben kein Recht ...«

Raúl kippt sein Glas hinunter und setzt die dunkle Brille auf.

Widerwillig rutscht der Gast vom Barhocker und macht sich auf den Weg zur Toilette, rückt erst noch den Mantel auf seiner Schulter zurecht und fügt hinzu: »Und ich laufe nicht als Berufsbaske herum, damit das klar ist. Dabei muß ich dir eins sagen, Xema ... Mein fünfter Nachname mütterlicherseits ist baskisch. Aber laß ich das raushängen? Sag schon, habe ich das je raushängen lassen?!«

»Geh schon pissen, los, geh pissen.«

»Mütterlicherseits, und zwar Iñaki, das ist das Heiligste überhaupt ...!« sagt er, die Hand schon am Hosenschlitz und auf dem Weg zur Toilette.

Raúl schaut nachdenklich auf sein leeres Glas. Einen Augenblick später legt er ein paar Münzen auf die Theke und begibt sich ohne Hast ebenfalls zur Toilette.

Der Gast uriniert gerade, den Blick zur Decke gewandt. Raúl kommt herein und stellt sich neben ihn, offenbar zum gleichen Zweck, blickt aus den Augenwinkeln auf die beschäftigten Hände. Plötzlich, und ohne ihm Zeit für eine Reaktion zu lassen, packt er ihn am Hals und stößt seinen Kopf mehrmals und sehr heftig gegen die Wand, wirbelt ihn dann herum und nimmt ihn von vorn, rammt ihm das Knie in die Genitalien, setzt ihm drei oder vier Mal die Faust ins Gesicht, läßt ihn dann mit blutender Nase auf den Boden des Pissoirs fallen. Alles geschieht in ein paar Sekunden, während er deutlich das metallische Klimpern des einarmigen Banditen hört. Daraufhin wäscht er sich die Hände am Waschbecken, öffnet die Tür und geht direkt hinaus auf die Straße.

15

»Entschuldigen Sie, daß ich Sie noch einmal habe kommen lassen«, sagt Doktor Duran und tritt in das Arbeitszimmer, schließt die kleine Tür zur Praxis hinter sich. »Kommen Sie herein. Vorhin war es mir unmöglich, die Untersuchung zu unterbrechen ...«

»Macht nichts«, sagt Raúl.

»Haben Sie einen Spaziergang gemacht?«

»Mehr oder weniger.«

»Es erschien mir unhöflich, Sie zwei Stunden lang in dem Sessel hier warten zu lassen ...«

»Ich sag ja, es macht nichts. Ich habe mich unterhalten.«

»Setzen Sie sich doch bitte.«

Der breite, schwarze Ledersessel nimmt ihn weich auf, verschluckt ihn geradezu und läßt dabei durch die Nähte einen langgezogenen Seufzer hören. Unhöflich? Man könnte einschlafen in diesem stillen, altehrwürdigen Raum, hohe Glasschränke und Regale voller Bücher, Diplome und Auszeichnungen des Chirurgen, edle Hölzer und düstere Ölgemälde in üppigen Rahmen, die Decke sehr hoch, wenig natürliches Licht und der Boden aus kleinen farbigen Fliesen. Eine alte Wohnung in einem Jugendstilhaus des Ensanche. Und vor ihm, hinter seinem Schreibtisch sitzend, ein Kerl in weißem Kittel, genau wie er ihn sich vorgestellt hat, der Typus wichtige Persönlichkeit mit viel Knete und einer zwanzig Jahre jüngeren Ehefrau. An die siebzig, distinguierte Haltung, lebhafte Augen hinter dicken Brillengläsern, strenge Gesichtszüge, die Entschiedenheit und Standhaftigkeit verraten.

»Ich danke Ihnen, daß Sie gekommen sind, Herr Fuentes«, fügt er hinzu. »Ich lege Wert darauf, diese Angelegenheit so schnell wie möglich zu regeln.«

»Ich weiß nicht recht, was ich dazu sagen soll. Seit meiner Ankunft löchert mich mein Vater damit, daß ich Ihre Frau bewachen soll ... Worum geht es denn genau?«

Duran blickt ihn einen Augenblick prüfend an, legt die Hand zerstreut auf die Zigarrenkiste, die auf dem Tisch liegt. Neben der Kiste, in einem Silberrahmen, streichelt Virginia Duran den Kopf eines Schimmels.

»Bewachen, bewachen«, stimmt er in schmeichelndem Ton an. »Wenn Sie es so nennen wollen.«

»Darum geht es doch, oder? Ein Job als Bodyguard ...« Lustlos fügt Raúl hinzu: »Wenn ich ehrlich sein soll, schmeckt mir das nicht besonders, Ihre Gattin auf Schritt und Tritt zu überwachen. Was immer sie auch tut, es ist schließlich ihre Sache, meinen Sie nicht?«

Seine eigene Stimme klingt ihm fremd im Ohr, künstlich. Kleiner Betrug. Das machst du nicht gut, er wird es merken. Duran schweigt und blickt ihn immer noch aufmerksam, argwöhnisch an, als wolle er herausfinden, was sich hinter den Worten verbirgt.

»Aber natürlich«, antwortet er schließlich. »Doch ich glaube, Sie haben noch nicht recht begriffen, worin genau diese Arbeit besteht. Es wundert mich, daß ein Polizist das nicht weiß ... Es geht nicht darum, zu überwachen, was meine Frau tut, sondern darum, sie zu begleiten und, selbstverständlich, zu beschützen.«

»Vielleicht habe ich mich falsch ausgedrückt.«

»Wahrscheinlich. Aber lassen wir das jetzt.« Er öffnet die Zigarrenkiste und bietet sie Raúl an, der den Kopf schüttelt. »Wie geht es Ihrem Vater?«

Raúl zuckt vage mit den Schultern.

»Er hat sich nicht verändert.«

Während er die Zigarre anzündet, mustert Doktor Duran ihn erneut ein paar Sekunden.

»Soll ich das positiv verstehen, meinen Sie damit, daß es José gut geht?«

»Es geht ihm wie immer, beschissen.«

»Ach, wirklich? Dann soll er bei mir vorbeikommen ...«

»Nein, körperlich geht es ihm gut«, fällt ihm Raúl genervt ins Wort. »Na ja, mein Vater gehört zu einer Generation, die sehr angefeindet worden ist, wie Sie wissen ... Der Mann ist einfach gebrochen.«

Jetzt widmet sich Duran ganz dem Anzünden der Zigarre, wobei er diese zwischen den Fingern dreht. Nach einer Weile sagt er in neutralem Ton:

»Wenn ich recht verstanden habe, waren Sie ein paar Jahre von zu Hause weg. Sie wissen, daß ich ein großer Freund ihres Vaters bin. Ich kenne den alten Kämpfer seit vielen Jahren, lange bevor ihn dieses Pferd mit dem schauerlichen Namen ... Wie war der noch ...? Ach ja, Trotzki. Das hätte ihn fast umgebracht, es ist das reinste Wunder, daß er nicht das Bein verloren hat ...«

»Ich weiß, daß Sie das Wunder bewirkt haben, Doktor.«

»Unterbrechen Sie mich nicht, bitte.« Er räuspert sich, rückt die Brille auf der Nase zurecht. »José ist ein mutiger Mann und ein guter Kerl, ich schätze ihn sehr. Er ist seinen Ideen treu geblieben. Wenn Sie mir das zu sagen erlauben«, fügt er mit einem leichten Lächeln hinzu, »ich hätte nie gedacht, daß sein Sohn Polizist werden könnte ...«

»Wie sich das Land verändert hat, nicht wahr?« Mach nur so weiter und du kriegst zwei Fäuste verpaßt, Doktor, denkt er. Seufzend öffnet er die Hände, legt sie auf seine Schenkel, als wolle er vom Sessel aufstehen. »Sehen Sie, ich bin gekommen, um meinem Vater den Gefallen zu tun, aber ich muß Ihnen sagen, daß ich für den Job nicht tauge. Ganz ehrlich.«

»Ach, wirklich?« Doktor Duran überprüft, ob die Zigarre richtig glimmt, indem er die Glut nahe an seine Brille hält. »Und warum das?«

Raúl antwortet trocken:

»Mit mir ist nicht gut Kirschen essen.«

»Im Ernst? Nun, dann will ich Ihnen eins sagen ... Das könnte genau das sein, was ich suche.« Mit einer Geste weist er Raúls Erwiderung zurück. »Warten Sie, lassen Sie mich zumindest versuchen, Sie zu überzeugen. Zunächst müssen Sie wissen, daß diese Überwachung Sie nicht viel Zeit kosten wird. Tatsächlich handelt es sich um eine Aufgabe, die sich nur an Samstagen und Sonntagen stellt. Den Rest der Woche verbringt die Frau Abgeordnete in Madrid, abgesehen von der einen oder anderen Feier und anderen Imponderabilien, natürlich ... Dort hat sie offiziellen Personenschutz, doch hier in Barcelona findet sie das extrem lästig, mit einem Bodyguard herumzulaufen, sie glaubt, das sei nicht nötig. Sie tut es, weil ich sie dazu zwinge. Mir steht es eigentlich nicht an, das zu sagen, aber Virginia ist in vielen Dingen sehr gewieft ... nur nicht in Fragen ihrer persönlichen Sicherheit. Das werden Sie merken, denn sie verhält sich zuweilen unvorsichtig.« In einem geselligeren Ton, plötzlich lebhaft: »Nun ja, Sie sind also Polizist. Das wundert mich, wissen Sie. Warum sind Sie denn ...«

»Weil ich ein Arschloch bin«, unterbricht Raúl mit einer schon fast an Gewalt grenzenden Ruppigkeit. »Fragen Sie meinen Vater.«

Der Arzt sucht vergeblich in seinen Augen nach einem Zeichen von Empfindsamkeit oder Schwäche. Dann sagt er:

»Wie auch immer, jetzt gerade sind Sie kein Polizist mehr.«

»Ich bin vom Dienst suspendiert.«

»Sie haben ein Verfahren wegen eines groben Disziplinarverstoßes in einer Drogenangelegenheit am Hals. Habe ich recht?«

»Mehr oder weniger. Schauen Sie, Doktor, ich glaube kaum, daß wir uns einig werden. Also erlauben Sie mir ...«

Duran steht auf, um den Aschenbecher in einen Papierkorb zu leeren, zugleich unterbricht er Raúl:

»Verzeihen Sie meine Neugier ... Was halten Sie von Ihrem Vater?«

»Warum fragen Sie das?«

»Weil ... Meinen Sie nicht, daß Männer wie Ihr Vater Bewunderung verdient haben?« Er setzt sich wieder und sieht ihn an, läßt dabei die Zigarre im Mund rollen. »Meinen Sie nicht, daß es ein Verdienst ist, die politische Wende ohne revanchistische

Gelüste akzeptiert zu haben? Diese Männer haben die Würde der Niederlage verloren, das stimmt, aber sie haben die Freiheit des Vergessens gewonnen … Finden Sie nicht auch?«

»Das, was mein Vater zu vergessen beschlossen hat, ist nicht das, was Sie meinen. Es hat damit nichts zu tun.«

»Viele Leute halten diejenigen, die den Übergang zur Demokratie, die berühmte *transición* also, unterstützt haben, für ausgemachte Kretins … Was meinen Sie?«

Raúl verbirgt seine Geringschätzung nicht.

»Ich weiß nicht, wovon Sie reden.«

»Möchten Sie mal einen dieser Kretins persönlich kennenlernen?«

»Ich bin nicht sonderlich scharf darauf, ehrlich gesagt.«

»Nun, Sie haben einen vor sich.« Lächelnd schaut Doktor Duran seinen Gesprächspartner an, als habe er ihm gerade einen guten Witz erzählt und warte nun auf das Gelächter. Raúl schweigt und blickt dreist zur Seite. Er fühlt sich nicht verantwortlich für dieses Schweigen, für sein Wegblicken, noch für seine zur Schau gestellte Gleichgültigkeit, Rücksichtslosigkeit oder Geringschätzung, er verweigert jeden Respekt gegenüber der alten Solidarität oder der Ideologie oder wie immer man das nennen mag, was seinen Vater und diesen Mann einst verband, was sie teilten. Scheiß auf das alles.

»Sagen Sie mir eins, Doktor«, sagt er schließlich mürrisch, »wenn Sie Schutz für Ihre Frau wollen, warum nehmen Sie nicht die Dienste einer privaten Agentur in Anspruch?«

Duran schaut eine Weile die kompakte Asche seiner Zigarre an.

»Der letzte Bodyguard kam von einer Sicherheitsfirma. Er hat bei einem Streik seiner Gewerkschaft mitgemacht, und Virginia war einen Monat lang unbewacht … So etwas will ich nicht noch einmal erleben.« Er schaut ihn schnell von der Seite an und legt seine Zigarre in den Aschenbecher. »Na gut, und ich wollte das Problem auf eine diskrete Weise lösen … Trinken Sie, Herr Fuentes?«

Raúl erhebt sich aus dem Sessel mit der Miene, das alles nicht länger zu ertragen.

»Ab und zu.«

»Wenig oder viel?«

»Ausreichend.«

Noch so eine Frage und er fängt eine. Auch Doktor Duran steht auf.

»Wir haben noch nicht über die Bezahlung gesprochen ...«

»Wozu auch.«

»Es wird Sie sicher interessieren. Denken Sie darüber nach und rufen Sie mich morgen an. Ihr Vater würde sich freuen.« Er hängt sich bei ihm ein und begleitet ihn bis zur Tür des Arbeitszimmers. »Da Sie Polizist sind, muß ich Ihnen ja nicht erklären, daß alles regelkonform erledigt werden muß.«

Er öffnet die Tür. Raúl drückt ihm die Hand, will über die Schwelle schreiten, dreht sich dann aber um und sieht ihn scharf an.

»Sie wissen, daß ich nicht autorisiert bin, als Bodyguard zu arbeiten.«

»Gerade deshalb bin ich interessiert.« Und leiser, fast komplizenhaft flüsternd: »Ich weiß, Sie werden Ihre Arbeit aufs diskreteste erledigen und niemandem außer mir darüber Rechenschaft ablegen.«

Raúl scheint einen Augenblick zu zögern. Duran bemerkt es und fügt hinzu:

»Macht Ihnen etwas Kopfzerbrechen?«

»Ich bin nicht sicher ...«

»Haben Sie vielleicht etwas gegen Politiker?«

»Nichts, außer daß mir alle am Arsch vorbeigehen.«

Doktor Durans Augen, kaum sichtbar hinter den dicken Gläsern, scheinen einen Augenblick in Bewegung zu geraten, winzige Skorpione.

»Mal sehen«, sagt er nach kurzem Schweigen. »Vielleicht wollen Sie wissen, welche Partei die Frau Abgeordnete vertritt. Oder ist Ihnen das auch egal?«

»Sollte es mir nicht egal sein?«

»Natürlich nicht. Wenn sie Schutz braucht, wird das seinen Grund haben.«

»Die ETA macht keine Unterschiede, wenn's ans Töten geht.«

»Gewiß. Und Sie ... Gehören Sie irgendeiner Partei an, Herr Fuentes?«

Raúl läßt den Anflug eines Lächelns erkennen.

»Ich bin Diabetiker.«

Sie blicken sich einen Augenblick scharf an. Da haben wir einen Mann, der sich eine ordentliche Abreibung verdienen will, denkt Raúl.

»Adios, Doktor.«

»Bis bald. Ich warte auf Ihre Nachricht.«

⁑ 16 ⁑

Valentíns große, rauhe Hand bewegt sich behutsam, er verstreicht Creme auf der Narbe an Milenas Oberschenkel, sie liegt im Bademantel seitlich auf dem Sofa, blättert in einer Zeitschrift und zieht an einem Joint.

»Wenn ich dir wehtue, mu-mußt du's sagen.«

»Ich spüre nichts, mein Kleiner.«

Valentín sitzt mit frisch gewaschenem Haar neben ihr, das Handtuch um den Hals und den Tiegel mit der Creme in der Hand. Am Boden, in Milenas Reichweite, dudelt der kleine Recorder.

»Soll ich weitererzählen, langweilt es dich nicht?« fragt Valentín.

»Mach weiter, bitte.«

»Ja dann ... Raúl ging mit einem Mädchen aus, das hier in der Nähe, im Camping Solymar, als Putzfrau arbeitete. Na ja, er ist nicht lange mit ihr rumgezogen, er war nicht verliebt, weißt du, er hatte sie bald satt, verließ sie, vergaß sie und so weiter und so fort. Später einmal, zu Hause, hatte er einen großen Streit mit Papa, es ging um Mama, um damals, als sie mit den Luftballons das Haus verlassen hat ...«

Milena stellt den Recorder leiser, um besser zu hören.

»Dann«, fährt Valentín fort, »ist Raúl weggegangen zur Polizeiausbildung, eines Tages sagt er plötzlich, er wolle Polizist werden, und als er wieder heimkam, war Papa mit dem Mädchen zusammen, das ihm im Reitstall half ... Sie war eines Tages aufgetaucht und hatte um Arbeit gebeten, die Arme hatte keine Familie ... Und was stellt sich raus? Es war das Mädchen vom Camping! Di-Dieselbe! Aber ich hab mein Maul gehalten. Zu

Papa habe ich nur gesagt: Papa, wir dürfen nicht vergessen, das Pony zu füttern ... Sie heißt Olga und ist sehr nett. Und Raúl hat auch nichts gesagt.«

Milena hebt den Blick, dreht sich auf dem Sofa um und sieht ihn mit einer gewissen Melancholie an.

»Manche haben eben Glück.«

»Also sag du auch nichts, kein Wort, schön still, Schnäuzchen halten und so weiter und so fort.«

Milena lächelt und fährt ihm heftig und zugleich zärtlich durchs Haar.

»Wir sagen es keinem.«

Auf der Plaza de España biegt der Renault in die Gran Vía und fährt stadtauswärts Richtung Süden. Kurz darauf bleibt er an einer roten Ampel stehen. Links von ihm hält ein Porsche mit offenem Verdeck und dröhnender Musik. Der Fahrer, ein mehr als reifer Mann, gutaussehend, gefärbtes schwarzes Haar, eine Strähne in der Stirn, sportlich gekleidet, Sonnenbrille in der Brusttasche und die Pulloverärmel über den Schultern, wartet darauf, daß es Grün wird, und betatscht derweil lächelnd und selbstgewiß das Frauenknie an seiner Seite. Die Frau legt ihm die roten Nägel auf den Nacken, er löst die Hand vom Lenkrad, und sie küssen sich auf den Mund. Jetzt geht seine andere Hand unter dem Rock auf Erkundung. Ein alter Tattergreis, der sich im Superporsche mit seiner tollen Tussi großtut, denkt Raúl, während er instinktiv nach seinem Flachmann tastet, sich dann aber daran erinnert, daß er leer ist. Das Paar knutscht weiter, die Ampel schaltet auf Grün, beide Autos starten, und Raúl beschleunigt heftig, schiebt sich auf die Mittelbahn und schneidet das Kabrio in einem bewußt gefährlichen Manöver. Er hört den Schwall von Flüchen in seinem Rücken wie jemand, der es regnen hört.

Zehn Minuten später, ohne den Fuß vom Gaspedal zu nehmen, bei über 150 Stundenkilometern und mit dem Handy am Ohr:

»... ja, ich hab's mir gut überlegt, und ich bin nicht interessiert ... Ja, genau, ich habe mich soeben entschieden und rufe deshalb an.« Geduldig schweigt er ein paar Sekunden, fährt dann, immer aufgebrachter, fort: »Nein, Doktor, das ist nicht der Grund ... Aber nein, Sie irren, nicht alles, was ich tue, ist, um meinen Vater zu ärgern, die Zeiten sind vorbei ...! Hören Sie mal, wie soll ich es Ihnen denn beibringen, ich tauge nicht für diese Arbeit, Scheiße, rechnen Sie nicht mit mir, kapiert?« Wieder eine Pause, er hört zu, und dann, wütend und die Beherrschung verlierend: »Also, bitte schön, Sie alter Schnösel, dann eben deutlicher! Sie wollen eine Wache für Ihre Frau, um zu erfahren, ob sie Ihnen Hörner aufsetzt! Oder meinen Sie, ich hätte das nicht gemerkt ...?! Halten Sie den Mund und hören Sie mir zu! Sie können sich einen anderen suchen, denn ich mache so einen Scheiß nicht! Hab ich mich klar ausgedrückt? Oder soll ich's wiederholen? Suchen Sie sich einen anderen Deppen für diesen Job!«

Er schaltet das Handy aus, wirft es auf den Beifahrersitz, und seine Hand sucht wieder den leeren Flachmann.

Mit der Kochmütze auf dem Kopf und fröhlich pfeifend tritt Valentín auf seinem Fahrrad in die Pedale und fährt mitten auf der Schnellstraße im Zickzack. Plötzlich wird der Asphalt vor seinen Augen blau, ist von Schaum bekränzt. Er hört auf zu pfeifen und horcht mit betrübtem Gesicht, die Augen aufs Vorderrad fixiert, auf das Rauschen des Meeres. Der Korb vor dem Lenker ist mit Einkaufstüten gefüllt, und seitlich davon gleitet der Asphalt unter dem Rad hinweg wie trübes, unergründliches Wasser, ein abgrundtiefes Meer ohne Ende. Desirées Körper treibt unbeweglich, unentschlossen dahin, die Wange auf die Schulter gelegt, die Augen geschlossen und die bleichen Lippen halboffen, der Rock und die langen Haare bewegen sich wellenförmig aufwärts, mit der gleichen sanften Kadenz wie die Algen. Die Ertrunkene scheint mit gekreuzten Armen zu meditieren, und Valentín sieht, wie sie sich zuweilen langsam im Kreis dreht, starr, schwerelos und in ihren eigenen Traum einer Ertrunkenen gehüllt, keine Strömung, die sie mitnimmt, kein Weg, der sich ihr auftut.

Ich will sie so nicht sehen, ich will nicht. Besser denke ich an meine Seidenräupchen.

Er fährt an den Straßenrand und verläßt schnell tretend die Landstraße, biegt in die Abzweigung zum Parkplatz. Er stellt das Fahrrad in den Schatten des Unterstands und geht mit Einkaufstaschen beladen in den Club.

In der Bar bleibt er einen Augenblick am Rand der Tanzfläche stehen, die kleinen Fliesen sind jetzt tiefblau, und noch treibt auf ihnen das Gesicht von Desirée, wie an jenem Abend, als sie tanzend in Ohnmacht gefallen war und er sie aufgehoben hatte. Manchmal, wenn er durch die Bar geht, vom Einkauf oder der Garderobe kommend, erscheint ihm das Wasser grün und durchsichtig, andere Male färbt es sich rötlich trüb. So oder so läßt es ihn plötzlich innehalten und stimmt ihn traurig. Er hebt die Augen und sieht, wie Simón den Kühlschrank auffüllt und Frau Lola, Block und Kugelschreiber in der Hand, das Flaschenarsenal an der Theke durchgeht. Auf der anderen Seite der Tanzfläche bleibt er wieder stehen, offenbar, um den Beutel mit Gemüse, der ihm von der Schulter rutscht, zurechtzurücken, aber in Wirklichkeit, um der Doña zu erzählen, daß er wieder Desi gesehen hat und daß ihre Augen offenstanden und die Pupillen wie aus grünem Eis waren.

»Und so weiter. Dabei tue ich nichts, um sie zu sehen, gar nichts, aber ich sehe sie trotzdem ...«

»Was für eine Manie, Valen«, sagt Frau Lola. »Du machst mich langsam richtig böse. Warum hörst du nicht auf, an dieses Mädchen zu denken? Es ist nichts passiert, sie arbeitet auf Mallorca, und wir wissen, daß es ihr gut geht, ganz prima.«

Valentín macht sich resigniert wieder auf den Weg.

»Im Grunde ja, klar«, sagt er. »Auf dem Meeresgrund ist wohl alles g-ganz prima ...«

»Ich zeige dir die Postkarte, die Nancy bekommen hat, damit du dich davon überzeugen kannst, daß sie lebendig und glücklich ist und nicht schlecht verdient«, sagt sie. »Komm schon, ich helfe dir, das in die Küche zu bringen.«

José sitzt auf den Stufen der Veranda und macht sich daran, zwei Paar Reitstiefel zu bürsten. Das Rauschen der Brandung dringt wie ruhiger Atem zu ihm. Auf dem Tischchen neben der Hängematte steht eine entkorkte Weinflasche. Er hört das Geräusch des Renaults, der hinter dem Haus parkt, wahrscheinlich vor der Küchentür, neben dem blauen Kleinlaster, denkt er. Also wird er das Haus durch die Küche betreten, sagt er sich, richtet sich auf und beschließt, ihm durchs Wohnzimmer entgegenzugehen.

Doch Raúl kommt von außen, um das Haus herum, das Gesicht dem Meer zugewandt, und als er den Sand erreicht und langsamer und schwerfälliger weiter zur Veranda stapft, sieht er dort seinen Vater mit der Bürste und der Schuhwichse stehen und begreift, daß der Doktor bereits angerufen hat.

»Willst du mir erklären, was du vorhast?!« fährt ihn José an.

»Mich um Valentín zu kümmern, das hält ja sonst niemand für nötig.«

Er steigt die Stufen hoch, packt die Weinflasche und läßt sich in die Hängematte fallen. Sein Vater steht da, blickt ihn voller Wut an.

»Ich habe gerade mit Duran gesprochen!«

»Ich hatte dir gesagt, daß mich der Job nicht interessiert.«

»Ach, und deshalb mußtest du ihn kränken, seine Frau beleidigen? Verdammt noch mal, was zum Teufel ist mit dir los, hast du den Verstand verloren?«

»Schon gut, ich werde mich entschuldigen.«

»Wie konntest du nur wagen, Duran so etwas zu sagen, wie konntest du nur so etwas Mieses tun? Und wozu das Ganze, was wolltest du damit erreichen ...?« José zögert, rot vor Zorn, scheint keine Worte zu finden. »Was zum Teufel ist mit dir los?

Man könnte denken, daß dein Hirn noch schlechter funktioniert als das deines Bruders!« Er starrt ihn an, geradezu zwanghaft auf ihn fixiert, fassungslos: »Weißt du, was du bist, Sohn? Nichts weiter als ein Rowdy, ein Schläger von der Polizei! Du wirst nie etwas anderes sein!«

Raúl trinkt aus der Flasche. Sein Vater deutet mit dem Zeigefinger auf ihn und fügt hinzu:

»Und willst du noch was wissen ...?«

»Dieser Arzt«, kommt ihm Raúl zuvor, »hat dir dein Bein gerettet, stimmt's? Und etwas mehr als das Bein vermutlich. Irre ich mich? In den beschissenen Jahren des Untergrunds, du weißt schon ... Damals war er ein Niemand. Heute ist er eine wichtige Figur, ein Demokrat à la carte, nicht wahr?« Er nimmt hastig einen kurzen Schluck aus der Flasche. »Bist du ihm noch irgendeinen anderen Gefallen schuldig? Du bist diesem Gesindel doch immer einen Gefallen schuldig ...«

»Was soll das jetzt?«

»Scheißgesindel!« murmelt Raúl. »Luxusnutten, ich kenne die Sorte. Sie brauchen ihre tägliche Ration Schutz und Sicherheit, scheißen sich vor Angst in die Hosen ... Aber hinter unserem Rücken lachen sie über uns. Das haben sie schon immer getan! Du merkst das nicht, Vater, du schluckst schon zu lange alles runter ...« Er läßt ihn nicht zu Wort kommen: »Warte, laß mich ausreden. Dieser gute Doktor, der dir das Bein zusammengeflickt hat, ist nicht mehr als ein Weichei, ein bigotter Heuchler mit einem riesengroßen Geweih. Das sag ich dir!«

José schaut ihn perplex an, stammelt, bevor er die Worte findet:

»Wovon redest du, zum Teufel ...« Er entscheidet sich dafür, einen früheren Gedanken wieder aufzunehmen, und zeigt wieder mit dem Finger auf ihn. »Hör zu, weißt du, warum es mit diesem Land bergab geht, willst du das wissen ...?«

»Aber Vater, fangen wir doch nicht damit an, ich bitte dich! Ich habe diese ewige Litanei bis hier.« Und leise, wie für sich selbst: »Gerade du willst mir zeigen, wo die Kacke dampft.«

Er schaut auf den Rest in der Flasche und trinkt. José verzichtet darauf, den Streit weiterzuführen. Er dreht ihm den Rücken zu, fängt an, die Stiefel und das Putzzeug von den Verandastufen aufzusammeln.

»Warum bist du zurückgekehrt? Wozu? Kannst du mir das sagen?«

Raúl richtet sich in der Hängematte auf, läßt den Kopf hängen und versucht, die Füße auf den Boden zu setzen. Er schaut auf die Flasche und bleibt sitzen.

»Keine Angst, ich werde dir nicht die Kunden vergraulen.«

»Darum geht es nicht. Im übrigen wird Duran kaum seiner Frau erzählen, was du von ihr hältst ...«

»Auf keinen Fall!« poltert Raúl ironisch. »Okay und einverstanden, wie Valentín zu sagen pflegt.« Er trinkt die Flasche leer und wirft sie in hohem Bogen zum Strand, weit weg, schaut seinen Vater etwas mitleidig an und setzt hinzu: »Willst du, daß ich gehe?«

José sammelt den Rest auf und sagt nichts. Es ist dunkel geworden. Plötzlich gehen die Lampen, die in der Veranda hängen, an und beleuchten die Szene.

Im Wohnzimmer hat Olga noch die Hand auf dem Lichtschalter. Sie blickt auf die beiden Männer hinter dem Fenster. Mit der anderen Hand hält sie eine rote, noch zusammengefaltete Tischdecke an die Brust. Reglos betrachtet sie Vater und Sohn auf der Veranda, mit einer gewissen Unruhe, abwartend, als von jenseits der Glasscheibe Raúls Stimme, nun nicht mehr scharf, an ihre Ohren dringt:

»Ich werde gehen, wenn sich Valentíns Wahnvorstellung gelegt hat. Ich werde nicht zulassen, daß ihn irgendeiner zum Narren hält. Und ich werde ihn nach Hause bringen. Dafür bin ich hier und für nichts sonst ... Und wenn du willst, kann ich solange im Reitstall schlafen. Es wäre nicht das erste Mal.«

Das erste Mal, denkt Olga. Sie schließt die Augen einen Augenblick, in sich versunken. Dann wendet sie sich zum

Eßtisch, hält die Decke an zwei Zipfeln und wirft sie mit energischem und präzisem Schwung über den Tisch. Eine rote Wolke verdeckt kurzzeitig das Fenster.

⁂ 17 ⁂

Beschwingt von der Tanzmusik, die von unten zu ihm dringt, schreitet Valentín unter der bleiern trüben Deckenbeleuchtung durch den Gang im ersten Stock, bewegt sich galant, als betrete er Hochzeitsterrain. Er trägt die Kochmütze und stemmt das Tablett hoch. Zwei Cuba libres, eine Schachtel Zigaretten und eine Tüte Salzmandeln. Er bleibt vor einer Tür stehen, klopft an, die Tür öffnet sich, zwei weibliche Hände nehmen die Gläser, die Schachtel und die Tüte entgegen. Die Tür schließt sich, und Valentín geht den Gang zurück bis zur Wendeltreppe und steigt hinunter.

Am Tresen und auf der ovalen Tanzfläche ist viel Betrieb. Dröhnende Musik. Bárbara tanzt mit einem Gast. Am Ende des Tresens auf einem Barhocker sitzt ein magerer Kunde mit eng beieinanderstehenden Augen, die an der riesigen Nase zu kleben scheinen, und hört sich Jennifers Schmeicheleien an, während er ihre Hinterbacken knetet.

»Du hast ein interessantes Gesicht«, meint sie. »Wirklich ...«

»Was du nicht sagst«, lächelt der Kunde und sieht dabei nicht besser aus.

»Ja, im Ernst ...! Da ist etwas in deinem Blick, etwas, ich weiß nicht ... etwas Feinfühliges.«

Lola serviert einem Vierzigjährigen mit weißem Kraushaar und auf die Stirn geschobener dunkler Brille ein Getränk, beide lächeln breit. Ein paar Meter weiter plaudert Alina mit einem blonden, elegant gekleideten Gast.

»Ach ja? Und was arbeitest du, mein Hübscher?«

»Ich bin Systemanalytiker.«

»Nein, wirklich! Und was ist das?« sagt Alina. »Klingt ja spannend!«

Neben ihr lehnen zwei jüngere Männer mit dem Rücken an der Theke, einer von ihnen läßt den Blick suchend rundum schweifen.

»Die ist wohl gerade beschäftigt«, sagt er. »Sie nimmt ein bißchen weniger als die anderen, weil sie eine Narbe am Schenkel hat. Aber die Frau hat's in sich, Junge. Wenn du die Narbe vergißt, ist ihr Körper einsame Klasse.«

»Iiih! Die schenke ich dir.«

Valentín holt eine Pizza aus dem Ofen, legt sie auf einen großen Teller und diesen auf das Tablett, neben die flaumige Tortilla aus Kartoffeln und Zwiebeln, die er schon davor zubereitet hat. Er singt leise, folgt dem Rhythmus mit seinem Körper, verbrennt sich ein wenig die Finger an der Pizza. Die alte Putzfrau, die gerade Töpfe scheuert, richtet einen halb geringschätzigen, halb mitfühlenden Blick auf ihn. Valentín bewegt sich schnell, er nimmt sein Tablett, verläßt die Küche, geht durch den kleinen Vorraum und betritt die Bar.

Hinter dem Tresen bereitet Lola Drinks, und Rebeca, die dauernd hustet, hilft ihr dabei. Der weißhaarige Kunde in den Vierzigern mit der dunklen Brille auf der Stirn verabschiedet sich mit einer theatralischen Geste der Freundschaft und Dankbarkeit: die Hand auf dem Herzen, besser gesagt auf der Brieftasche, wie Valentín gewitzt denkt, denn diesen Herrn hat er noch nie zahlen sehen.

Er stellt sich hinter die Theke und beginnt, die Pizza mit einem Messer zu zerteilen, macht dasselbe mit der Tortilla, während neben ihm Frau Lola ein paar Euros abzählt und dann mit der Hand Valentíns Hosentasche sucht.

»Da nimm, das ist für dich.«

»Das kitzelt aber …!«

»Dein Lohn.« Sie steckt das Geld in seine Tasche. »Und verplempere das nicht mit Videospielen. Gib es deinem Vater.«

Rebeca nimmt eine Pille aus einem Gläschen, schluckt sie mit etwas Wasser und versucht dann hustend, die Anweisungen auf dem Beipackzettel zu lesen:

»Ich kann diese kleine Schrift nicht lesen ...«

Nachdem Valentín sich die gerade erhaltenen Euro angesehen hat, steckt er sie weg und nimmt Rebeca den Zettel aus der Hand.

»Gib her! Schau mal, was mit dir passieren wird, Rebe.« Er liest laut vor: »Trockenheit im Mundbereich, Durchfall, Mu-Muskelschwäche, Schwindel, Haarausfall, Herzstillstand, K-K-Krämpfe, geschwollene Knöchel ...«

Rebeca unterbricht schroff die Aufzählung und reißt ihm den Beipackzettel aus der Hand.

»Komm schon, Junge! Du willst mir bloß Angst machen!«

Nancy hastet die Wendeltreppe herunter und kommt erregt an den Tresen.

»Da ist was mit Milena, sie schreit in ihrem Zimmer...!«

»Siehst du?« ruft Rebeca. »Ich hab ihr doch gesagt, geh mit dem Kerl nicht rauf...«

Valentín hat den Tresen schon verlassen und eilt zur Treppe, während sich Lola auf der Suche nach Simón im Lokal umsieht.

»Wo ist mein Bruder? Er soll sofort kommen ...«

Der Mann stopft ungeduldig die Hemdschöße in die Hose, knöpft den Hosenschlitz zu und versucht Milena das Jackett aus den Händen zu reißen. Ein rüde aussehender Typ, grobes Gesicht, Ledermanschette ums Handgelenk und große Ringe an den Fingern. Er rangelt mit Milena, schlägt ihr dann mit dem Handrücken ins Gesicht, und sie fällt wimmernd aufs Bett.

»Weg da! Keinen Cent wirst du mir abnehmen!« schreit er, während er das Jackett ausschüttelt und glattstreicht. »Du bist ja ein Schlafmittel, verdammt, nicht einmal bewegen kannst du dich! Was habt ihr euch in dieser Scheißspelunke nur gedacht, daß ich Däumchen lutsche?«

Milena versucht zu fliehen, doch der Mann hält sie zurück und gibt ihr noch eine Rückhand.

»Ich weiß gar nicht, wie ich es geschafft habe, dich zu ficken! Schon dieser Kräutergestank! Du hast kein Recht, irgend etwas zu fordern! Du bist doch fast eingeschlafen! Und noch was, glaubst du, ich steh' auf Nutten mit solch ekligen Hautgeschichten? He? Glaubst du, das macht mich scharf?«

»Ich hab Ihnen aber Bescheid gesagt, Señor... Und Sie haben gesagt, das mache nichts«, gelingt es Milena zu stammeln, sie sitzt auf dem Bett, verbirgt das schmerzende Gesicht auf den hochgezogenen Knien, am einen Wangenknochen ist Blut. »Sie haben gesagt, es macht Ihnen nichts aus.«

»Du lügst, du mieses Stück. Das habe ich nicht gesagt.«

»Zahlen Sie wenigstens die Hälfte, bitte ...«

»Du spinnst wohl, Mädchen, das hier ist lupenreiner Betrug ...!« Er zieht das Jackett an, greift sich das Glas Sekt vom Nachttisch, leert es mit einem Schluck und fügt noch hinzu: »Und weißt du was? Du hast zu kleine Titten. Viel zu kleine Titten.«

Die Tür ist aufgesprungen, und Valentín taucht auf, schneidet ihm den Weg ab und zwingt ihn mit leichten Stößen gegen die Brust zum Rückwärtsgehen.

»Warten Sie einen Augenblick, Señor.«

»Wer bist denn du ...? He, he, Junge, was machst du da ...!«

»Viel zu klein die Titten, das haben Sie gesagt ...?« flüstert Valentín.

Er packt ihn am Revers und drängt ihn gegen die Wand, während Milena sich weinend ins Bad verdrückt, die Hand vor dem einen Auge:

»Jetzt behauptet er, ich hätte ihn betrogen ...! Und will nicht zahlen!«

»Laß los, du Trottel!« protestiert der Kunde. »Laß es dir erklären ...!«

»Was haben Sie nur, Señor?« fragt Valentín unaufgeregt. »Sie gefällt Ihnen nicht...? Dem Herrn Kunden ge-gefallen Mädchen mit kleinen Titten nicht ...?«

Der Mann kann sich nicht aus seinem Griff lösen und sieht ihn plötzlich angstvoll an: Er glaubt, einem Verrückten ausgeliefert zu sein.

»Ja, so ist es ...! Kleine Titten finde ich ... gruselig!«

»Sie mögen dicke Titten.«

Der Kunde versucht zu lächeln.

»Sehr! Da kann ich nicht gegen an! Es ist ... wie eine Manie!«

»Mhmmm. Keine Schwalben mehr zu sehen ... Doch der Herr Ku-Kunde hat immer recht. So heißt es doch, nicht wahr? Nicht wahr?!«

Er drückt ihm mit dem Unterarm auf den Hals, hält ihn gegen die Wand gepreßt. Valentín wendet den Kopf und hebt die Stimme, als er Milena fragt:

»War der Herr Kunde einverstanden mit dem Barservice, dem Tarif und so weiter und so fort?«

»Ja, das war für ihn in Ordnung«, wimmert Milena vom Waschbecken her. »Und ich hab ihm über mein Ding Bescheid gesagt ...«

»Es gefallen Ihnen also ihre Brüstchen nicht«, sagt Valentín, wieder den Mann anblickend. »Und was ist mit dem Sternchen ...? Das gefällt Ihnen auch nicht?«

»Laß mich los, ich erklär's dir ...!«

»Aber der Rest gefällt Ihnen schon, oder?!«

»Ja, ja, nicht schlecht ...«

»Mhmmmm. Also, was machen wir da? Soll ich den Service zahlen, Señor? Ich meine, soll ich Ihnen das abnehmen?«

Während er spricht, dreht Valentín den Mann ohne viel Federlesen einmal um sich selbst, zieht ihm die Brieftasche aus der Tasche, holt ein paar Scheine heraus und wirft sie aufs Bett, steckt die Brieftasche wieder zurück und stößt den Kunden schließlich zur Tür.

»Der Herr ist bedient.«

Milena kommt aus dem Bad, drückt ein feuchtes Handtuch an ihren Backenknochen. Der Kunde stolpert aus dem Zimmer, und Valentín sagt, mit dem Zeigefinger auf ihn deutend:

»Mir gefällt Ihre Visage nicht. Ganz und gar nicht, wissen Sie. Gehen Sie schon, los, gehen Sie ...«

Er beugt sich zum Gang hinaus, zeigt weiter mit dem Finger auf den sich entfernenden Mann.

»Soll ich Ihnen mal was sagen, Sie?« fügt er hinzu, »Sie sehen aus wie ein abgelaufenes Z-Zäpfchen. Und Ihr Geldbeutel ist auch abgelaufen ...«

Der Kunde hat gerade die Treppe erreicht, als dort das zerknitterte, ausdruckslose Gesicht des alten Simón auftaucht.

»Schau, Simón, der Herr ist schon auf dem Weg«, sagt Valentín. »Er hat es ziemlich eilig.«

Simón packt den Kunden unter der Achsel und drängt ihn die Treppe hinunter, murmelt dabei zu Valentín:

»Verdammt, die Leute können einfach nicht trinken. Geht es ihr gut?«

»Na ja ... wir können nicht behaupten, daß es ihr schlechter geht«, antwortet Valentín traurig. »Wir wissen ja alle, wie's ihr geht, Simón.«

Er wiegt nachdenklich den Kopf und geht wieder in das Zimmer, eilt mit großen Schritten zum Bad. Milena sitzt auf der Bettkante, hält sich die eine Gesichtsseite. Valentín kommt mit Mullbinden und Pflastern und einer antiseptischen Lösung aus dem Bad, kniet vor dem Mädchen nieder und nimmt behutsam das Handtuch von ihrer Wange.

»Laß mich sehen ... Tut es sehr weh? Keine Angst, ich bi-bin jetzt bei dir.«

Er tupft ihr Jod auf den Riß am Backenknochen, und sie spürt das Brennen.

»Tausend Dank, mein Schatz ... Auuu!«

»Das ist jetzt das zweite Mal in vierzehn Tagen, Milena.«

»Du weißt doch, daß ich die Typen nicht hinters Licht führe, Valen, ich sag immer Bescheid. Zeig es ihnen sogar ... Aber mach dir keine Sorgen, mein Kleiner. Nichts passiert.«

Sie verstrubbelt zärtlich sein Haar, während er ihr ein Pflaster aufklebt.

»Fertig. Magst du einen Kaffee? Oder eine heiße Milch mit Co-Cognac?«

»Ich möchte ein bißchen schlafen ... Und du mußt nach Hause, mein Schatz. Sag Frau Lola, daß ich mich nicht wohl fühle, ja?«

Während sie redet, sammelt sie die auf dem Bett verstreuten Scheine zusammen, zählt sie und steckt sie zwischen die Seiten eines abgewetzten Notizbuchs, das sie aus der Nachttischschublade zieht und in das sie mit einem Bleistift etwas notiert. Dann holt sie ein Ledertäschchen unter der Matratze hervor, schiebt ein paar zusammengerollte Scheine hinein und versteckt es wieder unter der Matratze. Den Rest des Geldes legt sie mit dem Notizbuch in die Nachttischschublade. Das macht sie alles sehr schnell, mit präzisen Bewegungen und fast geschlossenen Augen, als habe sie es schon tausendmal vor Valentín, mit dessen Billigung und Hilfe, getan.

»Willst du wirklich nichts?« fragt Valentín. »Du hast heute noch kaum was gegessen ... Soll ich dir ein Brot mit Speck machen, ganz doll knusprig, so wie du ihn magst?«

»Ich hab keinen Hunger.«

»Hättest du gerne einen labiodentalen Kuß?«

»Einen was??«

»Einen labiodentalen Kuß, wie Desirée sie gab.«

»Was redest du nur, mein Herzkeks? Geh jetzt, bitte ... Sonst wird dein Bruder sauer.«

»Mein Bruder ka-kann mich mal.«

Er küßt sie sehr behutsam, geht zur Tür und öffnet sie. Auf der Schwelle dreht er sich um, lächelnd, und wiederholt mit einiger Mühe:

»Der ka-kann mich mal.«

Alleingeblieben, holt Milena ein Briefchen und ein Röhrchen aus der Schublade, verteilt das Pulver mit einer Spielkarte auf dem Nachttisch und schnupft es schnell ein. Dann macht sie das Licht aus, legt sich zusammengekauert auf das ungemachte Bett und schließt die Augen.

Etwas später, vom Nachttisch aus, bemüht sich das schüchtern lächelnde kleine Mädchen auf dem gerahmten Foto mal wieder, die ängstlichen Augen zu senken, um Milena anzusehen, als wisse auch die Kleine in unwiderruflicher Ferne und täglicher Schutzlosigkeit, daß Milena hier niedergeschlagen und ängstlich zusammengekauert am Bettrand liegt und nicht schlafen kann. Von unten dringt die Barmusik schwach herauf. Ein unbestimmtes Geräusch und eine veränderte Intensität des Dämmerlichts, als habe sich gerade leise die Tür geöffnet, lassen Milena den Kopf heben und sich ein wenig aufrichten, erst blickt sie auf die Tochter, dann um sich herum, denn sie meint die Silhouette einer Gestalt an der Schwelle gesehen zu haben.

»Bist du das ...?«

Der Schatten, oder was auch immer, scheint sich ein wenig zu bewegen. Als habe sie kapiert, und nun etwas erschrocken, fügt Milena hinzu:

»Wenn Sie wegen Ihres Bruders kommen, Señor, der ist schon lange weg ...«

Keine Antwort. Sehr langsam, den Blick voller Sorge auf ihre Kleine geheftet, legt sie sich wieder hin.

⁘ 18 ⁘

An manchen Tagen ist José schon um halb acht beim Reitstall und richtet die Sättel her, sprengt die Bahn oder beschlägt mit Ahmeds Hilfe ein Pferd. Gegen neun kommt Olga auf dem Fahrrad mit dem Essenskorb und einer Thermoskanne Kaffee, und dann frühstücken sie an einem Tischchen unter dem Johannisbrotbaum.

»Gestern nacht ist er los, um ihn abzuholen, ist aber ohne ihn zurückgekommen«, sagt Olga.

»Ich habe nichts gehört.« José beobachtet Ahmed, der vor dem Stall fast im Stehen einschläft, während er an einem Brot herumkaut, dabei weiter das Pony bürstet.

»Wach auf, Ahmed, es wird dich beißen!«

Ahmed reißt lachend die Augen auf und bürstet besonders heftig.

»Ein guter Junge«, lächelt José.

»Du warst schon eingeschlafen«, fährt Olga fort und schenkt sich Kaffee nach. »Raúl hat es mir heute morgen erzählt. Er hat ihn vom Tresen weggezerrt, zum Auto gebracht und dort vor diesem Club eine Stunde lang auf ihn eingeredet ... Aber es sei zwecklos gewesen. Dieses Mädchen ist meine Verlobte, da gibt's nichts zu besprechen, hat er gesagt und ist wütend geworden. Am Schluß hat er nur noch Unsinn verzapft, du weißt schon, von wegen wer da ertrinkt, ich will in Palästina sterben, in der Art ...

Kurz, er hat verrückt gespielt. Raúl hat ihm gesagt, daß er nur auf irr mache, um sich da rauszuwinden, und daraufhin hat Valentín ihn zum Teufel geschickt. Fast hätten sie sich geprügelt.«

José richtet seine ganze Aufmerksamkeit auf den Toast, den er sorgfältig schmiert.

»Das würde ich gerne sehen.«

»Das ist kein Scherz.«

»Wo ist Raúl jetzt?«

»Ich habe ihn am Strand herumlaufen sehen wie einen Wiedergänger.«

»Hoffentlich denkt er dabei nach.«

»Valentín hat ihm anscheinend gesagt, er müsse die ganze Nacht dort Wache stehen. Wache! Sag mir mal, was der Arme bewachen soll.«

»Ich glaube, der Junge weiß genau, was er tut,« sagt José nachdenklich. »Ich mach mir keine Sorgen um ihn, solange er sich wohl fühlt und man ihn läßt ... Raúl macht mir Sorgen.«

»Na, ich weiß nicht«, grübelt Olga. »Was auch immer er vorhat, er denkt viel darüber nach. Du hast ihn immer als Wilden gesehen, als Mensch ohne jedes Gefühl ...«

»Nun übertreib mal nicht, Frau.«

»Und er hat sich nicht verändert, er ist es gewohnt, die Sachen auf die harte Tour zu regeln. Aber bei dieser Angelegenheit scheint er nicht wirklich entschlossen, reinen Tisch zu machen, man könnte meinen, er weiß nicht, was er tun soll.«

»Er will seinen Bruder schützen, das hat er immer getan. Aber ich glaube«, murrt José, als sei er der Sache schon längst überdrüssig, »daß er sich vielmehr vor sich selbst schützen müßte.«

Sie schweigen eine Weile. Olga schaut auf das seifige Wasser, das über den glänzenden Rücken des Ponys gleitet und auf den braunen, haarlosen Arm von Ahmed, der müde die Bürste bewegt. Er macht sich nicht über uns lustig, denkt sie, Ahmed ist einfach so tranig. José trinkt noch etwas Kaffee und steht auf, zieht etwas mühsam das linke Bein nach. Olga beginnt den Tisch abzudecken und sagt:

»Würdest du dich trauen, deinen Sohn Raúl etwas zu fragen?«

José dreht sich um und sieht sie an.

»Was fragen?«

Olga weicht seinen Augen aus.

»Ob er schon mal einen Festgenommenen gefoltert hat.«

José schiebt das schlechte Bein etwas vor, diesmal energisch.

»Gefoltert ...? Wie kommst du darauf?«

»Ja, gefoltert.«

»Ich glaube nicht, daß das sein Job ist.« Ist es auch nicht, bis man es dir befiehlt, heute wie gestern, denkt er, während er Olga den Rücken zuwendet und hinkend auf Ahmed zugeht.

»Mein Gott, Junge! Hast du etwa ein kaputtes Handgelenk?«

Vor Morgengrauen, wenn das Lokal abgesperrt ist, alle Lichter ausgeschaltet sind und nicht das fernste Echo von Musik aus irgendeiner Ritze dringt, gewinnt die Fassade von Lolita's Club wieder das nichtssagende, unscheinbare Aussehen des einstigen Gasthauses an der Landstraße zurück. Der Mond gibt ihm seine aschfarbene Farbe wieder, matt und abweisend. Hinter dem Gebäude klettert eine Katze mit getigertem Fell die altersschwache Feuerleiter hinauf. Nur Milenas Fenster ist erleuchtet.

In den Nächten, in denen Valentín Milena darum bittet, bei ihr schlafen zu dürfen, bewegt ihn nicht allein der Wunsch, sie zu bewachen und zu beschützen, das, was Olga für einen lächerlichen Vorwand und einen gefährlichen Unsinn hält, sondern ein Gefühl, das sich nur in einer wiederholten und unbewußten Parodie äußert, einer unschuldigen Inszenierung von erträumten Aufmerksamkeiten und zärtlicher Fürsorge, von Blicken, Worten, Körperhaltungen und Berührungen, die der Behinderte intensiv und leidenschaftlich als ein nächtliches Hochzeitsritual erlebt, das die prostituierte Braut zuläßt und mitträgt, für sie ein zuweilen willkommener Ersatz für Gemeinschaft, wie es auch gewisse Fernsehsendungen sind, die ausgeliehenen Videofilme, die Briefe, die sie Nancy diktiert, oder das Mensch-ärgere-dich-nicht-Spiel. Wie ihre Kolleginnen auch hat sie einen Tag in der

Woche frei, und die Nacht dieses Tages wählt er gewöhnlich, um bei ihr zu bleiben.

»Spielen wir oder schauen wir uns einen F-Film an?«

»Du solltest nach Hause gehen, mein Schatz.«

»Willst du nicht, daß ich bleibe?«

»Ich will's und ich will es nicht.«

»Gut so!«

»Schrei nicht. Simón hat das Zimmer gewechselt, er schläft jetzt genau über uns.«

»Simón ist mein Freund.«

Valentín hat den Aschenbecher ins Klo geleert, kommt jetzt zurück und stellt ihn auf das Tischchen, fläzt sich neben sie aufs Sofa. Auf dem Tisch stehen zwei Pappteller mit Essensresten, ein Apfel, Gläser und eine Colaflasche. Milena raucht und betrachtet auf dem stummen Fernsehschirm Regenbilder in Schwarzweiß aus einem japanischen Film. Sie zieht den Bademantel über der Brust zusammen und blinzelt, eine Schläfrigkeit vortäuschend, die sie noch längst nicht verspürt. Ihr Gesicht ist mit einer bleichen Feuchtigkeitscreme bedeckt, die Oberlippe ist etwas geschwollen, und auf dem Backenknochen klebt ein Pflaster. Nach einem Schweigen sagt sie:

»Dein Bruder war da ...«

»Woher weißt du das?«

»Der streicht hier rum, wenn ich schlafe ... Neulich ist er nachts sogar reingekommen.«

»Nein!«

»Doch. Er hat mich angeschaut, aber nichts gesagt.«

»Das kann nicht sein«, sagt Valentín, »er war die ganze Zeit mit mir zusammen unten am Tresen. Er hat sich nicht wegbewegt, er hat mich beschimpft und dabei getrunken ... Er wollte mich mit Gewalt nach Hause bringen!«

»Habt ihr euch gestritten?«

»Mhmmmm.«

»Ja oder nein, Valen?«

»Ich bin stärker als er ...«

»Das meine ich nicht. Habt ihr euch gestritten?«

»Mhmmmm. Fast.«

Milenas Gesichtsmaske verschwimmt hinter dem Grasrauch.

»Das ist gar nicht gut«, denkt sie laut, »warum bist du nicht mit ihm gegangen?«

»Ich denke nicht daran. Nichts und niemand wird mich je von dir trennen! Niemals!«

»Ich hab Angst ...«

»Vor was denn? Weißt du nicht, daß ich Wache halte? Raúl war nicht hier. Wirklich nicht. Ganz sicher.« Die zum Stottern ansetzende Zunge zügelnd, betont er die Silben: »Du-hast-es-ge-träumt, Stern-chen, du-hast-es-ge-träumt!«

Er springt vom Bett. Auf dem Kalender an der Wand neben dem Schrank zeichnet seine sehnige, flinke Hand mit dem Bleistift ein X in das Freitagskästchen. Die vorherigen Freitage sind ebenfalls angekreuzt.

»Siehst du?« sagt er. »Heute hast du frei, also kann ich heute Nacht dableiben ... Ich erzähle dir, was mir mit Ju-Julieta passiert ist. Bitte.«

»Aber nur ein Weilchen. Komm her, nimm das, halt den Spiegel.«

»Okay und einverstanden!«

Er setzt sich wieder neben sie, hält den Handspiegel vor ihr Gesicht und beginnt, von Julieta zu erzählen. Wenn er eine Pause macht, verbindet sich das Bumbum der Diskorhythmen, die monoton und fast ohne Melodie heraufdringen, mit seinem Herzschlag. Milena mustert sich streng im Spiegelchen, dessen Stellung sie ab und zu korrigiert. Sie säubert sich das Gesicht mit Kleenex. Langsam legt Valentín seinen Kopf in ihren Schoß, hält aber weiter den Spiegel hoch und hört nicht auf zu reden:

»... und bevor er nach Hause ging, hat mein Vater zu mir gesagt, vergiß nicht, ihr sauberes Stroh hinzulegen ... Deshalb wollte ich gerade in den Stall gehen, als Julieta das weiche Maul bewegte und zu mir sagte, komm nicht rein. Sie war eine sehr schlaue, anhängliche Stute, aber sprechen tat sie nur mit mir, mit keinem anderen. Immer wenn ich ihr den Bauch mit der Bürste rieb, sagte sie, okay und einverstanden, das mag ich sehr. An dem Tag sagte sie zu mir, komm jetzt nicht rein, Valentín, nicht reinkommen! Ich hab nicht auf sie gehört und bin reingegangen, habe ein Auge abgedeckt... So, schau.« Er hält die freie Hand vor das Auge, während in dem Spiegelchen, das er in der anderen Hand hält, das Gesicht eines Mädchens mit leicht indianischen Zügen erscheint, sehr jung und schwarze Augen, die sich selbst befragen. »Und ich hab die beiden zusammen gesehen«, fährt Valentín fort, »dort auf dem Stroh, das ich aus dem Stall schaffen sollte ... Und ich ko-konnte es nicht rausholen, weil die sich nicht bewegten, die waren so eng umschlungen, daß es aussah, als seien sie eine einzige Person. Ich war starr vor Schreck. Und sie wollte mich nicht ansehen, hat das Gesicht versteckt und Rock und Pullover runtergezogen und so weiter und so fort. Er aber hat mich angeblickt, seine Augen waren wie die einer Schlange ... Er hat mir ein Zeichen gemacht, ich sollte sofort verschwinden, hau ab, und ich hab ihm gesagt, okay, Bruder, aber das Stroh wechselst du aus, einverstanden? Das hab ich ihm gesagt.«

»Und er, was hat er gemacht?«

»Was sollte er schon machen, er hat das Stroh ausgewechselt.«

»Das Stroh ausgewechselt.«

»Er hat das dreckige rausgebracht und sauberes hingelegt. Das hat er gemacht.«

Er läßt die Hand mit dem Spiegel sinken, nimmt den Apfel vom Tischchen, schließt die Augen, legt den Kopf auf die warmen Schenkel und bietet Milena den Apfel an, die daraufhin die Hautreinigung beendet.

»Fang nicht mit deinen kleinen Tricks an«, murmelt sie lächelnd, beugt sich über ihn und umarmt seinen Kopf mit einer beschützenden Geste, wiegt ihn, verstrickt die grünen Nägel in seinem Haar und läßt diese Traurigkeit in ihrer Stimme auf seine Lider herabsinken. »Tu das nicht, mein Augenschein, tu mir das nicht an ...«

Diese Hände, die meine Brüste berühren, obwohl sie still daliegen. Diese Augen, die meinen Körper streicheln und dabei geschlossen sind. Dieser Mund, der wie der eines Kindes küßt und hübsche Dinge sagt, obwohl er stottert. Bestimmt ist das, was wir hier tun, wenn wir allein sind, meilenweit entfernt von dem, was sich sein Bruder vorstellt, sagt sie sich, während sie sich auf dem Sofa zurücklegt, ein Polizist hat natürlich eine schmutzigere Phantasie ... Wenn er uns sehen könnte, würde er mit seinem großen spöttischen Mund, den vollen Lippen lachen, denkt sie und verweilt einen Augenblick bei diesem Gedanken, bei dem Mund, der diesem hier genau gleicht, genauso schön, doch mit einem leicht bitteren Zug um die Mundwinkel ...

Mit ebendiesen muskulösen Lippen, oder vielleicht mit den anderen, kitzelt Valentín jetzt ihre Brustwarzen, und sie läßt ihn einfach machen und schaut an die Decke. Es sind diese angespannten, festen Lippen, die sie gut kennt, es könnten aber auch die Lippen des anderen sein. Und sie spürt, wie sie endlich der Schlaf besiegt, ihre Hand läßt den Apfelbutzen fallen, als sie spürt, wie der Körper sich sanft auf ihren schiebt. Er schaut ihr von ganz nah in die Augen, und hastig, getrieben eher von einer Vorstellung als von Begehren, täuscht er mit Luststöhnen und ziemlich ungeschickten Bewegungen vor, mit ihr so zu schlafen, wie es wohl sein Bruder oder ein umgänglicher, respektvoller Kunde tun würde. Das Simulakrum ist etwas mehr als eine Parodie oder ein Scherz, es ist ein Spiel, aber auch Ausdruck heimlichen Sehnens. Er behilft sich mit Küßchen, Koseworten und Geflüster, die Worte befreien sich nur vom Stottern, wenn er sie singt, und gleich darauf bemüht er sich, einen Orgasmus zu simulieren, indem er plötzlich ein vor Glück verkrampftes Gesicht aufsetzt und in ihren Augen nach Bestätigung sucht. Und an diesem Punkt schiebt Milena einen Augenblick das Einschlafen auf, lächelt ihm zu, spreizt die Schenkel und tut so, als empfange sie ihn mit leichten Seufzern der Lust.

»Hat es dir gefallen … oder so ähnlich?« schnurrt Valentín.

Milena nickt, und er fügt noch hinzu:

»Olga hat mir einmal gesagt, daß ich das Glück habe, alles Blut im Hirn zu haben … Was wollte sie damit sagen?«

»Daß du sehr intelligent bist und ein gutes Herz hast.«

»Versprich mir, daß du immer mein Mädchen sein wirst. Was auch im-mer passiert! Immer!«

»Das verspreche ich dir.«

»Und lach nicht.«

»Ich lache nicht, mein Herzkeks. Ich schlafe nur gerade ein …«

Die stille Explosion reißt das Auto hoch, läßt es in der Luft umkippen, und als es neben der Bucht von Bilbao herunterstürzt, ist es bereits ein Bündel Schrott, in Flammen gehüllt. Die stummen, verlangsamten Bilder lösen sich auf, als Raúl sich brüsk in seinem Bett aufrichtet, verschwitzt und verstört. Aus dem Traum heraustretend, fällt er dem Nachrausch anheim, nimmt dabei noch den Gestank der brennenden Gummireifen wahr, den beißenden Geruch des Benzins.

Er bleibt einen Augenblick sitzen, horcht auf das Rauschen der Brandung, steht dann auf, geht barfuß zum offenen Fenster, stützt die Hände auf die Rolltür des Sekretärs und schaut hinaus auf das düsterblaue Meer. Du brauchst gar nicht nachzusehen, er hat nicht in seinem Bett geschlafen, sagt er sich. Er beobachtet den rasanten Flug einer Möwe über den Wellen, hält den Vogel in seinen Pupillen fest, sieht ihn aber nicht mehr. Er blickt auf die dunstige Linie des Horizonts und den bleichen Himmel, sieht aber nichts. Es ist der Himmel, der ihn anblickt, die kreisende Möwe blickt ihn an, sogar die Wellen mit ihren Schaumrüschen blicken ihn an.

⁂ 19 ⁂

Valentín schiebt eine Pizza in den Ofen und bringt dann einen neuen Teller mit Kringeln an den Tisch, wo Yasmina und Rebeca, ungeschminkt und im Morgenmantel, sich Tee einschenken. Yasmina betrachtet im Taschenspiegel einen Pickel an ihrer Lippe. Valentín räumt Tassen und Teller und Reste des späten Frühstücks der übrigen Mädchen ab, die schon die Küche verlassen haben. An einem Kringel knabbernd, verschwindet Bárbara durch die hintere Tür, und Jennifer sitzt rauchend an einer Ecke des Tisches und bricht Bohnen. Valentín wiederholt leise, um nichts zu vergessen:

»... Champignons und Scampi und ganz dünner Teig ...«

»Tomatensauce, das fehlt mir noch, Schatz«, sagt Jennifer.

»Gehst du zum Supermarkt, Valen?« fragt Yasmina.

»Später.«

Jennifer nimmt einen Zug aus dem Joint und gibt ihn an Rebeca weiter, die sagt:

»Valen, Liebling, könntest du mir eine Handcreme mitbringen?«

»Und frag, ob sie Lippenbalsam haben«, fügt Yasmina hinzu.

»Wie denn«, sagt Rebeca, »das ist eine Droge, Yasmi!«

»Nein, mein Fräulein, das ist für trockene Lippen ... Dich macht aber auch alles high, Rebeca. Frag danach, Junge.«

»Ich frage«, sagt Valentín.

Wenig später radelt er munter mit seinem Fahrrad die Schnellstraße entlang. Auf dem Kopf die Kochmütze, auf dem Rücken den kleinen Rucksack. Er grüßt die Autofahrer, die ihn überholen, und ab und zu fährt er fröhlich pfeifend Schlangenlinien, als tanze er.

Das Einkaufszentrum CRYSS, im Neubaugebiet neben der

Schnellstraße, liegt auf einem 1500 Quadratmeter großen Grundstück, das für Valentín kaum anderthalb Quadratmeter mißt, genau die Fläche, die er sitzend vor der Konsole eines Videospiels besetzt, auf dessen Schirm sich schnelle Autos jagen. Aber zuerst kommt immer der Einkauf, sonst vergißt er seine Aufträge. Zwischen den Regalen schiebt er den Einkaufswagen vor sich her, füllt ihn mit Lebensmitteln, Käse, Keksen, Milch, Marmelade, Joghurt ... Er prüft umständlich das Verfallsdatum auf den Verpackungen. Ein Joghurt fällt ihm auf, er dreht sich sofort um, auf der Suche nach einem Angestellten, und ruft:

»Hören Sie, der hier ist abgelaufen ...!«

Aber es ist keiner in der Nähe. Als er an die Kasse kommt, prangert er die tödliche Gefahr an. Da hinten steht ein abgelaufener Joghurt, Fräulein, der ist seit zwei Monaten abgelaufen. Himmel, Valen, dir entgeht auch kein einziger, sagt die junge Kassiererin. Es könnte sich ja jemand daran vergiften. Klar, ich sag Bescheid, daß er entfernt wird, du kannst beruhigt gehen.

Dann macht er sich auf zur Apotheke und geht in Gedanken seine Einkaufsliste durch, während die Angestellte ihn bedient. Hautcreme, Deodorants, Schlafmittel, Kondome, Aspirin, Kompressen. Eine wartende Kundin, rundlich und herausgeputzt, schaut ihn neugierig an. Valentín versucht, sich an etwas zu erinnern.

»Sss-Slipeinlagen«, sagt er. »Zwei Schachteln. Mit Ge-Geruchskontrolle.«

»Was für Kontrolle hast du gesagt?«

»Slipeinlagen. Mit Geruchskontrolle. So heißt es im Fernsehen!«

Die Angestellte und die Kundin lächeln sich zu, während Valentín eine auffällige Sonnenbrille mit weißem Gestell untersucht.

Fünf Minuten später steht er vor der Auslage eines Dessousgeschäfts und schaut sich drei Beine in Netzstrümpfen an. Er geht hinein, greift sich eines der Beine und prüft die Glätte des Schenkels. Die Inhaberin eilt zeternd auf ihn zu:

»Was machen Sie denn da! Das steht nicht zum Verkauf …!«

»Ist das ein rechtes oder ein linkes Bein?« fragt Valentín und drückt das Bein an seine Brust, als wolle er sich die Ware sichern.

»Weder rechts noch links!« schreit die Inhaberin, eine rosige Blondine mit eleganter Schulterpartie. »Das ist ein Ausstellungsstück und wird nicht verkauft!«

»Wa-Warum nicht?«

»Lassen Sie das los!«

Zwei Frauen mit Einkaufskörben sind vor der Auslage stehengeblieben und beobachten durch das Fenster die Szene im Inneren des Ladens: Ein Mann mit Kochmütze und die Verkäuferin machen sich, jeder von einer Seite zerrend, ein schwarzbestrumpftes Frauenbein streitig.

»Das wird nicht verkauft, hören Sie, nein, nein!« kreischt die Frau, die ihm schließlich das Bein abringt und sehr verärgert und mit herrschaftlicher Geste diesem so merkwürdigen wie dreisten Kunden, um nicht Schlimmeres zu sagen, die Tür weist.

Zurück im Club erzählt er beim Auspacken der Einkäufe Frau Lola, was passiert ist. Die lacht herzhaft:

»Aber, aber, Schätzchen! Das ist eine feine Idee, den Mädchen Beine zu schenken. Aber schau, sie kommen mit ihren eigenen ganz gut zurecht, findest du nicht? Ha, ha, ha!«

Ihr perlendes Lachen vermengt sich guttural mit den Worten, was Valentín immer wieder fasziniert, der nicht den Blick wenden kann von diesem Mund mit dem kräftigen, sehr weißen Gebiß, der stets, wenn er gleichzeitig spricht und lacht, so aussieht, als kaue er eine Frucht, rosa, frisch und aromatisch.

»Ich habe vergessen, Orangen und Mandarinen zu kaufen, Frau Lola.«

⁂ 20 ⁂

Kurz vor Mittag fährt Raúl beim Reitstall vor und wirbelt mit dem Renault eine Staubwolke hoch. Er steigt aus dem Wagen, zündet eine Zigarette an und schaut sich um. Ahmed schleppt hinter dem Stall Eimer voll Wasser an, und José inspiziert unter dem Johannisbrotbaum einen neuen Schlauch, während er mit einem Kunden spricht, der auf einem Klappstuhl vor einem Wasserkrug sitzt. Neben dem Parcours zeigt Olga einem jungen Reiterpärchen einen Sattel, der über einem Pfahl der Umzäunung hängt, und erklärt, was diesen auszeichnet.

»Der ist sehr bequem. Eine Kombination von Rinds- und Elchleder, sehen Sie …« Sie schaut zu Raúl, er sieht übel aus, und wieder denkt sie, warum ist er nur zurückgekommen, warum? »Die Steigbügel sind abgepolstert … Entschuldigen Sie mich bitte einen Augenblick.«

Raúl blickt noch suchend umher, als Olga zu ihm tritt.

»Fragst du dich immer noch, wo er ist?«

»Er hat mir gesagt, daß er heute zum Helfen komme«, sagt Raúl. »Daß wir zusammen arbeiten würden. Das hat er mir gestern abend versprochen.«

»Und du hast ihm geglaubt.« Olga dreht sich zu José um, der sie beobachtet, während er dem Mann vor ihm ein Bündel Zwiebeln aus dem Gemüsegarten zeigt. Raúl bemerkt seinen Blick.

»Ich verstehe ihn nicht, verdammt«, murmelt er. »Es kann ihm doch nicht egal sein, daß sein zurückgebliebener Sohn Tag und Nacht frei herumläuft. Hat er denn keine Angst, daß ihm was zustößt?«

»Du kennst doch deinen Vater. Er setzt die persönliche Freiheit über alles …«

»Blödsinn«, unterbricht Raúl sie und schaut auf die Uhr, mit einer Geste der Ermüdung.

»Es ist sinnlos, jetzt hinzugehen. Die öffnen erst am Nachmittag«, sagt Olga. »Warum ißt du nicht mit uns? Komm schon, sag ja.«

Sie wendet sich wieder José zu, geht ein paar Schritte, will ihm vielleicht sagen, daß sein Sohn zum Mittagessen bleibt. Raúl schaut ihr auf den Hintern. Sie dreht sich langsam wieder um, als habe sie diesen Blick gespürt, doch er steigt schon ins Auto und läßt den Motor an.

»Ich hab dir doch gesagt, der Club ist geschlossen«, insistiert Olga. »Was willst du tun, ihn herausschleifen?«

»Das wolltest du doch, ihn da um jeden Preis rausbekommen, oder etwa nicht?«

»Vielleicht wollte ich das, bevor du zurückgekommen bist. Jetzt bin ich mir nicht mehr so sicher ...«

»Wann öffnen die?«

»Um fünf, glaube ich. Was willst du solange machen ...? Am besten fährst du heim und wartest dort auf ihn. Im Kühlschrank findest du was zu essen ...«

»Komm mit. Wir müssen miteinander reden ... Ich esse nicht gern allein.«

Er will noch etwas hinzufügen, schweigt dann aber. Die Hände reglos auf dem Lenkrad, sieht er Olga durchdringend an, und sie glaubt, in seinen Augen ein Zeichen von Verstörung, ein zersetzendes Leuchten zu sehen. Sie senkt sofort den Blick und schweigt.

»Jetzt nicht«, sagt Olga schließlich. »Nach dem Essen vielleicht ...«

Raúl drückt aufs Gaspedal und biegt in die staubige Straße, auf der er gekommen ist.

⁂ 21 ⁂

Er hat gelogen, er ist es gewohnt, allein zu essen. Er zieht es sogar vor. Er ißt allein und denkt, daß niemand weiß, wie viele Jahre er schon allein ißt, unzählige Male hat er sich zum Essen allein an einsame Tische gesetzt. Und wen, verdammt, geht das schon was an. Russischer Salat, gebratene Hühnerflügel und eine fast noch volle Flasche Wein, er liegt in der Hängematte im Schatten der Veranda. Im Laufe des Nachmittags beschleunigt sich der unerbittliche Rhythmus der zischenden Brandungswellen. Jenseits der Dünen zieht, wie immer, der Horizont seinen Blick an: ein gewisser Hang, sich Fragen ohne Antwort zu stellen. An diesem straffgespannten Draht ohne Seiltänzer, ohne faßbare Bilder über oder unter ihm, weder im blauen Himmel noch im opalisierenden Meer, hängt dennoch irgendwo ein Schwarm von Träumen, die seit der Kindheit in seinem Kopf summen.

Er beschließt, bis fünf Uhr auf sie zu warten, obwohl er weiß, daß sie nicht kommen wird. Bis fünf, wenn der Club öffnet. Auch Valentín könnte kommen, im unpassendsten Augenblick, wie es seine Art ist, denkt er, er wird irgendwann kommen, sicher, und sei es nur, um das Hemd zu wechseln ... Aber es ist egal, ob sie sich begegnen oder nicht. Wer auch immer kommen mag, sein Bruder oder seine Stiefmutter, beide sind mit Gefühlen verbunden, die in seinem Innersten rumoren, sich vermengen, und in beiden Fällen muß er auf dasselbe Ziel hinwirken. Sie sollen wissen, daß er wieder da ist, sollen ihn so annehmen, wie er ist. Sie sollen wissen, daß alles wieder so sein soll, wie es früher war.

Aber keiner von beiden wird kommen. Er nickt in der Hängematte ein, die sinkende Sonne erreicht seinen Kopf, und er schreckt auf, von einem Leuchten geblendet. Jetzt ist er wirklich allein. Er müßte mehr als verärgert sein, wütend, spürt aber nur eine seltsame Leere. Und wenig später, als er über die Schnellstraße fährt, erkennt er auf einmal – so plötzlich, daß er es sogar im Blut spürt, eine leichte Wallung, sie gehorcht einem dunklen Drang, dem er lieber nicht nachgeht –, daß man aufhören muß, mit Valentín zu streiten, wenn man will, daß er sich da draußen nicht lächerlich macht, sondern zu Hause bleibt und eine Existenz führt, die seinen beschränkten Möglichkeiten besser entspricht. Man muß sich statt dessen die Kolumbianerin vorknöpfen und sie irgendwie zwingen, wenn nötig mit einer Tracht Prügel, die Beziehung zu beenden, sie ist eine Schande, ein Hohn, abartig, verächtlich und widerlich ... Die Frau muß man rankriegen, soviel ist klar. Denn Valentíns gefährliche Unabhängigkeit, dieses nächtliche Ritual, das Gekicher und die Verzückung, diese noch vor einem Jahr undenkbare Abdrift in Valentíns Leben, wer ist dafür verantwortlich, wenn nicht diese kleine Hure mit der heiseren Stimme und dem gebrochenen Blick? Und was Olga angeht, das merkt er jetzt: Ein Glück, daß sie nicht zu der Verabredung gekommen ist. Was zum Teufel hatte er sich dabei gedacht? Hat er etwa vergessen, daß alle Huren sind?

Ein Lieferwagen steht vor dem Club, der Fahrer und Simón tragen Bier- und Sprudelkisten weg. Auf dem Parkplatz steht noch kein Auto, nur ein vierzylindriges Motorrad. Simón sieht den Renault parken und setzt zu einem Gruß an, doch Raúl beachtet ihn nicht.

»Das hier ist ein kleines Lokal«, sagt Frau Lola. »Wir haben maximal zwölf Mädchen gehabt. Jetzt sind es sieben, das geht hier fast schon wie in einer Familie zu ...«

»Nein«, fährt Raúl dazwischen. »Ich bin nicht hier, um mich heißmachen zu lassen. Täuschen Sie sich nicht, Maitresse.«

»Ich weiß schon, Sie kommen zu was auch immer, und nebenbei trinken Sie umsonst. Deshalb kommen Sie.« Lola wienert die Theke mit einem Lappen und zwinkert ihm zu. »Oder irre ich mich?«

Raúl hat sich am Ende der Theke hingesetzt, dort, wo sie zur Wand biegt, und spielt mit den Autoschlüsseln. Er wirkt immer noch halb argwöhnisch, halb verwirrt, aber seine Stimme ist fest.

»Gründlich. Ich zahle für meine Drinks.«

»Dann sind Sie also kein gewöhnlicher Bulle.«

»Darauf können Sie einen Eid ablegen.«

»Wie auch immer, das Haus lädt ein. Was möchten Sie trinken?«

Er hört sie nicht. Er hat sich umgedreht und betrachtet den Rücken von Milena, die hinten mit einem Kunden an einem Tisch sitzt.

»Sagen Sie ihr, daß sie rüberkommen soll.«

»Ich? Hören Sie, ich bestimme nicht über das Mädchen. Der Herr da hat sie eingeladen.«

Das Lokal hat gerade geöffnet, und es sind erst zwei Kunden da. Der andere unterhält sich am Tresen mit Alina. Die Musik ist zu dieser Stunde leise und gedämpft. Milena trägt ein rotes Kleid mit sehr dünnen Trägern, das ihren Rücken bis unter die Taille freigibt. An der Lehne ihres Stuhls hängt eine ausgeblichene Tasche mit den blauen Buchstaben von Air France.

»Also, was darf es sein?«

»Was empfehlen Sie mir?«

»Wasser, Señor«, sagt sie spöttisch. »Wir haben es mit und ohne Gas.«

Raúl zieht gelangweilt und müde die Augenbrauen hoch.

»Mit Gas, und ein Streichholz dazu.«

»Aber, aber! Sie sind wohl heute zum Scherzen aufgelegt ... Oder wollen Sie wirklich das Lokal in die Luft jagen und mich arbeitslos machen?«

»Geben Sie mir einen Whisky. Pur.«

Lola wendet sich ab, um die Flasche vom Regal zu nehmen, und Raúl wirft erneut einen Blick auf Milenas Rücken, während er sagt:

»Heute morgen hat er also beim Einkauf etwas vergessen und ist jetzt noch einmal zum Supermarkt gefahren.«

»Das hat er gesagt. Orangen und Mandarinen.« Sie nimmt ein dickwandiges Glas und schenkt ihm großzügig ein. »Ihr Bruder ist sehr pingelig mit den Einkäufen. Aber ich könnte schwören, er ist zu seinen Autorennen gegangen. Die Videospiele machen ihm großen Spaß.«

»Klar«, sagt Raúl ironisch. »Ein verläßlicher Junge, ein prima Trottel, nicht wahr? Betrügt er Sie nicht bei den Einkäufen?«

»Das hat er noch nie getan.«

»Schade.« Eine Pause, und dann fügt er hinzu: »Ist er schon lange weg?«

»Nein. Aber sicher hat er noch irgendeinen Auftrag von den Mädchen bekommen, also kann es etwas dauern… Möchten Sie Gesellschaft?«

Milenas nackter Rücken, ihr kindlicher Nacken, als sie die Haarmähne mit der Hand auf eine Seite streicht. Diesmal, als spüre sie seinen Blick, dreht sie sich um und blickt ihn ihrerseits an, schnell und von der Seite. Sogleich richtet sie ihre Aufmerksamkeit wieder auf den Kunden, ein grinsender Kerl mit Glubschaugen, der sie über den Tisch hinweg belagert. Ein Vertreter, Motorradfahrer, stämmig, Lederjacke, auffallende Mütze, das rötliche Haar lang und zum Schwanz zusammengebunden, ein eingebildeter Witzbold wahrscheinlich. Auf dem Tisch zwei bauchige Cognacgläser, daneben die Brille und die Handschuhe des Motorradfahrers, die Milena zur Ablenkung anprobiert.

Langsam steigen Jennifer und Rebeca die Wendeltreppe herunter, die eine zieht sich, den Taschenspiegel in der Hand, die Lippen nach, die andere rückt sich gähnend den Rock zurecht. Alina bestellt bei Frau Lola einen Martini Dry und einen Gin Tonic und führt den Kunden zu einem Tisch.

Raúl kostet den Whisky, verzieht das Gesicht und sieht das Glas an.

»Sagen Sie mal, gehört es zu Ihren Pflichten als Puffmutter, den Leuten, die nicht zum Ficken kommen, so ein Gesöff zu servieren?«

Lola, die begonnen hat, die Drinks zu mixen, unterbricht ihre Tätigkeit und wendet sich ihm zu.

»Ich erkläre es Ihnen noch einmal, Herr Fuentes. Dieses Lokal, das mir, wie schon gesagt, nicht gehört, ist Mitglied der Nationalen Vereinigung der Animierclubs, es ist demnach vollkommen legal, wie meine Arbeit auch. Vor sechs Monaten hat der Besitzer die Lizenz für eine Pension mit Musikbar beantragt, die Mädchen wohnen also ganz legal im Haus und sind hier besser und sicherer aufgehoben als auf dem Strich oder wenn sie auf der Schnellstraße Autos anhalten ... Sie zahlen für ihr Zimmer, wie sie es in jedem Gasthaus tun würden, und bekommen einen Prozentsatz des Verzehrs, und es steht ihnen frei, sich einladen zu lassen oder mit einer Katze ins Bett zu steigen. Habe ich mich deutlich ausgedrückt?«

»He, einen Moment mal, für wen halten Sie mich, für einen dieser Idioten, denen Sie Ihren Whisky aus dem Plastikkanister andrehen können? Ich kann diese Baracke schon morgen schließen lassen ... Und jetzt ein Bier.«

»Schon gut, regen Sie sich nicht auf«, sagt Lola. »Es täte mir leid um die Mädchen ... Vor allem um Milena. Ich weiß nicht, was ich mit ihr machen soll. Wäre Valentín nicht, würde sie an manchen Tagen gar nicht aufstehen.«

»Warum verscherbeln Sie die Frau dann nicht?« schlägt Raúl spöttisch vor. »Ich zahle ihr den Rückflug in die Heimat und schenke ihr einen Dildo, damit sie auf der Reise was zu tun hat ...«

»Sie haben keine Gefühle!« Lola pflanzt ihm das Bier vor die Nase, sieht dann Yasmina über die Tanzfläche kommen. »Yasmina, komm! Bring das an Alinas Tisch.« Sie schiebt die beiden Drinks über den Tresen. »Und laß dir was einfallen. Sag ihrem Freund, daß du auch durstig bist ...«

»Hab ich ihm schon gesagt, meine Liebe.« Sie lächelt Raúl an. »Aber er steht nur auf Alina. Was soll ich machen, wenn der Kunde es speckig mag ...«

Sie trägt die Gläser, eins in jeder Hand, und schwingt dabei die Hüften. Ein neuer Gast tritt ein und setzt sich ans andere Ende des Tresens. Jennifer und Rebeca nehmen ihn in die Mitte.

Ein Träger des roten Kleides ist auf Milenas Arm gerutscht. Raúl wendet die Augen ab und zündet sich eine Zigarette an.

»Sie sehen schlecht aus«, sagt Lola. »Geht es Ihnen nicht gut?«

»Geben Sie mir noch ein Bier und halten Sie den Mund.«

Lola will den neuen Kunden bedienen, nimmt sich aber erst noch einmal Raúl vor.

»Auch wenn Sie das Gegenteil glauben, hier geschieht nichts, was nicht gesetzeskonform wäre. Und ich sage Ihnen eins. Keiner tut soviel für die Mädchen wie meine Wenigkeit. Manche können weder lesen noch schreiben, und einer muß ja den Behördenkram erledigen. Zum Beispiel die Überweisungen an die Familien ...«

»Wollen Sie mir etwa sagen, daß alle freiwillig hier sind?«

»Die Papiere sind in Ordnung.«

»Die falschen Papiere. Warum bemühen Sie sich, mich auf den Arm zu nehmen, Maitresse?« Er stößt die leere Flasche weg. »Haben Sie nicht gehört? Geben Sie mir noch ein Bier und rufen Sie das Flittchen.«

»Können Sie nicht noch ein wenig warten? Wenn die schon mal eingeladen wird ...«

Raúl greift sich die zweite Flasche Bier und begibt sich zu Milenas Tisch. Er geht um das Pärchen herum, um Milena von vorn zu sehen, und ignoriert die Gegenwart des Motorradfahrers. Er beugt sich hinunter, stützt die Hände auf den Tisch und sagt:

»Wir müssen uns unterhalten.«

Milena rückt den Träger des Kleides zurecht.

»Nicht jetzt ...«

»Jetzt.«

Der Motorradfahrer schaut Raúl an und grinst albern. Das bedarf keiner großen Anstrengung.

»Das ist ja ein Ei! Was soll ich jetzt tun, Mann, lachen oder Putz machen? Das ist ehrlich ein Ei. Siehst du nicht, daß die Puppe mit mir zusammen ist?«

»Nimm dein Glas und deine Eier und verschwinde.«

Mit gesenktem Blick flüstert Milena dem Kunden zu:

»Tun Sie lieber, was der Herr sagt, er ist Polizist.«

»Du kannst das Glas am Tresen austrinken«, sagt Raúl. »Das von ihr geht auf meine Rechnung. Los, beweg deinen Arsch.«

Der Kunde zieht die Handschuhe an und steht widerstrebend auf.

»Na, ich weiß nicht ... Was stört, sind die fehlenden Manieren, der Mangel an Höflichkeit, Scheiße nochmal. Heutzutage haben die Leute keine Manieren ... Stimmt's, Süße? Wir sehen uns später.«

Er nimmt seinen Cognac und geht mit ziemlich geckenhaftem Gang zum Tresen. Milena wirft Raúl aus dem Augenwinkel Blicke zu, die Verärgerung über den Vorfall signalisieren sollen. Tatsächlich verspürt sie eher Neugier und Aufregung als Ärger. Mit resignierter Geste holt sie aus der an der Stuhllehne hängenden Tasche eine Klatschzeitschrift voller Liebesgeschichten und schlägt sie auf.

»Was geht hier ab, Nutte? War ich neulich nicht deutlich genug?« Raúl setzt sich ihr gegenüber, doch sie hebt die Augen nicht von der Zeitschrift. Er schlägt sie ihr aus der Hand. »Hörst du mich nicht?«

Milena schaut auf ihre rosa und silbern lackierten Nägel. Es dauert ein paar Sekunden, bis sie antwortet, mit sehr leiser und schläfriger Stimme.

»Doch, ich höre dich. Es ist nicht meine Schuld ... Ich tu, was ich kann.«

»Du lügst.«

»Er hört mir einfach nicht zu.« Nervös, unzufrieden mit sich selbst, schließt sie die Augen und wappnet sich mit Geduld. »Er hört nicht auf mich, er will nicht hören oder versteht mich nicht ... Und ich ihn auch nicht, manchmal.«

»Nichts da, komm mir nicht mit so was. Er kann sich sehr gut ausdrücken, ich selbst habe ihm das Sprechen beigebracht.« Eine Pause. »Alles, was er kann, habe ich ihm beigebracht, sich allein durch die Welt zu bewegen und keinem zu trauen.«

»Aber du hast ihm nicht beigebracht, mit Frauen wie mir umzugehen.« Sie lächelt: »Stimmt doch, oder?«

Raúl reagiert etwas spät.

»Aber bitte, was ist los, geht das nicht in deinen Schädel? Mein Bruder ist mit einer Hirnlähmung geboren, er ist ... behindert. Was will eine Nutte von so einem Mann, es sei denn, ihn auszunehmen?«

»Ich habe ihn nie um Geld gebeten, und er hat mir auch nie was gegeben.«

»Nein? Warum erlaubst du ihm dann, in dein Bett zu kriechen?«

Milena denkt nach, ihr Gesicht drückt Widerwillen aus.

»Wir haben einen freien Tag in der Woche, abwechselnd«, sagt sie endlich. »Und wir wechseln uns auch beim Kochen ab, und wenn ich dran bin, dann hilft er mir immer ... Manchmal bittet er mich, in meiner freien Nacht zum Schlafen dableiben zu dürfen. Ich erlaub's ihm nicht immer.« Sie schweigt einen Moment und sagt dann: »Was willst du sonst noch wissen?«

»Scheiße noch mal, ich will wissen, worauf du wartest, um ihn abzuservieren.«

»Er hört nicht auf Argumente.«

»Was bist denn du für eine Nutte? Kannst du nicht mal einen Trottel abschütteln?«

Milena hält das Glas mit beiden Händen und hat die Augen immer noch gesenkt. Nur selten hebt sie die blauen Augenlider, und dann schaut sie sich nur um, blickt ihren Gesprächspartner nicht an.

»Wann kapiert ihr endlich, daß wir nicht rund um die Uhr Huren sind.« Und kommt Raúls Erwiderung zuvor: »Bitte, mach hier keinen Aufstand ... Bitte! Ich möchte nicht wieder verschoben werden!«

Das wäre die Lösung, denkt er. Er zündet sich eine Zigarette an, während er das Gesicht des Mädchens mustert, die traurigen, demütigen Lider, den ohnmächtigen Mund, das leichte Beben ihrer Hände am Glas, die auf groteske Weise festlich aufgeputzten Nägel. Er ändert die Taktik und bietet ihr eine Zigarette und Feuer an.

»Hör zu, willst du legal wieder in dein Land zurück? Ich kann das regeln ...«

»Ja, ich weiß.« Jetzt hebt sie die Augen und schaut ihn vorsichtig an. »Aber was ist mit meiner Kleinen in Kolumbien? Gibt es auch für sie Schutz? Wenn ich täte, was du vorschlägst, sehe ich sie nicht mehr lebendig wieder.«

»Ich denke, du übertreibst.« Noch eine Pause. »Wie alt bist du? Sechzehn, achtzehn ...?«

»Zweiundzwanzig.«

»Du lügst. Wie lange bist du schon hier?«

»Acht Monate.«

»Und davor?«

»Ist das hier ein Verhör?«

»Keineswegs. Die liebe ich etwas spannender... In wie vielen dieser Clubs hast du gearbeitet?«

»Ist dir das so wichtig? Drei oder vier, ich erinnere mich nicht.«

»Du erinnerst dich nicht. Wer hat dich aus Kolumbien geholt?«

»Ist doch egal.« Sie zuckt ärgerlich mit den Schultern. »Jemand.«

»Wer?«

»Den kennst du nicht. Er hat auch Nancy mitgebracht. Ein Schleuser.«

»Mit einem falschen Vertrag. Man hat dir diese feine Geschichte erzählt, und du hast alles geschluckt. Oder wußtest du schon, was dich erwartet?«

»Denk doch, was du willst. Ich sollte als Kellnerin arbeiten ... Nancy als Kindermädchen. Das haben sie ihr gesagt. Die haben uns den Paß abgenommen, ein Flugticket gegeben und viel Geld, ein Vorschuß auf das, was wir hier verdienen würden ...«

»Und dann hast Du einen Schuldschein unterschrieben. Ich kenne die Geschichte.«

»Ich muß noch die Hälfte abzahlen ... oder so ähnlich, wie Valentín zu sagen pflegt. Ich habe alle möglichen Papiere unterschrieben, Visa, Verträge, den Schuldschein, den ganzen Kram ... Ein paar Tage vor der Abreise wollte ich aussteigen und konnte es nicht mehr. Es war zu spät. Es gibt kein Zurück, haben sie mir gesagt, und nimm dich in acht, wir wissen, wo deine Mutter und Tochter wohnen ... So kam das.« Sie trinkt einen Schluck aus dem Glas und murmelt: »Wenn ich dir all das erzählen würde, was nach meiner Ankunft in Spanien passiert ist ... Das glaubst du nicht.«

Sie blickt auf zwei junge Kunden, die sich am Tresen unterhalten. Sie rückt den Stuhl ein wenig beiseite, schlägt die Beine übereinander und wieder auseinander, will wohl deren Aufmerksamkeit auf sich lenken, denkt Raúl. Doch er täuscht sich, nicht die beiden hat sie im Visier.

»Wo kommst du her?«

»Aus einem kleinen Dorf in der Nähe von Pereira. Dos Quebradas.«

»Eltern? Familie?«

Der schroffe Stil des Verhörs gibt ihm Gelassenheit, Sicherheit, und wenig später, einem plötzlichen Impuls gehorchend, fragt er, ob sie verheiratet ist; sie schüttelt den Kopf, sie habe eine kleine Tochter, die lebe bei der Großmutter in dem Dorf.

»Das ist alles, was ich habe«, sagt sie. »Und die Zuneigung von Valentín.«

»Ja, klar.« Ein ungläubiger, direkter Blick auf ihren Körper, auf die Brüste, die zarten Schultern und die übereinandergeschlagenen braunen Beine. »Weißt du was? Es fällt mir schwer zu glauben, daß ein kluges Mädchen wie du sich hat einwickeln lassen.«

»Sie haben mir Arbeit in einer Bar versprochen. Und das hier ist eine Bar. Oder etwa nicht?« fügt sie lustlos ironisch hinzu.

Raúl wendet verärgert den Blick von ihr. Einen Moment lang hat er das lächerliche Gefühl, daß er sich Mühe gibt, nicht auf ihre Beine zu schauen. Oder besser gesagt, daß er sich Mühe gibt, sie nicht merken zu lassen, daß er schaut. Yasmina nähert sich dem Tisch, sie tanzt im Takt der Musik, die lauter geworden ist. Es sind weitere Gäste gekommen, und die Stimmung steigt.

»Frau Lola fragt, ob du etwas trinkst. Ob dieser Herr dir eine kleine Aufmerksamkeit zukommen lassen will. Na?«

Mit einer Handbewegung gibt Raúl zu verstehen, daß er sie einlädt. Milena bestellt ein Glas Sekt.

»Und ein Stück von den Schnecken, die Valentín macht«, fügt sie hinzu, als Yasmina schon im Gehen begriffen ist.

»Und mal sehen, ob ihr die Musik nicht etwas leiser stellen könnt«, sagt Raúl, und dann, sich wieder Milena zuwendend: »Ich verstehe nicht, wie ihr den Krach aushaltet. Gehst du nie raus? Kann man dich nicht draußen treffen?«

»Wozu.«

Er antwortet nicht. Weiß es noch nicht. Stimmt eigentlich, wozu.

»Also gut«, sagt Milena, einen anderen Gedanken aufgreifend, »ich werde mit ihm sprechen. Aber ich habe in seinem Leben nichts zu bestimmen. Er hat eben seine Manien ... Diese Manie mit dem ertrunkenen Mädchen zum Beispiel.«

»Ein ertrunkenes Mädchen?«

»Desirée, so nennt er sie.«

»Wer ist Desirée?«

»Sie hat hier gearbeitet. Ich war mit ihr befreundet.«

»Was ist mit ihr passiert?«

»Sie haben sie mitgenommen. Valentín sagt, sie sei kurz vor Mallorca ertrunken. Er ist davon überzeugt ... Wir haben nicht wieder von ihr gehört, aber umgebracht hat sie sich nicht. Sicher nicht. Sie wird wohl in Palma arbeiten.«

»Siehst du? Ihr habt ihm das Hirn mit Geschichten gefüllt ...«

»Er hat mal etwas in der Zeitung gelesen«, unterbricht ihn Milena, senkt die Stimme, als erzähle sie ein Geheimnis, »ein sonderbarer Vorfall, auf einem losen Zeitungsblatt in der Küche, etwas über ein Mädchen, das sich von einem Schiff gestürzt hat. Er hat sich zusammengereimt, daß dieses Mädchen hier gearbeitet hatte, daß es Desirée war ... Wir haben ihm nicht widersprochen.«

»Warum nicht?«

»Weil es so besser ist. Er schadet keinem mit seinen Ticks.«

Yasmina stellt das Glas Sekt und das Tellerchen mit der Schnecke auf den Tisch und geht. Milena beginnt zu essen. Raúl überlegt einen Augenblick, läßt sie dabei nicht aus den Augen.

»Ich weiß, daß deine Freundin Nancy sehr bald mit ihrem Freund nach Kolumbien fährt.«

»Mit ihrem Onkel. Der Freund ist ihr Onkel väterlicherseits ... Er hat Nancy versprochen, ihre Schulden zu bezahlen und sie mitzunehmen.«

»Valentín hat mir auch gesagt, daß Nancy für dich wie eine Schwester ist und daß du gerne mit ihr gehen würdest.«

»Das habe ich ihm gesagt, damit er weiß, daß ich ihn eines Tages verlassen werde, damit er sich daran gewöhnt, nicht an mich zu denken ... Aber er glaubt mir nicht.«

»Das ist eine gute Idee. Ich meine, dich in dein Land abzusetzen.«

»Nicht wirklich. Eine ganz schlechte Idee.«

»Ich denke immer noch, daß du abhauen kannst. Ich sehe hier keinen, der euch Tag und Nacht bewacht.«

»Dafür ist Simón da, aber das ist gar nicht nötig. Ich werde nie abhauen ... Ich hab's dir doch erklärt, wenn ich abhaue, töten sie meine Tochter oder entführen sie, um sie zu verkaufen. Und die sind dazu fähig, darauf kannst du Gift nehmen. Im übrigen hab ich es schon mal versucht, und sie haben mich aufgegriffen ... Hat Valentín dir nicht von meinem Sternchen erzählt? Dadurch ist mir viel Geld durch die Lappen gegangen ... Willst du es sehen? Es wird dir nicht gefallen, aber das ist ja egal, denn ...« Sie hebt auf der einen Seite den Rock, langsam, sieht Raúl dabei weiter an, »an mir ist ja nichts, was dir gefällt ... Nichts.«

Unter dem grünlichen Licht des Lokals sieht die Narbe für ihn wie eine Eidechse aus, die sich an den Schenkel klammert.

»Ich verstehe nicht, warum sie so was mit einer Nutte machen«, sagt er, den Blick mit kalkulierter Gleichgültigkeit abwendend. »Man sollte meinen, es liegt ihnen daran, die Ware in gutem Zustand zu erhalten, um ordentlich Knete zu machen. Würde ich sagen.«

»Das waren nicht sie. Das habe ich ganz allein geschafft. Als sie mich packen wollten, habe ich mich in ein Schaufenster geworfen. Das war in einer Drogerie in Alicante ... Es ging mir weniger ums Abhauen als darum, mit allem Schluß zu machen, so war das. Damals wollte ich noch irgend etwas tun, was auch immer, sogar mich umbringen. Jetzt will ich gar nichts mehr ...«

Als vertreibe er einen unerwünschten Gedanken, nimmt Raúl auf seinem Stuhl wieder Haltung an und schaut mit plötzlichem Interesse auf die Bierflasche in seiner Hand. Er trinkt sie in einem Zug aus, grübelt. Das heißt einen bösen Stern haben, hätte er fast gesagt. Aber er sagt dann:

»So schlimm sieht das nicht aus.«

»Deine Augen sagten das nicht ... Valentín ist der einzige Mann, der die Narbe anders ansieht.«

Wie lange willst du dir noch das verlogene Zeug anhören, das aus diesem Lutschmund kommt, fragt er sich. Was war die Frage? Wie sie und Valentín es treiben. Eine Nutte macht ihren Job, das ist alles, grüble nicht weiter darüber nach.

»Aha, er sieht dich anders an«, sagt er laut. »Vielleicht bist du deshalb so zärtlich zu ihm, vielleicht findet er deshalb an dir Gefallen ... Und was kann er dir im Gegenzug geben, der behinderte Depp? Verflucht noch mal, das kapiere ich einfach nicht!«

»Darüber haben wir doch schon gesprochen.«

»Nein, darüber haben wir noch nicht ausreichend gesprochen!«

»Dann sage ich dir jetzt mal folgendes ... Valentín ist das einzige Gute, das ich habe, seit ich aus Kolumbien gekommen bin.

Er ist ... Ich weiß nicht, wie ich das erklären soll ... Er glaubt ganz fest, daß Verliebtsein das schönste auf der Welt ist, verstehst du? Ich kann nur sagen, ich habe in meinem Leben niemanden kennengelernt, der so freundlich, so großherzig ist.«

Raúl sieht sie an, während er noch eine Zigarette anzündet. Und reagiert dann gleich heftig, gibt Kontra.

»Na, prima, Mädchen, freut mich für dich, ich will aber, daß du ihn endlich abservierst! Gib ihm ein für allemal den Laufpaß, das hier ist kein Ort für ihn ...!« Er senkt die Stimme und zeigt mit dem Finger auf sie. »Hör gut zu und zwing mich nicht, etwas zu tun, was ich lieber nicht täte.«

»Willst du mich anzeigen?«

»Das wäre das beste.« Er fixiert sie durch den Rauch der Zigarette. »Schon gut. Überleg dir, wie du das regelst, aber ich will Valentín zu Hause haben. Wirf ihn ab und such dir einen anderen Zahlemann ... Enttäusche ihn, schick ihn zum Teufel, sag ihm, er sei ein schwachsinniger Trottel, ein Depp. Schließlich und endlich ist er das auch.«

»So nicht, das habe ich doch schon gesagt. Warum sollten wir ihn verletzen? Warte ein wenig, und alles wird sich regeln ...«

Ihre Hand tastet auf dem Tisch nach der Hand von Raúl, der den Kontakt verweigert und wieder explodiert:

»Was zum Teufel soll man mit dir machen, kannst du mir das mal sagen?«

»Ficken. Dafür sind wir doch hier, oder?« Sie führt das Sektglas an den Mund, und die Maske der Traurigkeit bleibt ausdruckslos, auch wenn in ihren Pupillen ein Funken Ironie aufblitzt. »Ein halbes Stündchen dreißig Euro, eine ganze Stunde fünfzig ...«

»Halt den Mund!« Er sieht wieder auf die Uhr. »Kokst du vor ihm? Falls du Valentín in diese Scheiße reinziehst, bring ich dich um.«

»Warum sagst du das? Das mit uns ist etwas Reines, etwas ganz anderes, ich hab es dir doch gerade ...«

»Was soll denn das schon wieder, was anderes, was anderes,

was zum Teufel heißt das? Daß ihr es beim Kringelknabbern treibt oder auf dem Klavier oder in der Badewanne?«

»Ach, das macht dir Kopfzerbrechen«, sagt sie. »Nein, nichts dergleichen, auf keinen Fall. Ich ...« Sie sucht nach Worten, zögert. »Ich frage mich manchmal, was er für Gefühle hat ... Was ein Mann für mich fühlt, der mich nicht wie die anderen begehrt. Er gibt sich Mühe, er versucht sich vorzustellen, wie das ist, die Liebe als Pärchen ... wie es wohl wäre, wenn er es wie wir erleben könnte, über die zärtlichen Augenblicke hinaus, wenn du verstehst, was ich meine. Er hat so eine Art, mich zu berühren ... Wie ein Blinder, der die Dinge streichelt, um zu erfahren, wie sie sind ...«

Für einen kurzen Moment schwindet Raúls verächtliche Haltung erneut, er fängt sich aber sofort wieder, ist auf der Hut.

»Schon gut, das reicht jetzt.« Er steht brüsk von seinem Stuhl auf. »Erzähl die Geschichte einem anderen.«

»Warte«, sagt Milena. »Das mit dem Zahlemann verstehe ich nicht ... Warum hast du das gesagt?«

»Ich will jetzt weg, Scheiße!«

»Keinen einzigen Peso habe ich deinem Bruder abgenommen, das schwöre ich. Er würde mir gerne helfen, aber ich erlaub's ihm nicht.«

»Nun, er spart für dich, hat er dir das nicht erzählt?« Raúl zieht ein paar Scheine aus der Tasche und wirft sie auf den Tisch. »Zahl an der Kasse und behalt den Rest.«

Er stützt die Hände auf den Tisch, beugt sich hinab, betrachtet Milena von oben bis unten und will, gewissermaßen zum Abschied, anfügen: Und denk bloß nicht, ich sei mit dir fertig, Nutte, – doch im letzten Augenblick hält er die Worte in seinem vollen, hartmäuligen Mund zurück. Das Miststück glaubt am Ende noch, daß ich sie mit den Augen ausziehen will, schießt es ihm durch den Kopf. Doch er ahnt, daß es nicht nur deshalb ist. Noch etwas anderes hindert ihn plötzlich daran, sich so zu zeigen, ein Impuls rätselhaften Ursprungs, der aus seinen abgetöteten Gefühlen keimt, etwas, das mit dem Zorn nicht zu versöhnen ist, der ihn hierhergebracht hat, etwas, das seiner Vorstellung von dem, was für Valentín gut oder schlecht ist, widerspricht, und das ihn einige Sekunden lang stumm macht. Leicht verwirrt, entscheidet er sich für ein knappes und heiseres:

»Du bleibst, wo du bist.«

⁑ 22 ⁑

»Ein schönes Lächeln mit Fuldent!«

Flink auf den Rollschuhen dahingleitend, dreht das blonde Mädchen, das Reklamezettel in der Geschäftszone verteilt, einen Kreis um Valentín, der sich den kleinen Rucksack umhängt und die Einkaufsbeutel im Fahrradkorb unterbringt. Er steht an der Rotunde vor dem Supermarkt, einen Fuß auf dem Boden, den anderen auf dem Pedal, und schaut verzückt auf dieses reizende Püppchen, das sich wie ein Kreisel vor ihm bewegt. Das Mädchen trägt ein weißes Plisseeröckchen und ein knappes T-Shirt, zeigt kräftige Schenkel und am Nabel ein spinnenförmiges Piercing.

»Was gibt's Neues, Valentín? Wie geht's dir bei den Lolitas?« Sie streckt den Arm mit einem Zettel aus. »Da, nimm! Dafür kriegst du zehn Prozent Rabatt! Ein schönes Lächeln mit Fuldent!«

Die Schwünge der Rollschuhfahrerin und der luftige Flug ihres Rocks faszinieren ihn, er klatscht. Immer klatscht er begeistert, wenn sie sich begegnen.

»Du bist so ein hübsches Mädchen!«

»Wo geht's jetzt hin, Valen? Lädst du mich zu einem Rennen nach Peking ein?«

»Ich kann nicht, heute ist Desi mein Copilot. Besser zu mir in den Wagen als auf ein Schiff zu steigen und für immer abzulegen, findest du nicht auch?«

»Klar. Ich gehe auch bald, aber ich komme zurück. Tschüs dann. Und nicht zu wild rasen!«

»Oh, schau, schau nur, was du da hast, eine schwarze Spinne!« Plötzlich besorgt, zeigt er auf ihren Nabel. »Die wird dich stechen!«

»Die hier sticht nicht, Valen, das ist eine liebe Spinne! Tschüs!«

Rollend entfernt sie sich, umschifft Frauen mit Einkaufswagen, Passanten und versteinerte Gaffer, und er geht weiter zum anderen Ende der Rotunde. Eine liebe Spinne, aber sie wird dich stechen, murmelt er mit gesenktem Kopf.

In der Spielhalle der Schall von schrillen Maschinen und jugendlichem Geschrei rund um die Kicker- und Pingpongtische, die Musikautomaten und die zahlreichen elektronischen Spiele. Es gibt auch einen kleinen Imbiß, an dem Valentín zuweilen eine Limonade trinkt und dabei fernsieht. Ganz in der Nähe feiert das Videospiel unter dem Neonschild GROSSER PREIS RALLYE PARIS-PEKING mit hellem Blinken die Ankunft des wagemutigen Piloten. Der lehnt das Fahrrad an die Maschine, setzt sich vor den Bildschirm, steckt die Münzen in den Schlitz und packt mit all seiner Kraft das Lenkrad.

»Kommst du mit, Desirée? Komm schon, setz dich neben mich und mach die Augen zu, ich hol dich hier raus ...« Gekrümmt, angespannt, auf eine dunkle Weise provoziert, bedient er die Hebel mit nervöser und rachsüchtiger Präzision und fährt sein unmögliches silbernes Automobil tollkühn durch den höllischen Verkehr auf einer labyrinthischen Autobahn, Kurven mit schwindelerregender Überhöhung, unvorhersehbare Neigungswechsel und unvorsichtige oder gemeingefährliche Fahrer.

»Schnall dich an, Desi! Auf geht's!«

Um seinen Kopf herum noch anderer Radau, Streit und Gekreische neben dem gewöhnlichen elektronischen Getöse. Der Fernseher vom nahen Imbiß sendet in voller Lautstärke eine Gesprächsrunde mit Journalisten der Klatschpresse und Halbpromis, kurzberockte und großbusige Frauen, stark geschminkt und mit gefletschten Zähnen. An der kleinen Theke sitzen zwei ältere Ehepaare auf Barhockern und verfolgen gebannt die Sendung. Der Fernseher steht sehr hoch, auf einem Regal am einen Ende der Theke, und genau darunter ist ein glatzköpfiger Mensch mit einer dicken Weinnase in die Zeitung vertieft und bemüht sich, das Kreuzworträtsel zu lösen, vor sich ein Gläschen Rotwein. Den hysterischen Stimmen von der TV-Runde gelingt es ebensowenig, seine Aufmerksamkeit zu stören, wie dem tollkühnen Piloten mit der Radfahrerkappe, der wenige Meter weiter über die phantasmagorische asiatische Autobahn rast.

»... Du bist eine gemeine Klatschreporterin, weil du einfach nichts anderes kannst, du Schlange!« schreit sich beleidigt eine der Frauen heiser. »Du bist eine Betrügerin, eine widerliche Stänkerin, von deiner Zeitschrift gar nicht zu reden! Das Mieseste überhaupt, das ist dein Blatt!«

»Sag's ruhig, Mädchen, alles Aasgeier!« kreischt ihre Freundin.

»Es war dein Ex, meine Liebe, der mir von deiner Abtreibung erzählt hat, und du kannst es abstreiten, so oft du willst, ich hab's auf Tonband!«

»Es ist nun mal so«, vermittelt eine mäßig männliche Stimme, »daß manche von euch mehr von der Muschipresse als von der Regenbogenpresse leben!«

»Es ist doch nicht nötig, so derb zu sein, mein Lieber!«

»Wir wissen doch alle, daß der da eine vertratschte Schwuchtel ist, abartiger als ein grüner Hund!«

»Ruhe, Ruhe!« bittet die Moderatorin. »Das Thema der Sendung ist doch ...«

»Ich ein grüner Hund? Und was ist mit dir, Schätzchen, die du dich mit deinem taubstummen Schwager in der Badewanne hast fotografieren lassen? Weißt du was, Herzchen? Du bist weit gekommen ...«

»Ich sagte, das Thema, das uns heute beschäftigt, meine Lieben ...«, insistiert die Moderatorin, lächelt mit ihrem großen Mund und den vielen Zähnen.

»... und das hast du nur uns Journalisten zu verdanken!«

»Hör schon auf, uns zu beleidigen, ständig mußt du einen beleidigen! Dieses Arschloch hat uns Bettfurzerinnen genannt!«

Valentín beschleunigt nach dem erschreckenden Neigungswechsel, bei dem er fast gegen eine Straßenwalze gerast wäre, und biegt nun zügig in einen engen Hohlweg, als sich oben ein riesiger Felsbrocken löst, abwärts rollt und mitten auf die

Fahrbahn fällt. Zwei Autos vor ihm rasen hinein, und er vermeidet wie durch ein Wunder den Zusammenstoß. Ein paar Kilometer weiter kreuzt plötzlich ein grüner Elefant vor seiner Windschutzscheibe auf.

»Und von wegen eheliche Krise, nichts dergleichen, ich habe keine eheliche Krise!«

»Das heißt nicht eheliche Krise, Maribel, sondern Ehekrise, du Analphabetin!«

»Liebe Fernsehzuschauer, die Polemik ist angerichtet«, kündet die Moderatorin an und kann sich das triumphierende Lächeln des Profis nicht verkneifen.

»Hör mal, Cuqui, ich habe es wirklich satt!« wirft eine andere Halbprominente einer Journalistin an den Kopf.

»Zwing mich nicht, die Unterhosen auf den Tisch zu legen, zwing mich nicht ...!«

»Hör nicht hin, Desirée«, sagt Valentín. »Halt dich fest, ich trete jetzt durch!«

»Habt ihr das gehört? Die glaubt wohl, sie ist im Rotlichtviertel! Du bist im Fernsehen aller Spanier, Schätzchen!«

»Und warum mischst du dich in mein Privatleben ein, du Schnösel?«

»Ich mich in dein Leben? Gott bewahre! Dein Leben besteht doch nur aus Marbellaficks, du Modepuppe.«

»Jetzt bin ich aber mal dran, ich bitte ums Wort, bitte!«

»Und dir sag ich eins, Carmenchu! Wenn du noch einmal schreibst, daß ich Geld nehme, um mit dem Grafen ins Bett zu steigen, dann verpasse ich dir einen Tritt in die Eierstöcke!«

»Du hast mit ihm geknutscht, Margaluz, ihr habt geknutscht, und ganz Spanien hat es gesehen! Ganz Spanien!«

»Jetzt reicht's. Dieser Hurentochter bring ich's bei ...!«

»Wer glaubst du denn, daß du bist? Mir drohst du nicht, sonst ...«

»Wie Sie sehen, die Sache kommt langsam in Fahrt!« unterbricht die Moderatorin mit einem Komplizenblick zu den Zuschauern.

»... sonst bring ich dir jetzt gleich Manieren bei, dumme Pute!«

»Du bringst mir einen Scheißdreck bei!«

»Nach der Werbung, bitte!« frohlockt die Moderatorin, als Valentín mit einer brüsken Drehung des Lenkrads tollkühn einen mit Dynamit beladenen Laster, der ihm geradezu mörderisch den Weg verstellt, umschifft, wonach er dann in einer endlosen Geraden zwischen dem breiten, lehmigen Jangtse und den weiten, platinfarbenen und vom Wind gewiegten Reisfeldern die Fahrt verlangsamt und einmal tief Luft holt. Seine Augen, die träumerischen, melancholischen Augen eines Fahrers, dem man den Führerschein vorenthält, streifen nun halbgeschlossen und wohlig entspannt über die Landschaft, als wollten sie überprüfen, was an diesem Licht wirklich ist, an den Bäumen und Blumen am Rand der Route. Und dann kommen die Brücken und Tunnels.

Während es in der Halle erbarmungslos röhrt und hallt, spaltet beim Ausgang des Tunnels ein gelber Blitz plötzlich den Horizont, und goldener Regen fällt vom Himmel.

»Hören Sie, können Sie das bitte leiser stellen?« Der Gast mit dem Kreuzworträtsel hebt, den Kugelschreiber in der Hand, den Arm und macht dem Barmann ein Zeichen. »Entschuldigen Sie, aber das hält kein Schwein aus.«

Der Barmann stellt fest, daß die übrigen Gäste am Fernseher hängen, kuhäugig trinken und kauen, und antwortet mürrisch, während er weiter Gläser spült:

»Was ist los, Mann, gefällt Ihnen die Sendung nicht?«

Da der Fernseher auf einem Seitenregal, über dem Kopf des Gastes, steht, muß dieser nur noch einmal die Hand heben, um die Lautstärke herunterzudrehen. Er tut es und sagt:

»Ob mir das gefällt? Diese Scheiße müßte verboten werden. Ich scheiße auf die Mutter des Programmchefs und auf seine ganze bucklige Verwandtschaft.«

Der Zuschauer, der ihm am nächsten sitzt, dreht sich wütend auf seinem Hocker um.

»Scheiße für Sie, Freund.«

»Mit Ihnen rede ich nicht.«

»Schaut mal den mutigen Intellektuellen! Es gefällt ihm nicht! Er soll sich damit abfinden oder abhauen!«

»Hauen Sie doch ab!«

Der Gast klettert vom Hocker und geht näher heran.

»Vorsicht, Rafa«, warnt seine Frau, »der Mann ist ein Provokateur.«

»Na, na, immer schön friedlich«, sagt der Barman.

»Mein Mann hat aber recht. Wie kommt der dazu, den Fernseher einfach auszustellen? Unverschämtheit! Mann, als ob er bei sich zu Hause wäre!«

»Kommt nicht in Frage, was bildet der sich ein!« mischt sich der Mann der anderen Frau ein. »Das hier ist ein öffentlicher Raum, und wenn es was im Fernsehen gibt, dann schauen wir uns das an. Was soll das, wir sind im Recht.«

»Sagen Sie was!« fordern der erste Ehemann und die erste Ehefrau im Duett.

»Und was ist mit mir, meine Herrschaften?« wirft der glatzköpfige Kreuzworträtselmann ein. »Habe ich nicht das Recht, in Ruhe ein paar Gläschen Wein zu trinken und nachzudenken, ohne diesen Müll ertragen zu müssen, den Sie so mögen?«

»Und was geht Sie das an, was wir mögen?« meldet sich empört die zweite Ehefrau. »Wer sind Sie denn, uns zu sagen, das sei Müll, was uns gefällt? Habt ihr das gehört?!« Sie schaut die anderen an und fügt hinzu: »Ist dieser Herr Denker nicht reichlich dreist und unverschämt?!«

»Und noch dazu betrunken!« sagt die andere. »Das ist er, jawohl, Sie haben es gesagt, ein intoleranter, dreister Trunkenbold!«

»Hören Sie, ein bißchen mehr Ruhe«, sagt der Barmann. Aber keiner hört ihn.

Der Streit wird lauter, bis der Mann mit dem Kreuzworträtsel in aller Ruhe wieder den Arm hochreckt und den Fernseher ganz ausschaltet.

»Was machen Sie da?!« ruft der erste Ehemann.

»Der Scheißkerl will das letzte Wort haben!« sagt der andere Ehemann mit einer Drohgebärde, dieweil seine Frau sich schon dem Glatzkopf zugewandt hat und ihm plötzlich, Beleidigungen ausstoßend, die Tasche auf den Kopf schlägt. Die andere Frau macht dasselbe mit ihrer Tasche, und der Mann gerät auf seinem Hocker ins Wanken, schützt sich mit den Armen, die beiden Ehemänner stürzen hinzu, und die Frauen, von einem hysterischen Furor getrieben, beschimpfen ihn lauthals. Eine von ihnen zerreißt die Zeitung, und die andere bemüht sich, dem Mann den Kugelschreiber zu entwinden. Der Barmann kommt hinter der Theke hervor und schafft es, sie zu trennen, aber der Krach hört erst auf, als der verprügelte Glatzkopf geht und alle mit einer Verbeugung überrascht. »Der schien mir gleich etwas merkwürdig«, sagt eine der Damen. »Ein Schwachsinniger«, sagt die andere und schaltet den Fernseher wieder ein.

Die vorprogrammierte verbale Gewalt und ihre nicht minder heftigen Nachwirkungen außerhalb der Sendung dringen an Valentíns Ohr, doch dieser, Desirées Wünsche erfüllend, achtet verzückt und glücklich nur noch auf sein eigenes Programm der Flucht ohne Ende, während er das silberne Auto über die Piste lenkt, die nun an sonnigen Wiesen und goldschimmernden Landschaften entlangführt. Das Getöse und das Elend der Sprache, innerhalb und außerhalb des Fernsehers, gleitet an seinen Ohren ab wie ein unentzifferbarer, lästiger Code, nur als er aus dem Mund der halbprominenten Schwuchtel seinen Namen zu hören glaubt, horcht er auf:

»Ganz Spanien weiß, daß du mit dem superschönen Torero, der nur noch ein Ei hat, liiert bist. Mit Joselín!«

»Gewiß doch!« stimmt die andere Journalistin ein. »Man hat dich in einer Apotheke gesehen, wo du einen Restposten Kondome in Gold und Purpur gekauft hast, meine Liebe! Für wen sollten die schon sein, wenn nicht für deinen Joselín?«

»Nicht für mich«, murmelt Valentín und dreht sich erschrokken um, »die sind für meine Mädchen.« Dadurch ist er einen

Augenblick lang abgelenkt, rammt einen entgegenkommenden Boliden, und gleich darauf, nach einer großen Sternenexplosion, wird der Bildschirm plötzlich schwarz. Sich diesem Urteil ergebend, zieht Valentín dem Videospiel lachend eine Grimasse, steht auf, holt sich sein Fahrrad, verläßt die Halle, schwingt sich auf den Sitz, tritt lebhaft in die Pedale und entfernt sich Richtung Schnellstraße.

⁘ 23 ⁘

Der Rückspiegel wirft ihm die gleichen unrasierten Wangen zurück, den gleichen bitteren Mund und die gleichen stechenden Augen nach dem immergleichen Kater. Das einzige, was sich verändert hat, denkt und bedauert er, scheint meine bescheuerte Art zu sein, die Dinge zu regeln. Warum habe ich dieser Schlampe nicht ruck zuck ein paar in die Fresse gegeben, damit sie langsam kapiert, was Sache ist? Er holt eine Flasche aus dem Handschuhfach und guckt, wieviel noch drin ist. Sehr wenig.

Er steht mit laufendem Motor am Straßenrand, nicht weit vom Club entfernt, und überlegt sich gerade, nach Sitges, zur Bar eines alten Bekannten zu fahren, als er im Rückspiegel sieht, wie Valentín mitten auf der Fahrbahn heranradelt, abbiegt und zum Parkplatz fährt. In diesem Augenblick klingelt das Handy auf dem Beifahrersitz. Olga, denkt er. Wer sollte mich sonst anrufen?

»Ja ...«

»Hallo«, sagt eine Stimme, die nicht die von Olga ist. »Wie kommst du zurecht?«

»María ...? Wo bist du?«

»In Barcelona. Kannst du kommen? Es ist wichtig.«

Valentín steigt vor dem Club vom Fahrrad, lehnt es an die Wand, er springt kurz hoch, tippt dabei übermütig die Schuhe aneinander und macht sich dann daran, die Einkaufsbeutel herauszuheben, wobei sie ihm durcheinandergeraten.

»Hörst du mich?« fragt María. »Kannst du kommen oder nicht?«

»Jetzt gleich?«

»Ja, jetzt gleich. Bitte.«

Er schweigt einen Moment, beobachtet, wie Valentín schließlich all der Beutel Herr wird, als Simón aus dem Club kommt, um ihm zu helfen.

»Ist was passiert ...?« fragt Raúl.

»Kommst du oder kommst du nicht?«

»Wo bist du?«

»Gerade jetzt in einem Straßencafé an der Plaza Real.«

»Kein schlechter Ort«, er schaltet aus und überlegt. Er trinkt die Flasche leer, wirft sie aus dem Fenster und startet. Zwanzig Minuten später fährt er über die Avenida Diagonal in die Stadt.

»Wann bist du angekommen?«

»Gestern«, sagt María.

»Und wozu? Nicht um mich zu sehen, nehme ich an.«

»Ja und nein ... Stört dich das?«

Sie sitzt an einem Tisch unter den Bogengängen der Plaza, blickt ihn aufmerksam an, abgeschirmt vom Rauch ihrer Zigarette. Sie trägt einen kurzen Rock und ein enges Shirt. Über ihren lockigen Kopf hinweg betrachtet Raúl den unbeholfenen Schriftzug über der Tür eines billigen Hotels. Ein Kellner hat gerade zwei Bier auf den Tisch gestellt und zieht sich zurück, Raúl nimmt eine der Flaschen.

»Das weiß ich noch nicht.«

»Ganz ruhig«, sagt María. »Es hat mit der Arbeit zu tun ... Hör mal, geht es dir gut?«

»Mit welcher Arbeit?«

»Wir wissen, daß Nelson Mazuera in Barcelona ist, aber wir finden ihn nicht.«

»Und?«

»Wir haben gedacht, er könnte Kontakt zu dir aufnehmen.«

»Wozu? Ich nütze ihm nicht mehr.«

Er trinkt aus der Flasche und erinnert sich an Marías Körper.

»Er hat doch etwas mit dir ausgemacht, oder?« fragt sie. »Der Mann hat dir vertraut.«

»Na und?« Eine kurze Pause, ein Blick auf die Knie mit den

kindlichen Grübchen. »Zu viele Leute haben mir vertraut. Er wird mich nicht anrufen. Du verschwendest deine Zeit.«

»Ich hoffe nicht …«

María schlägt die Beine übereinander, und auf einmal tut das auch Milena auf ihrem Stuhl am Rand der Tanzfläche, lächelt die Gäste am Tresen an, mit leicht zugekniffenen Augen im Rauch ihrer Zigarette. María hat er nur selten in einem Rock gesehen. Ihre kleinen Füße mit den rosigen Zehen und den lackierten Nägeln stecken in hochhackigen Schuhen mit zwei weißen Riemchen über dem straffen Spann. Er entscheidet sich für ein freundliches Lächeln.

»Gut schaust du aus, Polizistin Lomas. Ohne mich lächelt dir das Leben.«

Sie sieht ihn mit einem Schatten von Trauer an.

»Dir hingegen geht es nicht gut. Schon seit langem nicht.«

»Na ja, du kennst ja mein Motto: Immer vom Regen in die Traufe … Gibt es was Neues in meinem Verfahren? Ich warte auf meine Hinrichtung, weißt du das noch?«

»Sie werden dich bald vorladen, nehme ich an. Ich weiß nicht, was sie entscheiden werden. Aber dieser junge Mann, dieser Tristán, der hat sich nicht erholt, es geht ihm nach wie vor miserabel.«

»Er wird sich erholen, mach dir keine Sorgen.« Seine gewalttätigen Augen strafen den Ansatz eines Lächelns und den ruhigeren Ton beim Weitersprechen Lügen: »Diese Hurensöhne haben sieben Leben. Du und ich haben nur eins.«

María betrachtet seine um die Bierflasche gelegte Hand.

»Wie kommst du damit klar?« beharrt sie.

»Womit denn?«

»Mit dem Zwangsurlaub.«

Raúl zuckt mit den Schultern. Sie läßt die Zunge schnalzen und sagt dann:

»Machst du dir keine Sorgen, was passieren könnte …? Ich dachte, du hättest dich verändert.«

»Wann kapierst du das endlich? Was mir passieren könnte,

hat aufgehört, mich zu interessieren, ich habe andere Probleme ... Einen sehr speziellen Bruder, der sehr spezielle Fürsorge verlangt, du weißt schon.« Er trinkt die Flasche in einem Zug leer und schüttelt sie, den Flaschenhals nach unten. »Hör mal, wenn wir uns wie früher streiten wollen, dann brauchen wir etwas Stärkeres.«

Er beugt sich zu ihr hinüber und legt zärtlich die Hand auf ihr Knie. María legt die ihre darauf und sagt ruhig:

»Warum versuchst du nicht mal, dich ein wenig ernst zu nehmen, Raúl?«

Sie sieht sein Gesicht noch näher herankommen und nimmt seinen ungesunden Atem wahr und den säuerlichen Geruch, den sein Hemd ausdünstet. Seine freudlos sich schließenden Lider und das Zucken seines Mundes scheinen ein schmerzliches Bekenntnis vorwegzunehmen, die Preisgabe von etwas, das ihn tatsächlich bedrückt. Doch das einzige, was er hören läßt, ist:

»Weißt du was, meine hübsche María?« Das Zucken verwandelt sich in ein Lächeln. »Ich weiß nicht, was du meinst.« Er sieht sie eine Weile schweigend an und fragt dann: »Wo bist du denn abgestiegen?«

»Gleich dort drüben«, antwortet María und zeigt auf das Hotel hinter ihr.

»Aha. Wenn du an mich gedacht hast, wirst du eine Flasche Wodka im Gepäck haben.«

»Ich bin im Dienst. Ich kann dir nur Wasser anbieten ...«

»Das glaube ich nicht.«

Jedesmal wenn sein Blick auf die am Boden neben seinem Jackett abgestreiften Riemchenschuhe fällt, beschleunigt er die Stöße, als ob dieser bleiche, weiße Schimmer im Halbdunkel des Zimmers einen eigentümlichen Magnetismus auf ihn ausübe, als lasse der Übermut des hohen Spanns, den die Riemchen vor ein Paar Minuten noch umschlossen, andere Füße in anderer Umgebung vorausahnen, in einem anderen Halbdunkel und einer stärkeren, fiebrig verzweifelten Erregung, während María neben dem unberührten Bett halb über dem Nachttisch hängt, zwischen Lust und Schmerz schwankend. Mit geschlossenen Augen läßt sie die Attacken über sich ergehen, den Rock hochgeschoben und nur halb entkleidet, als sei sie von Raúls Drang und seiner Brutalität überrumpelt worden. Sie klagt und protestiert, versucht, sich umzudrehen, doch er drückt sie gegen den Nachttisch, bis ihr Widerstand gebrochen ist. Das macht er mit trügerischer Dringlichkeit und bewußt heftig, mit einer vordergründigen sexuellen Begierde, hinter der sich ein heimliches Rachegelüst verbirgt, der Wunsch zu verletzen und sich selbst zu verletzen.

Als er fertig ist, versenkt er das Gesicht in Marías Haar, die sich verweint und niedergeschlagen zu ihm umdreht, verstehen möchte. Sie hebt Raúls hinuntergesunkenen Kopf mit beiden Händen und sucht seine Augen.

⁘ 24 ⁘

Drei Wochen vergehen, ohne daß Raúl sich dazu entschieden hätte, auf seine Weise Valentíns Liebschaft mit der Hure ein Ende zu bereiten. Wie kannst du ihn von diesem Wahn befreien, ohne daß sich der arme Kerl unglücklich und unnütz fühlt, vielleicht bis ans Ende seiner Tage? Sein Vater, der sich sehr viel früher die gleiche Frage gestellt hatte und sie sich bei Raúls unvorhergesehener Heimkehr wieder gestellt hat, will jetzt davon nichts mehr hören, gibt Raúl auch keine Gelegenheit, darüber zu sprechen, ist er doch fast den ganzen Tag lang mit Olga und Ahmed im Reitstall beschäftigt. Während des Abendessens daheim, wenn Raúl einmal dabei ist, zieht José es vor, über die Arbeit zu sprechen. Gelegentlich klagt Olga, ohne einen Streit entfachen zu wollen, daß Valentín ihr den Haushalt schon mal durcheinanderbringt mit seiner eigenwilligen Zeiteinteilung und seinen Wünschen und Manien, den Hemden, die er bevorzugt, den blauen Schürzen und den weißen Kochmützen, dem genauen Platz für jedes Ding in seinem Zimmer; José hört dann aufmerksam zu, hat Verständnis und empfiehlt Geduld mit dem Jungen. Raúl hingegen wird wütend auf Olga und tadelt beide dafür, daß sie ihn verwöhnen und im unklaren lassen über den Dreck, den er aus diesem Nuttenloch mitbringt, und schon fängt der Streit zwischen Vater und Sohn an, für gewöhnlich ein sehr heftiger Streit. Aber er dauert nie lange, weil José das so will. Die Bewegungsfreiheit, die er Valentín einmal zugestanden hat, selbst um den Preis, daß diesem irgendein Mißgeschick zustößt, ist etwas, über das er nicht zu diskutieren bereit ist. Auch wenn der Junge zurückgeblieben ist, seine kleine Parzelle Glück, so unschicklich, beschädigt und wenig beständig sie auch sein mag, soll ihm niemand nehmen.

»Was er da erlebt ist ein Schwindel, ein Hohn auf das Glück«, meint Raúl.

»Nicht für ihn«, behauptet sein Vater und beharrt darauf, daß Valentín trotz seiner Beschränkung nicht wehrloser ist als andere. Sicher, er ist beschränkt, räumt er ohne Bitterkeit ein, zurückgeblieben, ein Trottel, wenn man so will, aber sein wacher Geist macht sich immer wieder bemerkbar. Du kannst wütend auf ihn werden und darüber spotten, was er sagt oder wie er es sagt, diese Wörter, die er ein ums andere Mal wiederholt, weil er ihren Klang mag oder weil er sie gern in den Mund nimmt, du kannst darüber lachen, wenn du willst, aber für ihn haben die Worte einen eigenen Geschmack, stehen für Regeln und disziplinieren den Charakter. Er vertraut den Worten mehr als wir.

Ich sollte es mit Gewalt lösen, sagt sich Raúl wieder, wenn er allein ist, ich weiß nicht, auf was zum Teufel ich warte. Oft verhilft ihm die Flasche dazu, es klar und einfach zu sehen. Doch er steht spät auf, verkatert, und das, was am Abend noch klar und so gut wie erledigt schien, der Nutte die Zähne einschlagen, sie in eine Vogelscheuche verwandeln, oder sie wegen Drogenbesitzes anzeigen, oder Valentín zeitweilig in ein Behindertenheim einweisen, jedwede Lösung, die er erwogen hatte, verflüchtigte sich sogleich am Morgen, wenn er erneut das andauernde, unschlagbar glückliche Lächeln des angeblich Verliebten sah, der auf seinem Kassettenrecorder die berüchtigte *Luna de miel* hörte, diese unerträgliche alte Schnulze.

Hinter dem Haus, unter der schon fast bis zum Mittag hochgekletterten Sonne, ruckelt der Renault vor und zurück, im falschen Gang und zornig röhrend. Das brüske Manöver wiederholt sich ein ums andere Mal, zwischendurch ertönt die Hupe, bis Raúl in der Küchentür erscheint, das Jackett über den Schultern, die Manschetten offen und eine Tasse Kaffee in der Hand.

Valentín sitzt am Steuer, fährt rückwärts und lächelt glücklich wie ein Kind. Er dreht den Zündschlüssel und schaltet den Motor aus, dann dreht er den Schlüssel wieder, startet den

Motor, legt den ersten Gang ein, dann den zweiten. Das Auto bewegt sich gerade einmal vier oder fünf Meter.

»Hast du gesehen?« brüllt er, »schau, schau, jetzt nach hinten!«

Raúl geht zum Wagen, öffnet die Tür, zieht die Handbremse an und den Zündschlüssel heraus.

»Jetzt ist gut. Steig aus.«

»Wenn du mir versprichst, mir den Wagen ein andermal zu leihen ...«

Er klammert sich an das Lenkrad, als hänge sein Leben daran.

»Wenn du dich gut benimmst«, sagt Raúl. »Du weißt schon, was ich meine.«

Er geht wieder zur Küche, und Valentín steigt aus dem Auto und geht maulend hinter ihm her.

»Ja, Mann, weiß ich doch. Klar weiß ich das ...«

»Ja und dann??« schreit Raúl. »Diese Tante nimmt dich aus, und du willst es nicht wahrhaben! Was hast du dir denn gedacht, daß du ein heißer Rammler bist oder was?«

»Na, ich bin nicht gerade Superman, weißt du. Aber es würde mir schon gefallen.«

»Man wird dir weh tun ...«

»Schon wiiiiieder dieselbe Leier«, stimmt Valentín an. »Hör mal, du wirst langsam anstrengend, aufdringlich, lästig und so weiter und so fort. Warum kümmerst du dich nicht ein bißchen um die Seidenraupen, Brüderchen? Warum nicht das?«

»Jetzt faselst du wieder. Du tust mir leid, Junge.« Er wendet ihm den Rücken zu und geht in die Küche. »Ich hab dir gesagt, daß ich irgendwann deine Freundin ficken werde, erinnerst du dich? Nun, das werde ich tun, vielleicht nimmst du dann Vernunft an. Nur damit du siehst, was für eine Hure sie ist!«

»Ich weiß, was sie ist! Ich weiß es besser als du!« schreit Valentín, und plötzlich erstarrt sein Gesicht. »Aber du ... du faßt sie nicht an. Ich habe versprochen, mich um sie zu k-kümmern ... Sie zu schützen. Ich hab es versprochen! Hör zu ...«

»Da gibt's nichts zu hören.«

Raúl steht vor dem Tisch, mit dem Rücken zum Bruder, und will sich Kaffee einschenken, da geht die Kaffeekanne zu Boden. Valentín würgt ihn und zückt ein Messer.

»Ruhig, Mann ... Laß das Messer los! Laß es los, Valentín!«

»Du sollst mir zuhören, sage ich ...«

»Erst läßt du das Messer los!«

Valentín läßt das Messer sinken und lockert langsam den Druck.

»So ist es besser.« Raúl reibt sich den schmerzenden Hals, während er beobachtet, wie der Zorn seines Bruders nachläßt. »Na gut, ich verspreche nichts, aber ich werde daran denken ... Um ehrlich zu sein, dein Mädchen gefällt mir gar nicht.«

Valentín läßt das Messer los.

»Du kannst sie zu einem Cocktail, zu einer Margarita oder einem Glas Sekt und so weiter und so fort einladen, so verdient sie ein bißchen Geld, was sie bitter nötig hat. Aber ich will nicht, daß ...«

»Ich habe nicht vor, sie ein bißchen Geld verdienen zu lassen!«

»... daß du mit ihr hochgehst. Das ko-kommt überhaupt nicht in Frage. Nimm eine andere, dir kann es doch egal sein. Zum Beispiel Nancy, das ist ihre Freundin, und nackt sehen sie ganz, ganz ähnlich aus! Sie kostet genausoviel und lackiert dir die Nägel.« Er begeistert sich geradezu für diese Idee, fügt hinzu: »Z-Zieh einen rüber und zieh sie durchs Bett! Aber nicht Milena!« Plötzlich wird er nachdenklich, mutlos. »Klar, wenn du es willst, greifst du sie dir und gehst mit ihr hoch, das weiß ich schon ... Aber du könntest sie mir ausspannen, und das will ich nicht! Denn du ...«, sein Blick ist verschmitzt, als wolle er ein Geheimnis preisgeben, »denn du bist nicht der Märchenprinz, auf den sie wartet, das bist du nicht.« Und, leiser werdend: »Du bist es nicht, Raulito, das weißt du genau ...«

Raúl knufft ihn brüderlich mit der Faust auf die Wange.

»Du aber schon, stimmt's? Du bist der beschissene Märchenprinz, auf den sie gewartet hat. Das glaubst du doch, oder? Was fällt dir nur für ein Quatsch ein!«

»Du bist mein Bruder und bist gut zu mir gewesen, aber zu ihr wärst du das nicht«, beharrt Valentín. »Nein, mein Lieber, du wärst nicht gut zu ihr, das weißt du genau.« Er zieht sich die Radfahrerkappe auf und ist bereit zu gehen. »Und schau, wenn wir heiraten, dann bekommt sie eine Aufenthaltserlaubnis ...«

»Was sagst du da! Du bist ja mehr von der Rolle, als ich dachte.«

»Danke, Mann, vielen Dank. Und jetzt Tschüs. Ich hab viel Arbeit, weißt du.«

Raúl geht hinter ihm her, und von der Küchentür aus sieht er, wie Valentín sich behende auf sein Rad schwingt und kräftig in die Pedale tritt. Er entfernt sich schnell, bremst jedoch noch vor dem alten Olivenbaum, nimmt die Füße nicht von den Pedalen, sondern bewegt nur das Vorderrad hin und her, um das Gleichgewicht zu halten, wendet lachend den Kopf und schreit ihm zu:

»Du weißt schon! Zieh einen rüber und zieh sie durchs Bett! Aber nicht sie!«

Während er radelt, bedrängt ihn plötzlich die Angst, im Asphalt der Fahrbahn zu versinken, der unter den Rädern unversehens wie schnelles Wasser dahingleitet, ein unerschöpfliches dunkles Meer, das sich vor seinen Augen teilen könnte, und dann denkt er sich, daß er nie ans Ziel kommen wird, weder zum Supermarkt noch zur Apotheke oder zum Videospiel, das ihm am besten gefällt.

Um Desirée aus seinem auf einmal abgetauchten Bewußtsein zu vertreiben, das er zeitweise nicht kontrollieren und nicht zurück an die ruhige Oberfläche der Alltagsroutine bringen kann, zu seiner Arbeit im Club und zu den Frauen, die dort wohnen, lenkt er sich damit ab, an die angenehmen Momente zu denken, die er mit ihnen in ihren freien Stunden verbringt, vor allem an die verplauderten Vormittage in der Küche und den einen oder anderen Nachmittag in ihren Zimmern, wenn sie ihn nach der

Siesta um einen Tee oder einen Joghurt bitten, sich dann beim Anziehen und Schminken bei offenen Türen laut unterhalten, Scherze, Lippenstifte und Modeschmuck austauschen, um sich anzuhübschen, bevor sie hinunter in die Bar auf die Jagd nach Freiern gehen. Nicht immer sind sie übermütig und scherzen auf seine Kosten, und nicht immer geben sie ihm das Gefühl, nützlich und unentbehrlich, verläßlich und äußerst effizient zu sein. Aber ihr Spott ist nicht verletzend, nicht einmal hinter seinem Rücken. Sie zelebrieren vielmehr das eigene Staunen über seine verblüffenden Ungereimtheiten und lachen darüber.

Jennifer berichtet, am Morgen habe ihr Emilia, die Putzfrau, erzählt, daß Valentín neulich, als sie gerade die Tanzfläche mit dem Mop wischte, beladen mit Supermarkttüten in die Bar gekommen sei und daß aus einer der Tüten der Griff eines großen Holzlöffels und einige soeben gekaufte Küchenutensilien hervorschauten. Die Tüte war bis oben voll, und Valentín hatte es eilig auf dem Weg zur Küche, erzählt Jennifer, und so fiel der Löffel auf die Tanzfläche, ohne daß er es merkte, doch Emilia hatte es gesehen und ihn darauf aufmerksam gemacht, schau, da ist dir was hingefallen. Emilia habe gesagt, daß sie den Löffel aufheben wollte, da sie ihn so beladen sah, Valen aber, der am Rand der Tanzfläche stehengeblieben war, wie er es oft macht, wenn ihm die Sicherung durchbrennt, habe nein gesagt, der Löffel sei ihm nicht runtergefallen, keiner solle ihn anfassen. Er habe ihn gerade dort deponiert, absichtlich, sagte er, damit die Seele von Desirée, falls sie vom Meeresgrund aufsteigen wolle, ein Stück Holz finde, an dem sie sich festhalten könne.

Alina betrachtet melancholisch ihre langen Fingernägel, die Nancy gerade bemalt, und Rebeca meint, laß sie nicht noch länger wachsen, Ali, sonst verscheuchst du die Schwänze. Valen, geh doch bitte und sag Bárbara, sie soll mir das Deo zurückgeben. Schau mal, ich habe mir den Fuß mit dem Schuh aufgerieben, hast du ein kleines Pflaster für mich, mein Schatz? Hast du eine Briefmarke für meinen Brief? Hast du ein Aspirin? Holst du mir die Wäsche aus der Maschine und hängst sie auf der

Dachterrasse auf, bringst du mir den Duschkopf in Ordnung? Bitten und Petitionen, die er vertont und die zu Liedern werden, wenn er zum Einkaufen radelt. Würstchen, Speck, Flocken, Marmelade, Tampax, Kondome, Käse, Tee, Intimgel ultrafeucht, langanhaltende Wirkung und Extraglanz, und so weiter und so fort, und für Barbarita dieses eklige, klebrige Gebäck, ich weiß nicht, warum sie nicht lieber meine leckeren Schnecken ißt. Bei diesen Aufträgen, die mit häufigem Betreten und Verlassen der Schlafzimmer verbunden sind, überrascht er die Mädchen schon mal aus Versehen bei einem plötzlichen Zusammenbruch, beim Schluchzen im Bad oder in einem dunklen Winkel des Zimmers, ein kummervoller nackter Rücken, geschüttelt von dem Gefühl von Ferne und Verlust, das jede von ihnen dann und wann überkommt.

Es ist fast fünf, und Nancy sitzt halbangekleidet zwischen verstreuten Spielkarten auf dem Bett und malt Yasminas Fußnägel mit violettem Lack an, hält plötzlich im Pinseln inne und sieht sie traurig an. Schon angezogen, aber noch gähnend, lacht Yasmi über die Melancholie der anderen, sie kann dabei nicht stillhalten, woraufhin Nancy ihr ein Kissen an den Kopf wirft und einen violetten Pinselstrich auf die Fußsohle verpaßt.

Rebeca geht barfuß und hustend in ihr Bad, trinkt mit einer Grimasse einen Saft, schaut sich im Spiegel an und gefällt sich nicht, streckt sich die Zunge raus, rückt die Brüste im BH zurecht, sieht auf die Uhr und schminkt sich eilig die Lippen. Jennifer kommt im Slip herein, sie rubbelt sich gerade das Haar mit einem Handtuch und bittet Rebeca um einen Conditioner, sagt tadelnd, Mädchen, was für ein übler Husten, tut dir der Hals weh? Gurgle doch mit Wasser und Bikarbonat, Valen kann es dir aus der Küche bringen. Aber nicht jetzt, mein Kleiner muß mir die Birne in der Nachttischlampe auswechseln.

Gegen fünf schlüpft Milena, auf der Bettkante sitzend, in die Schuhe, während Valentín sich neben der Tür die Hosenbeine mit Fahrradklammern feststeckt und den kleinen Rucksack umhängt. Dann steht sie auf und reicht ihm den von Nancy geschriebenen Einkaufszettel, sagt noch, du sollst bei Bárbara vorbeischauen, bevor du zum Supermarkt fährst, sie hat Hämorrhoiden, dann legt er die Arme um sie und küßt sie schmatzend auf die Wange, und sie sagt noch einmal, versprich mir, mit deinem Bruder zu sprechen, der weiß schon, was für dich gut ist, machst du das?, schubst ihn ein wenig, bis er aus dem Schlafzimmer ist. Im Gang, neben dem offenen Balkon, wartet Alina mit blauer Perücke und Goldschimmer auf den Schultern auf ihre Kolleginnen und feilt sich derweil die Nägel.

Auch Bárbaras Zimmer ist offen, sie hat noch den Morgenmantel an und Lockenwickler im Haar und liegt faul im Halbschlaf auf dem Bett, vielleicht denkt sie an einen tanzfreudigen Verehrer, denn sie scheint zu lächeln, doch gleich wird der Gesichtsausdruck wieder bitter, sie führt sich den Handrücken an den Mund und beißt hinein, also schläft sie nicht, die andere Hand führt sie langsam zum Geschlecht und stöhnt, fährt mit dem Stoff des Morgenmantels zwischen die Schenkel. Nun ja, da wir bereits wissen, daß sie eine Hämorrhoidensalbe braucht, weckt man sie lieber nicht, sondern schließt die Tür, ohne Lärm zu machen.

In Milenas Zimmer schaut er mit jedweder Ausrede hinein. Soll ich dir Malibu-Zigaretten bringen? Marlboro. Genau, Morbolo. Soll ich? Nein, bring mir lieber ein Päckchen Zigarettenpapier. Und sei nett zu deinem Bruder, ja?

Und nachts geht er erneut durch denselben Gang, jetzt sind die Türen geschlossen, er hat die Hand mit dem Tablett hochgereckt, darauf die Flasche Sekt und zwei Kelche und als Aufmerksamkeit die selbstgemachten Kringel. Er steht vor Yasmis Tür, horcht einen Augenblick mit melancholischem Ausdruck ihrem berühmten Kreischen zu – Mhmmm, wie eine unzüchtige Ferkelin – und klopft dann, das Lachen unterdrückend, leise an die Tür.

Kurz darauf kommt er mit dem leeren Tablett in die Küche, stellt es ab, setzt, sich im Rhythmus der Barmusik wiegend, die Kochmütze auf, nimmt das Nudelholz und beginnt, den Pizzateig zu bearbeiten, ohne daß seine Füße zu tanzen aufhörten. Durch das offene Fenster schaut freundschaftlich ein Stück Nacht herein, das von einem fernen Blitz übermütig zerteilt wird. Ich mache eine Regenpizza, trällert er. Er schwitzt und arbeitet. Eine Regenpizza.

»Es wird langsam Zeit, daß du heimgehst, Valen«, sagt Frau Lola, die hinter ihm an der Theke vorübergeht und ihm durchs Haar fährt.

»Jetzt schon?«

Er hat gerade die Pizzastücke auf einem Teller drapiert und schaut fasziniert auf die buschigen, runddachförmigen Brauen und das Krötengesicht des Dicken um die sechzig, den Nancy am Tresen eingepfercht hat und dem schon schwindelig ist von dem Geschnatter, mit dem sie ihn dazu bringen will, ihr etwas zu spendieren.

»Was machen Sie mit dem Mund, Señor?« fragt Valentín.

»Nun, ich spreche, wenn man mich läßt! Allerdings nicht soviel wie sie«, erwidert der Herr und lächelt Nancy mit prostatischer Schwermut an. »Bis jetzt machen wir nur das mit dem Mund, mein Junge!«

Er öffnet ihn sperrangelweit und bewegt die dicken Lippen, wobei er eine Havanna von dem einen Mundwinkel in den anderen wandern läßt. Alina verschießt ihr Feuerwerk gemeinsam mit Nancy, um auch ein Glas spendiert zu bekommen. Die Musik dröhnt in voller Lautstärke. Bárbara tanzt mit einem kleinen Blonden, auf dessen Schulter sie sanft ihren Kopf legt. Während Valentín sorgfältig Getränke auf einem Tablett verteilt, kann er seinen staunenden Blick nicht von dem großen Mund mit der unsteten Zigarre wenden.

»Was haben Sie am Mund, Señor?« fragt er beharrlich. »Warum bewegen Sie den Mund so sehr?«

»Weil ich jetzt gerade spreche, du Depp!«

»Mhmmmm. Um zu sprechen, ist es nicht nötig, den Mund so stark zu bewegen«, sagt Valentín überzeugt und fügt mit zusammengekniffenen Lippen hinzu: »Schauen Sie mich an. Schau-en Sie, Se-ñor, schau-en Sie mei-nen Mund an, schau-en Sie ihn an.«

Perplex angesichts von Valentíns Grimassen, blickt der Gast fragend zu Nancy, die losprustet. Alina streichelt das mächtige Doppelkinn des Mannes.

»Hör nicht hin, mein Engel, der Junge hat eben einen trockenen Mund! Genau wie ich!«

»Ich möchte, daß du jetzt gehst, Valen«, wiederholt Frau Lola. »Es ist Mitternacht.«

»Jetzt schon?«

»Jawohl.«

Milena sitzt an einem Tisch, raucht eine Zigarette und lächelt einem jungen Glatzkopf zu, der sich ihr mit über der Schulter hängendem Jackett und einem Glas in der Hand nähert.

Sie wechselt ein paar Worte mit ihm, drückt die Zigarette im Aschenbecher aus, steht, sich die Haare richtend, auf und geht, von dem Kunden gefolgt, zur Wendeltreppe. Sie trägt schwarze Strümpfe und einen seitlich geschlitzten Rock.

⁂ 25 ⁂

Der Renault hält vor dem Club. Es beginnt zu nieseln. Raúl sitzt mit ausgeschalteten Scheinwerfern und Motor reglos hinter dem Steuer. Letzte Züge aus der Zigarette mit Blick auf Valentíns neben dem Eingang angelehntes Fahrrad. Er wirft die Kippe weg und nimmt ein paar Schluck aus dem Flachmann. Sein Aussehen ist nicht besser geworden, seine Haare sind länger. Der Regenmantel mit Kapuze liegt gefaltet über der Rückenlehne des Beifahrersitzes. Er will gerade aussteigen, als das Handy klingelt.

»Ich sollte dich nicht anrufen, Dreckskerl.« Die Stimme schwillt an und ab, wie unter Wasser. »Hörst du mich …? Hast du geschlafen …?«

»Nein.«

»Es geht um Tristán. Eine Neuigkeit …«

»Was auch immer, es interessiert mich nicht.«

»Ich wollte dir sagen, er ist raus aus dem Krankenhaus, aber …«

»María, es interessiert mich nicht.«

»… du kannst dir nicht vorstellen, in welchem Zustand. Der Junge wird für immer vor sich hin vegetieren.«

»Pech gehabt.« Eine kurze Pause. »Was hast du über mein Verfahren gehört?«

»Der Chef tut sein möglichstes, damit es eingestellt wird, aber es sieht nicht gut aus. Ich befürchte das Schlimmste. Es hat keine Klage von den Tristáns gegeben, aber das beruhigt mich nicht, es macht mich mißtrauisch. Sie könnten es auf eigene Faust regeln wollen, du verstehst schon … Deshalb rufe ich an, damit du vorsichtig bist, aus keinem anderen Grund, das kannst du mir glauben.«

»Als ich mir voriges Jahr den älteren vorgenommen habe, haben sie auch keine Klage eingereicht.«

»Da hatten sie keinen Zeugen. Jetzt aber schon. Ich sag dir, da ist was im Busch ...!«

»Schon gut. Mach dir keine Sorgen.«

»Paß gut auf. Hörst du ...? Du weißt doch, wie dieses Gesindel zuschlägt.«

»Danke für den Anruf, Polizistin«, sagt er mit vorgeblicher Wärme in der Stimme, und bevor er das Handy abschaltet, murmelt er, schon mit anderen, verstörenden Bildern im Kopf: »Du bist ein liebes Mädchen.«

»Eine Idiotin bin ich ... Paß auf dich auf, du Mistkerl.«

Der Regen prasselt jetzt auf das Wagendach und an die Fenster von Milenas Zimmer, die sich neben dem Bett aufrichtet, sich vor irgendwem auszieht. Sie hat den einen schwarzen Strumpf abgestreift, den anderen aber anbehalten, um die Narbe zu verbergen. Die männliche Hand legt sich auf diesen Schenkel, und sie dreht sich langsam, behutsam, nimmt die Hand und führt sie wieder zur unversehrten und vielleicht glühenden Haut des anderen Schenkels, sie hört dabei wahrscheinlich nicht auf zu lächeln, denkt er, wem auch immer sie diese halbe oder ganze Stunde widmet – oder vielleicht noch mehr Zeit, falls sie sich für Geld oder aus Vergnügen dazu bereit erklärt –, nachdem sie ihr geliebtes Töchterchen in der Nachttischschublade eingeschlossen hat. Das alles stellt er sich vor, kann nicht umhin, es sich auszumalen, auch wenn er das gar nicht will, erahnt den nackten Leib und den weichen Schritt des Mädchens über den Teppich zum Bad hin, lachend und maliziös das doppelte Zwinkern der kleinen Hinterbacken, er sieht flüchtig das verletzte Lächeln, wenn sie sich im Halbdunkel hingibt, stellt sich die listigen Manöver der wachsamen Hüfte und die Bewegungen der erfahrenen Hand mit den smaragdgrünen Nägeln vor, die eine Berührung der Narbe verhindern sollen, nicht einmal ein leichtes Streifen, kein Blick, damit dieses infame Gekrakel nicht die Beute verscheucht, wer auch immer das ist. Eine armselige

Hure bei der Arbeit, nichts mehr, mach dir nichts vor. Reglos im Wagen sitzend, das Handy noch in der Hand, den Blick auf die Lichter am Eingang des Clubs gerichtet, sieht er Valentín aus dem Lokal kommen, gebeugt unter dem Regen, schleppt er zwei Müllsäcke. Er trägt keine Radfahrerkappe, auch keine Klammern an den Hosenbeinen, nur eine Plastiktüte auf dem Kopf, statt einer Kapuze. Etwas hindert Raúl daran, hupend auf sich aufmerksam zu machen, während er ihn die Tüten in den Container werfen und hastig aufs Fahrrad steigen sieht. Valentín tritt kräftig in die Pedale und verschwindet in Richtung Schnellstraße, während Raúl noch eine ganze Weile hinter dem Steuer sitzen bleibt und durch die vom Regen verwischte Windschutzscheibe blickt. Plötzlich zieht er den Zündschlüssel ab, greift den Regenmantel und steigt aus.

Er betritt den Club mit dem Regenmantel über der Schulter, geht zum Tresen und stellt sich an das geschwungene Ende. Lola kommt sogleich.

»Er ist gerade gegangen«, sagt sie, blickt ihn mißtrauisch an. »Hast du ihn nicht gesehen?«

»Im niedrigen Glas und ohne Eis«, sagt Raúl, ohne sie anzusehen.

»Aber was?«

»Wodka, Gin. Egal.«

»Hast du ihn gesehen oder hast du nicht?«

Sie bekommt keine Antwort, dreht sich um, nimmt die Flasche vom Regal und mustert ihn aus den Augenwinkeln. Raúl läßt ein Weilchen vergehen, bevor er den Blick durch das Lokal streifen läßt und feststellt, daß Milena nicht da ist. Jennifer und Nancy geben sich mit zwei Jugendlichen ab. Die braunen Brüste nackt, flirtet Bárbara hinten an einem Tisch mit einem Gast. Alina steigt mit je einem Gin Tonic in der Hand die Wendeltreppe hoch, sie lacht, hinter ihr ein Bewunderer, der ihren Hintern kühlt, indem er einen Becher mit Eiswürfeln daran reibt.

»Laß die Flasche da«, knurrt Raúl nach dem ersten Schluck.

»Das ist hier nicht üblich.« Lola schüttelt den Kopf. »Er ist nicht da, sage ich dir, ich habe ihn vor einer Minute schlafen geschickt.« Sie hält die Flasche noch in der Hand und fragt mit schmeichelndem Blick: »Oder kommst du heute abend etwa nicht wegen des Jungen?«

»Ich komme auf ein Glas, alte Hexe.«

»Nun, das eine und das andere schließen sich ja nicht aus ...«

»Verdammte Scheiße!« murmelt er mit wie zum Stoß gesenktem Kopf. »Hat Frau Mischmichein nichts Besseres zu tun?«

»Aber natürlich.«

Sie schenkt ihm ein, stellt die Flasche vor ihn auf die Theke und entfernt sich, um einen Gast zu bedienen. In Raúls Nähe sitzt Jennifer auf einem hohen Barhocker, was ihr erlaubt, die Beine zu zeigen, und kokettiert mit einem jungen, hängeschultrigen Albino, der sie fragt:

»Kann ich dabei ein Video abspielen?« Er zieht ein schwarzes Etui mit einem roten Aufkleber aus der Tasche.

»Wobei?« sagt Jennifer.

»Während wir es treiben.«

»Worüber geht das?«

»Es ist ein Film über die Robbenjagd in Alaska.«

»Was ist denn das für eine Schweinerei, Schätzchen! Mein Fernseher hat aber gerade den Geist aufgegeben ...«

»Na gut, dann ein andermal.«

Raúl, der unbewegt am Tresen steht, hebt den Blick nicht vom Glas. Weiter weg ist Nancy von einem anderen Gast eingeladen worden, läßt ihn aber nach zehn Minuten stehen, um sich in Raúls Nähe herumzudrücken, sich zu zeigen.

»Wie geht's Ihnen?«

Er scheint nicht zu hören. Er trinkt sein Glas aus und bohrt das Kinn in die Brust. Nancy gibt auf, verzieht verächtlich das Gesicht und geht.

Es hat aufgehört zu regnen. Valentín kommt schnell angeradelt, steigt hinter dem Haus vom Fahrrad und tritt durch die Küchentür ein. Das Haus liegt still im Dunkeln, nur das Geräusch der

Wellen ist zu hören, vom Sturm aufgepeitscht. Er nimmt die Plastiktüte vom Kopf und steigt in den ersten Stock. Dort macht er das Licht im Gang nicht an, er weiß, daß es sehr spät ist, und geht behutsam, um seinen Vater und Olga nicht zu wecken, obwohl er es eigentlich gern hätte, wenn sie aufwachen würden, weil er sie doch wissen lassen möchte, daß er heute abend zwar etwas spät, aber doch zurückgekommen ist. Also schreitet er auf Zehenspitzen und breit grinsend voran und singt leise:

»Hallo. Ich bin hiiier... Hallo, Familie, guten Abend... Es soll nicht heißen, daß Valentín nie zu Hause schläft. Haaaallooo...«

Vor Raúls Zimmer bleibt er stehen, öffnet geräuschlos die Tür, schaut lächelnd hinein und knipst das Licht an.

»Hey, Raúl! Hier binnn ich...!«

Er sieht das unberührte Bett, betrachtet es eine Weile, sein Lächeln erlischt, mhmmm. Nachdenklich löscht er das Licht, schließt die Tür und geht mit hängendem Kopf zu seinem Zimmer.

Am Tresen sitzen nur noch er und ein angetrunkener Gast, der sich auf Nancy stützt und ihr beim Würfeln ins Ohr flüstert. Eine leise Musik erklingt, eine Aufmerksamkeit von Frau Lola und zugleich das Signal für das Schließen des Lokals. Rebeca tanzt mit einem schwitzenden Herrn, und Jennifer hat sich an einen Tisch gesetzt und massiert ihren Fuß. Raúl schaut wieder einmal über die Schulter zur Wendeltreppe, zuweilen spürt er sie schon wie um seine Wirbelsäule gewunden. Zwischen Rauchschwaden und wattigen Lichtern erkennt er Jennifer, die zerschlagen vom Stuhl aufsteht und mit den Schuhen in der Hand müde die Treppe hochsteigt. Die anderen sind nicht mehr da. Simón spült hinter der Theke Gläser, und Lola wechselt einen Blick mit ihm. Sie nimmt die Wodkaflasche und schenkt Raúl ein.

»Wir schließen jetzt. Das letzte Glas geht auf Rechnung des Hauses. Damit du später nicht sagen kannst, daß wir dich nicht mögen.«

Sie beobachtet, wie er das Glas hebt und ihrem tadelnden Blick ausweicht, und sagt dann in einem Ton, der witzig klingen soll:

»Wie lange wirst du das so durchhalten, mein Lieber?« Und freundlicher, fast schon vertraulich: »Sie kommt nicht mehr runter.«

»Wer hat dich gefragt.«

»Sie hatte einen schlechten Tag und fühlt sich nicht wohl ... Sie kommt nicht runter.«

Raúl blickt sie nicht einmal an. Er trinkt das Glas aus, zieht einen Schein aus der Tasche, wirft ihn auf die Theke und geht zum Ausgang.

⁂ 26 ⁂

Am nächsten Morgen stellt Valentín, kaum aufgewacht, den Kassettenrecorder an, greift auf dem Bett sitzend nach seiner Hose, leert die Taschen und zählt gewissenhaft die Trinkgelder der vergangenen Nacht. Dann nimmt er das Spar-Kaninchen aus dem Schuhkarton und steckt sorgfältig und liebevoll wie bei einem Ritual die Münzen eine nach der anderen in das lächelnde Kaninchenmaul, während er im Einklang mit Gloria Lasso sein Lieblingslied summt. Penibel, geduldig, ja andächtig wartet er darauf, das Klimpern jeder einzelnen Münze im Kaninchenbauch zu hören, bevor er sich daranmacht, die nächste hineinzuwerfen. Dann verstaut er das Kaninchen wieder in der Schuhschachtel und stellt diese aufs Bord, springt auf, rasiert und duscht sich schnell und zieht das karierte Hemd an, das Olga ihm gewaschen und gefaltet auf die Kommode gelegt hat, neben die frische Unterwäsche. Es dauert eine Weile, bis er sich vor dem Spiegel die Radfahrerkappe richtig aufgesetzt hat; der Schirm soll gerade über der Stirn stehen, er mag ihn nicht im Nacken, auch nicht seitlich über dem Ohr, er mag keine Angeberei mit der Kappe. Er stellt den Kassettenrecorder auf dem Bord aus und verläßt das Schlafzimmer.

Im Gang öffnet er die Tür von Raúls Zimmer und steckt den Kopf hinein. Der Bruder liegt in Unterhemd, Hose und Schuhen bäuchlings auf dem gemachten Bett, ein Bein hängt seitlich herunter, in der Hand der Flachmann. Brüderlich spürt Valentín den trockenen Mund und eine gewisse Traurigkeit. Er hat doch noch kein Doppelkinn!, klagt er, während er ihn ansieht. Valentín geht geräuschlos hinein, hebt das Bein hoch und legt es aufs

Bett, zieht Raúl die Schuhe aus und den Flachmann aus der Hand und deckt ihn zu, so gut es geht, achtet darauf, ihn nicht zu wecken. Er bleibt einen Augenblick neben ihm stehen, betrachtet das ins Kissen gesunkene stürmische Profil und geht dann wieder, die Tür hinter sich schließend.

Mit einem seltsamen Gefühl schaltet er in der Küche die Kaffeemaschine an. Das von Olga geschmierte Brötchen mit Käse und Schinken liegt in Silberfolie gewickelt auf dem Tisch neben einem mit Bleistift beschriebenen Zettel. Wir erwarten Dich zum Essen beim Reitstall. Dein Vater will mit Dir reden, Violeta vermißt Dich und Ahmed auch. Sei brav und laß Dich sehen! Olga, die Dich lieb hat.

»Ein andermal, Olguita«, sagt er laut. »Ein andermal.«

Wenig später radelt er munter auf der Schnellstraße unter einem bleiernen Himmel, eine Hand am Lenker, in der anderen das halb aufgegessene Brötchen. Es hat zu nieseln begonnen. Ein Auto überholt ihn, drängt ihn hupend zur Seite. Eine ganz leckere Marmelade, denkt er, das mache ich heute. Gekochter Kürbis, püriert, mit Schokoladenstückchen. Das hätte Desirée geschmeckt. Die Sonne guckt einen Augenblick zwischen den Wolken hervor, gerade mal ein Zwinkern, das sich mit dem seiner Augen deckt, beleuchtet den Rand der Schnellstraße, und dort sitzt unter einem durchsichtigen Regenschirm und mit übereinandergeschlagenen Netzstrumpfbeinen Desirée auf einem Koffer und macht Anhalter. Du führst mich nicht hinters Licht, Desi, ich weiß genau, wo du bist. Ein bißchen weiter vorn erscheint das Gespenst der Hure erneut am Straßenrand, diesmal steht sie, hat die Arme auf die Hüften gestützt und lächelt ihm zu, aber er läßt sich auch diesmal nicht darauf ein, daß sie es wirklich ist. Dieser Abschnitt der Schnellstraße ist gesäumt von kurzberockten Mädchen mit grünen, blauen, gelben Haaren und so weiter und so fort, sie sprechen seltsame Sprachen und kommen wer weiß woher, mischen sich unter die Leute, die aus dem Bus steigen und von den Bergen zum Meer hin die Straße überqueren, dabei zwischen rasenden Autos ihr Leben aufs

Spiel setzen. Gelegentlich stellt sich Valentín eine Weile mit seinem Rad an den Rand der Fahrbahn, sieht ihnen zu und prophezeit nahendes Unheil.

Gegen Mittag geht Milena auf den Balkon, kauert sich auf den Boden, den Rücken gegen die Wand, die Decke über den Schultern und die Kaffeetasse auf den angewinkelten Knien. Sie blickt starr geradeaus, durch die eisernen Geländerstäbe hindurch, auf die steile Böschung und das Gestrüpp, in dem das Kaninchen sich herumzutreiben pflegte, das aber läßt sich schon seit Tagen nicht mehr blicken. Wenig später kommt Yasmina, in der Hoffnung, sich eine Weile sonnen zu können; sie hat sich mit freiem Bauch und langen nackten Beinen auf ein Handtuch gelegt, doch der Himmel bleibt bedeckt, und es sieht auch nicht so aus, als ob sich daran etwas ändern würde, also steht sie auf und geht zurück in Milenas Zimmer, wo Jennifer, Nancy, Bárbara und Alina Mensch-ärgere-dich-nicht spielen.

Sie versammeln sich meistens in Milenas Zimmer, weil es dem Balkon am nächsten liegt, auf dem sie bei Sonne spielen. Um das Tischchen sitzend oder lagernd, zerzaust und im Morgenmantel, die eine oder andere mit einem Handtuch um den Kopf, tauchen sie Kringel in große Tassen Milchkaffee, schütteln energisch den Würfelbecher und feiern die Spielzüge mit hysterischem Kreischen. Heute war Milena mit ihrer Kaffeetasse lieber im Bett geblieben, wollte nichts zu tun haben mit dem Mensch-ärgere-dich-nicht oder sonst einem Spiel, das sie hätten vorschlagen können, ... Welche von ihnen hatte einmal gesagt, daß er ganz genau wie Valen sei, nur in hübsch, und was hatte die sich bei solchem Unsinn wohl gedacht, da es doch wirklich das gleiche Gesicht war und der gleiche Körper, ja, aber er war nicht hübscher, sondern machte nur mehr her, war ausgereifter und abgeklärter, von einem Leben geprägt, das widriger und bitterer als das seines Zwillingsbruders war. Man mußte sich nur seine Gangart ansehen, den gebeugten Rücken am Tresen, vor einem Glas, seine schweren Augenlider, sein

Schweigen. All das ging Milena vage durch den Kopf, während sie auf dem Bett lag und der plötzliche Jubel der vier Freundinnen sie erreichte, die Mädchen schwenkten Würfelbecher und feierten die Glückstreffer mit einer Erregung und einer Erwartung, die weit über das Würfelspiel hinausging, als geschehe da etwas Wichtiges, und zwar nicht nur für die glückliche, die gerade gewann, sondern auch für die drei anderen, die verloren. Der Sieg wurde von allen gefeiert und die Niederlage ebenfalls, und da war sie aufgestanden, hatte sich in die Decke gewickelt und war auf den Balkon gegangen.

Ins Spiel vertieft, hatten ihre Kolleginnen es nicht einmal bemerkt.

Am späten Nachmittag beginnt es heftig zu regnen, gerade als der Renault im Rückwärtsgang unter den überdachten Parkplatz fährt. Die Hälfte des Wagens ragt heraus, weil hinten schon ein Motorrad steht. Der Regenguß durchschlägt das schwache Dach aus Schilfrohr und Reisig und prasselt auf Motorhaube und Windschutzscheibe, und Raúl bleibt hinter dem Steuer sitzen, die Augen starr auf den Eingang des Clubs gerichtet. Er könnte hier still sitzen bleiben, den Regen in sanften, nicht abreißenden Wellenlinien über die Scheibe gleiten sehen, er könnte ruhig werden und es noch einmal überdenken, auf einen anderen, weniger beschissenen Tag verschieben, denkt er, er könnte sich auch Erleichterung verschaffen, indem er auf die Schnellstraße fährt, am Straßenrand hält und wartet, auf eine Unbekannte, die unter einem durchsichtigen Regenschirm daherkäme, sich neben ihn ins Auto setzen und sogleich die Hand auf seinen Hosenschlitz legen würde ... Er denkt daran, aber nicht sehr lange. Er zieht den Zündschlüssel ab, nimmt vom Rücksitz den schwarzen Regenmantel mit Kapuze, steigt aus, schließt per Knopfdruck die Türen ab und rennt, den Mantel über den Schultern, zur Tür. Es ist kurz nach fünf. Der Kleinlaster eines Getränkevertriebs hält vor dem Eingang.

»Er ist zum Supermarkt«, informiert ihn Frau Lola hinter

dem Tresen. »Und zu den Videospielen, nehme ich an ... Ich hab ihm gesagt, daß er naß wird, aber er hat nicht auf mich gehört.«

In seiner angestammten Ecke stützt Raúl sich auf den Tresen, legt den Regenmantel auf einen Hocker und bestellt einen Wodka.

»Ist er schon lange weg?«

»Ein paar Stunden. Er kommt sicher bald.«

Ohne weitere Worte serviert ihm Lola den Wodka, läßt die Flasche vor ihm stehen und begibt sich zum anderen Ende des Tresens, um mit dem Fahrer den Lieferschein durchzugehen. Das Lokal ist fast leer, ein Gast steht an der Bar, ein anderer sitzt an einem Tisch und hat Jennifer auf dem Schoß, die diskret kichert. Nancy bringt zwei Cocktails und setzt sich zu ihnen. Simón, einen Getränkekasten auf der Schulter, verschwindet gerade hinter der Glastür, die zur Küche führt, als Milena hinten die Wendeltreppe herunterkommt. Raúl am Tresen erblickend, bleibt sie auf der letzten Stufe stehen. Sie trägt eine weiße Bluse und einen blauen Rock, hat eine Spange zwischen den Zähnen und hält das Haar im Nacken zusammen. So sieht sie ihn ein paar Sekunden lang an.

Als spüre er ihre Augen, wendet Raúl den Kopf und blickt sie seinerseits an, während Nancy, sich im Takt der Musik wiegend, schon auf Milena zugeht und sie bei der Hand nimmt.

»Vorbei das Schwindelgefühl, Herzchen?«

Milena nickt gottergeben. Nancy zieht sie auf die Tanzfläche, legt ihr die Arme um die Taille, und sie beginnen sehr langsam, Wange an Wange, zu tanzen. Das machen sie manchmal, eng umschlungen, obwohl Frau Lola es nicht mag. Was sollen die Männer denken. Nancy tanzt mit geschlossenen Augen und einem träumerischen Gesichtsausdruck, während Milenas Augen über die Schulter der Freundin hinweg ins Nichts schauen und trotz der üblichen verdeckten Trauer eine gewisse Unruhe nicht verbergen können. Raúl stellt sich mit dem Rücken zum Tresen, stützt die Ellbogen auf und beobachtet die beiden Frauen. Ohne sie aus dem Blick zu lassen, tastet er nach seinem Glas auf der

Theke, findet es blind und trinkt. Dann wartet er darauf, daß Milenas Augen ihn erreichen.

Brüsk befreit sie sich aus Nancys Armen und verschwindet treppaufwärts. Lola sieht es, hält mit dem Kugelschreiber bei der Unterschrift für den Lieferanten inne und richtet mit einer stummen Gebärde einen fragenden Blick auf Nancy, die ihr zu verstehen gibt, Milena sei es wohl schwindlig.

Raúl wendet sich wieder der Theke zu, er greift nach der Flasche, füllt erneut das Glas und mustert es düster. Vor dem ersten Schluck läßt er zwei lange Minuten verstreichen. Plötzlich nimmt er das Glas und löst sich vom Tresen, Zigaretten und Regenmantel bleiben auf dem Barhocker liegen. Im Gehen sagt er über die Schulter zu Lola:

»Wenn mein Bruder zurückkommt, soll er oben nach mir schauen.«

»Oben? Aber ...«, Alarm blitzt kurz in ihren Augen auf, »wo oben?«

»Er weiß schon wo.«

Das Glas in der Hand, überquert er die Tanzfläche, erreicht die Wendeltreppe und steigt ohne Eile hinauf.

Im Dämmerlicht des Zimmers lehnt Milena mit dem Rücken an der Wand und läßt die Tür nicht aus den Augen. Von unten klingt matt die Musik aus der Bar empor. Als sich die Tür öffnet und Raúl hereinkommt, will sie noch weiter zurückweichen, doch die Wand hindert sie daran. Raúl bleibt stehen, drei Meter vor ihr, die nicht weggucken kann, ihm genau in die Augen schauen muß, als lese sie in ihnen das, was sie schon weiß. Daß dieser Augenblick kommen mußte, hat sie immer gewußt. Alles deutet darauf hin, daß der Schritt, den er zu tun gedenkt, wohlüberlegt und kühl entschieden ist, das kalte Licht seiner Augen läßt keinen Raum für Zweifel, dennoch, in eben dieser Kälte liegt etwas Doppeldeutiges, das latent alle ihre Begegnungen bestimmt hat, seit dem ersten Mal, und das sie nun als offenkundig wahrnimmt. Ihn treibt das Begehren, ohne Frage, es steht ihm auf die Stirn geschrieben, aber er versteckt dieses Begehren, lieber glaubt er und läßt sie im Glauben, daß, wenn er mit einer Hure vögelt, das nur geschieht, damit Valentín ein für alle Mal von ihr läßt.

»Dein Bruder muß gleich kommen …« murmelt sie.

»Ich weiß.«

Sie sehen sich immer noch in die Augen. Milena spricht es aus:

»Und deshalb willst du es tun.«

Raúl braucht ein paar Sekunden, bis er antwortet.

»Ja.«

»Nur deshalb. Damit Valentín uns sieht … Mich sieht.«

»Damit er dich mit mir vögeln sieht, jawohl.« Wieder läßt er sich etwas Zeit, bis er hinzufügt: »Er soll sehen, was du bist. Eine Hure.«

Jetzt schließt sie die Augen und muß sich ein wenig bei der Antwort anstrengen:

»Er hat mich oft gesehen …«

»Nicht mit mir.« Er geht einen Schritt weiter auf sie zu und bleibt stehen. »Komm her.«

Milena schiebt sich ein wenig zum Nachttisch hin, hat den Rücken aber noch an der Wand und die Augen geschlossen. Hätte sie die Augen offen, könnte sie sehen, daß Raúls Blick jetzt nicht gnadenlos oder rachsüchtig ist, sondern von einem anderen emotionalen Imperativ gesteuert wird, der tiefer gründet und unabweisbar ist, damit hat er selbst nicht gerechnet, auch nicht damit, die Kontrolle darüber zu verlieren.

»Wozu ihn auf diese Weise verletzen …«, murmelt Milena. »Er ist wie ein Kind. Ich sag ihm, daß er gehen soll, ja? Daß er nie wieder …«

»Dafür ist es jetzt zu spät. Halbe Stunde dreißig Euros …«

»Es geht mir nicht gut …«

»… eine Stunde fünfzig. Das hast du gesagt, oder?« Er versenkt die Hand in der Hosentasche und wirft einen Schein auf das Bett. »Da hast du.«

»Ich bin nicht zu haben … Nein, nicht heute …«

»Komm her.«

Milena bewegt sich nicht, fast eine endlose Minute lang. Dann öffnet sie schließlich die Augen, kommt etwas näher und bleibt stehen.

»Weiter«, sagt Raúl, und sie gehorcht. »Zieh das aus.«

Sie öffnet die Bluse und läßt die Arme den Körper entlang fallen. Sie schließt die Augen und hört ihn sagen:

»Alles.«

27

Im Dauerregen verläßt der Lieferwagen gerade den Platz vor dem Club, als Valentín eintrifft und vom Fahrrad springt. Er nimmt aus dem vorderen Korb die Einkaufstüten und entdeckt, sich die Plastiktüte vom Kopf ziehend, den Renault unter dem Überdach. Er schaut den Wagen eine Weile an und geht dann in den Club. Von der Garderobe aus sieht Simón ihn eintreten und macht ihm Zeichen, Valentín bemerkt ihn aber nicht.

Kaum sieht sie ihn, kommt Lola hinter dem Tresen hervor. Es gibt zwei weitere Gäste, die Bier trinken, lachen und sich lautstark unterhalten, bei ihnen Yasmina und Rebeca, die Valentíns Ankunft ebenfalls bemerkt haben und sich einen alarmierten Blick zuwerfen.

»So ein Regen!« ruft er aus. »Ich habe meinen Gu-Gummimantel vergessen.«

Vom Kopf abgesehen, ist er pitschnaß. Er legt die Tüten am Ende des Tresens ab und entdeckt Raúls schwarzen Regenmantel auf dem Barhocker. Lola stellt sich zu ihm und will ihm eine Tüte abnehmen.

»Gib her. Schau mal, wie du aussiehst.«

Er hat nach dem Regenmantel gegriffen und sieht sich um.

»Wo ist er ...?«

»Immer mit der Ruhe«, stimmt Lola an. »Jetzt sehen wir mal ... Erst bringen wir das alles in die Küche, was meinst du? Komm schon. Heute wird es ganz schön Arbeit geben, weißt du? Großer Auftrieb. Ein Radsportteam kommt, die wollen hier was feiern ... Sie werden gleich da sein.«

Sie nimmt ein paar Tüten und will, daß Valentín mit ihr mitkommt, doch der bleibt bei Nancy stehen, in deren unsteten

Augen er erkennt, daß irgend etwas vor sich geht, und er schaut wieder auf Raúls Mantel in seiner Hand, als ob er ihn noch nie gesehen hätte.

»Ist er bei ihr …?«

»Die kommen gleich runter.« Yasmina hängt sich an seinen Arm. »Komm, mein Schatz.« Sie versucht, ihn zur Glastür zu schleifen. »Du wolltest mir doch das Rezept von der Zitronentorte zeigen, erinnerst du dich? Komm, laß uns in die Küche gehen.«

Valentín reagiert und lächelt mit listiger Miene.

»Ach ja, Blätterteigtorte mit Zitrone.« Er löst sich von Yasmina, nimmt Lola die Tüten ab und geht allein zur Tür. »Er hat den Regenmantel vergessen, aber macht nichts, egal … Ich nehme den mit in die Küche, bis er runterkommt.«

Er stößt die Tür auf und verschwindet. Mit einem Seufzer der Erleichterung postiert sich Frau Lola wieder hinter dem Tresen, die Mädchen sehen sich an und wissen nicht, was sie sagen sollen. Minuten später sind sie damit beschäftigt, acht junge, euphorische Radfahrer zu versorgen und zu umschmeicheln, die aus einem riesigen vernickelten Pokal mit großen Henkeln Sekt trinken, und keine von ihnen sieht, wie Valentín auf der alten Innentreppe hochschleicht, die Arme eng am Körper, den schwarzen Regenmantel hinter sich herschleifend. Oben angekommen, hört er das Stöhnen, lange bevor er die Tür erreicht, und weiß, diesmal ist es kein Betrug, das ist nicht Yasminas erschrockenes Ferkelquieken, auch nicht Alina, das Stöhnen wird nicht frech beschleunigt beim faulen Zauber, hastig, um die Sache hinter sich zu bringen, etwa auf die hemmungslose und gutturale Weise von Alina oder Nancy, bei denen es sich so anhört, als würden sie gleich ersticken; das hier ist ein anderer Rhythmus, intim und konstant und beharrlich, ein Atem, der sich einer anderen Kadenz anpaßt, einem Aufschub, der sich ihrer Kontrolle zu entziehen droht und bei dem Gewalt und Zärtlichkeit nicht mehr auseinanderzuhalten sind. Nie, nicht einmal bei den angenehmeren Dienstleistungen, die sie ihm gegenüber erwähnt hatte, auch nicht, wenn besonders willkommene Freier sich länger als üblich im Zimmer aufhielten, solche, die sie wegen ihrer rücksichtsvollen und großzügigen Art schätzte, hatte ihn das, was aus Milenas Kehle drang, so verstört wie jetzt.

Er geht an der Tür vorbei, ohne anzuhalten, deckt das eine Auge mit der Hand ab und spürt, daß das andere unscharf sieht, geht weiter, bis er auf den Balkon hinaustritt. Der Regen prasselt kräftig auf die Fliesen und auf den Rost der baufälligen Feuertreppe. Jetzt umzukehren, zurück in die Küche zu gehen, würde bedeuten, Frau Lola und den Mädchen etwas erklären zu müssen, was er nicht erklären könnte, also gleitet er nach kurzem Überlegen die Treppe hinunter bis in den Schlamm, geht heimlich um das Gebäude herum und bleibt vor seinem Fahrrad stehen. Er bemerkt, daß er noch immer den Regenmantel hinter sich herschleift, schaut ihn wieder an, erneut verwirrt, als frage er sich, warum er den mitschleppe, wozu er gut sei. Er zieht ihn sich mechanisch über, paßt die Kapuze seinem Kopf an und beginnt, den Oberkörper leicht vor und zurück zu wiegen. Er vergräbt die Hände in den Taschen und zieht die Schlüssel des Renaults heraus, betrachtet sie abwesend. Dann dreht er den Kopf, bemerkt das Auto, geht langsam darauf zu, öffnet es und setzt sich hinter das Steuer. Eine Weile sitzt er reglos da, schaut zu, wie der durch das Strohdach gefilterte Regen über die Scheibe gleitet. Das schwere Motorrad ist nicht mehr hinter dem Wagen geparkt, das Manöver scheint also leicht, außerdem läßt der Platzregen nach. Mit den Bewegungen eines Automaten und einem plötzlichen Leuchten in den Augen steckt Valentín den Schlüssel ins Zündschloß, startet den Motor, und das Auto verläßt sehr langsam den Parkplatz, rutscht zu dem Weg, der zur Schnellstraße führt. Er schaltet zwanghaft rauf und runter, läßt den Motor abwechselnd aufheulen und schnurren und biegt schildkrötenschnell und in Schlangenlinien in die Schnellstraße ein, hält sich auf der Standspur in Richtung Süden und macht sich selbst laut Mut: Brrrummm! Brummm! Zweihundert Meter weiter, am Beginn der Kurve, säuft der Motor ab, und der Wagen bleibt, halb über dem Graben hängend, stehen. Die Arme über dem Lenkrad verschränkt, stützt der Fahrer seinen mit der Kapuze bedeckten Kopf darauf und verbirgt das Gesicht. Er hört das mächtige Motorrad, das sich ihm von hinten nähert und beim Abbremsen knattert, und sein Unterbewußtsein ist dafür dankbar, weil dieses Geräusch andere übertönt, die ihn quälen und die er nicht mehr hören will ...

Tage später, als sie über den Vorfall sprechen, sollte Yasmina sagen, daß sie, wäre sie, wie es ihre Absicht gewesen sei, auf den Balkon gegangen, um das dort vergessene Handtuch zu holen, alles gesehen hätte. In der Tat hätte sie gesehen, wie jenseits des Vorhangs aus Wasser, der die Landschaft grau und verschwommen erscheinen läßt, mitten in der Kurve, die sich vor dem Meer windet, der blaue Renault halb über dem Graben hängt und das zylinderstarke Motorrad sich von hinten nähert, geritten von zwei Männern in Anorak und Kapuze, zwei ominöse Buckel im Regen, die ein paar Zehntelsekunden lang auf der Fahrerseite neben dem Wagen stehen, sie hätte den Mann auf dem Rücksitz den Arm mit der Pistole ausstrecken sehen und hätte vielleicht die beiden Schüsse gehört, trocken, nicht sehr laut, wie zwei Knallfrösche. Das Motorrad hätte sich mit voller Geschwindigkeit davongemacht, weil plötzlich die Hupe ertönte, wahrscheinlich sei, wie Yasmi sagen sollte, sein Kopf aufs Lenkrad gefallen, denn diesen endlosen, klagenden Ruf, den hatte sie sehr wohl gehört.

Auch Raúl hört ihn, schwach und fern zwar, erkennt ihn aber sogleich. Die Beharrlichkeit der Hupe läßt ihn aus dem Bett springen, er eilt zum Fenster, reißt es auf. Milena, ebenfalls erschrocken, liest die Bestürzung an seinem Nacken und Rücken ab. Raúl hat sich hinausgelehnt und späht durch den Regen. Er erkennt den Wagen, der in der Kurve der Schnellstraße steht, ein ganzes Stück jenseits des öden Geländes, wo sich der Abfall häuft und das Kaninchen lebte. Er stürzt zu seiner Kleidung, hört nicht ihre ängstliche Stimme, die tonlos fragt, was los ist, und in weniger als einer Minute rennt er querfeldein durch den Regen, in gerader Linie vom Club zur Schnellstraße. Er erreicht die Kurve und steht durchnäßt und atemlos vor dem im Graben hängenden Auto.

Die Scheibe ist gesplittert, zwei Einschüsse, und Valentíns Kopf und Arme ruhen auf dem Lenkrad, als schliefe er. Raúl reißt die Tür auf und hebt Valentín heraus, woraufhin die Hupe verstummt. Den Bruder in den Armen, kniet er auf dem Asphalt, untersucht die blutige Schläfe und weiß, die Wunde ist tödlich. Valentín bewegt die Lider, versucht den Blick auf etwas zu richten. Glasscherben stecken in seiner Wange. Er unternimmt eine Anstrengung, verkrampft die Faust in Raúls Hemd, als wolle er ihn festhalten, während er zitternd die andere Hand hebt, wie um das mit Blut gefüllte Auge zu verdecken. Es gelingt ihm nicht, er läßt die Hand sinken, und der Kopf fällt zur Seite.

Raúl drückt ihn fest an seine Brust, wiegt ihn. Zwei Autos sind in einiger Entfernung stehengeblieben, und einer der Fahrer eilt mit einem Regenschirm herbei, betrachtet die Szene und weiß nicht, was tun. Der andere traut sich noch nicht näherzukommen und macht einen Anruf auf dem Handy. Als wenig später der Streifenwagen der örtlichen Polizei eintrifft und zwei Beamte aussteigen, wiegt Raúl immer noch mit zwanghafter Beharrlichkeit den blutigen Kopf seines Bruders. Sie müssen den Toten mit Gewalt seinen Armen entreißen.

⁂ 28 ⁂

Zwei Tage später bringt ein Leichenwagen des Klinikums den Toten nach Hause, in ein Leichentuch gewickelt und mit einem eisernen Kopfverband. In einer Plastiktüte sind seine Kleider und Schuhe, der schwarze Regenmantel und ein paar persönliche Dinge. Sein Vater will ihn hier begraben, auf dem kleinen örtlichen Friedhof am Meer. Standhaft, ohne sich mit Raúl oder Olga zu besprechen, trifft er die angemessenen Entscheidungen, erledigt in wenigen Stunden den Behördenkram, verfällt dann, plötzlich gebrochen, in Stummheit, die Olga nicht zu überwinden vermag. Er läßt sich nur eine gewisse düstere Neugier für das Verhalten seines Sohnes anmerken, als die Polizei noch am Abend des Attentats zu ersten routinemäßigen Ermittlungen anrückt. Argwöhnisch und geringschätzig beantwortet Raúl kaum die Fragen des jungen Inspektors der Sondereinheit zur Bekämpfung von Rauschgifthandel und Organisiertem Verbrechen, der mit dem Fall beauftragt ist. Am Tag darauf, als sie von Kommissar Trías Besuch bekommen, einem Beamten mit sanften Manieren und müder Stimme, benimmt Raúl sich noch aggressiver und unverschämter. Der Kommissar ist über Raúls vorsorgliche Beurlaubung unterrichtet, führt dessen Benehmen auf die Verbitterung zurück und zeigt sich geduldig, verbirgt ihm aber nicht, daß es da eine Verbindung zu dem Geschehen geben könnte.

»Es gibt in meiner Scheißakte nichts, was Sie oder diese schlappe Bande von der Kripo interessieren könnte«, erwidert Raúl. »Das hat nichts mit dem zu tun, was meinem Bruder angetan wurde.«

»Nun ja, da sind wir uns nicht so sicher. Jedenfalls bis jetzt nicht«, sagt der Kommissar, seinen Hang zur Reflexion unterstreichend. Er hat keine Lust, mit diesem alkoholisierten Jammerlappen zu streiten, auch wenn er weiß, daß er ihn sich früher oder später wird vornehmen müssen. Er würde lieber mit dem Vater reden, aber der wirkt noch weniger ansprechbar. »Ich verstehe, daß Sie das sehr mitgenommen hat. Also verschieben wir das Gespräch besser auf morgen, nach der Beerdigung. Im übrigen warte ich noch auf einen Bericht.«

»Wozu sind Sie dann gekommen? Um uns Ihr Beileid auszusprechen?«

»Ja, auch dazu.«

»Dann können Sie jetzt verschwinden«, murmelt Raúl, eine steinerne Maske, die ins Nichts blickt.

Bis zum Begräbnis bleibt der Club geschlossen. Ein Schild, handgeschrieben und an die Tür geklebt, verkündet, daß am Dienstag, dem siebten, wieder geöffnet wird, ohne irgendeinen Grund anzuführen. Am Montag, dem sechsten, fällt ab und zu noch leichter Regen, doch mit heiterer frühlingshafter Unvernunft, leuchtende Wasserstriemen reinigen die Luft und lassen sie kristallklar zurück. Kleine Breschen zwischen den dahinziehenden Wolken erlauben der Sonne dann und wann hervorzuleuchten, überraschend und ungeduldig. Der klare, windige Morgen ist wie geschaffen, von der Hinterfront des Clubs aus den Verkehr auf der Schnellstraße zu beobachten, und kurz vor Mittag stehen Nancy und Jennifer schon auf dem Balkon und warten auf den Trauerzug. Später kommen Yasmina, Bárbara, Rebeca und Alina dazu, die eine oder andere ist noch im Bademantel oder Morgenrock und hat eine große Tasse Milchkaffee und Cornflakes vom Frühstück dabei. Frau Lola ist in der Küche geblieben, sie macht sich einen Kamillentee, und Milena hat gesagt, man solle sie allein lassen. Als der Leichenwagen in der schicksalhaften Kurve erscheint, nehmen sich die Mädchen still am Arm, treten gemeinsam ans Geländer und wüßten nicht zu sagen, ob sie das tun, um besser zu sehen oder um ihm näher zu sein.

Hinter dem Wagen mit den Blumenkränzen fahren ein schwarzes Auto und der Streifenwagen der örtlichen Polizei. Der Verkehr auf der Schnellstraße ist zu dieser Zeit dicht, und die Autofahrer scheinen keine Rücksicht auf den Trauerzug zu nehmen, aber noch trauriger macht Nancy, die in den letzten Tagen so viel mit Milena geweint hat, daß auch der Zug selbst, wie sie zu Jennifer bemerkt, viel zu schnell fährt, dem Verstorbenen damit wenig Respekt erweist. Einige Leute stehen am Straßenrand und sehen ihn vorüberfahren, unter ihnen der alte Simón, die Baskenmütze in der Hand und das Kinn hochgereckt. Rebeca erkennt ihn vom Balkon aus und zeigt ihn den anderen Mädchen. Schau mal an, der Zuhälter Simón, ich könnte schwören, er hat sich gerade bekreuzigt. Er ist nicht so ein Bastard, wie es scheint, meint Jennifer, gestern hat er sich super benommen, als er für uns alle eingestanden ist. Wer, wenn nicht er, hat den Kranz mit der beschrifteten Schleife bestellt und dann auch noch Valentíns Fahrrad bei seiner Familie abgegeben? Sicherlich hat er, denkt Jennifer, bevor er sich hastig zurückzog, zu Raúl noch ein Paar Worte des Beileids gestammelt, dabei aber vermieden, ihm in die Augen zu sehen.

Ja, wer wäre jetzt noch fähig, diesem Mann in die Augen zu sehen.

Zehn Meter über dem Balkon tritt Milena, barfuß und in eine Decke gewickelt, langsam an den Rand der Dachterrasse und sieht den Trauerzug so schnell vorüberfahren, daß ihr kaum Zeit bleibt, in Gedanken einen Abschiedsgruß an den Freund zu richten, einem konfusen Gefühl der Dankbarkeit und der Bitte um Verzeihung Ausdruck zu geben. Der Wind zerzaust ihr Haar vor dem Gesicht, während hinter ihr die zum Trocknen aufgehängten Laken wie unter Peitschenhieben flattern. Sie schließt halb die überbordenden Augen, die ihr die Landschaft vernebeln, sie berührt die Lippen mit den Fingern und schickt mit einer kleinen, verinnerlichten Gebärde einen Kuß an den sich entfernenden Zug.

»Gerade Sie sollten wissen, wie trügerisch das Offensichtliche sein kann«, sagt Kommissar Trías.

»Kommen Sie mir nicht mit so einem Quatsch«, knurrt Raúl. »Ich weiß, wovon ich rede.«

»Ich verstehe Sie, aber Sie irren. Die ballistische Untersuchung läßt keinen Zweifel offen. Es ist eben die Pistole, mit der letztes Jahr ein Gemeinderat in Andoain getötet wurde. Geschoß und Pistole sind von der ETA.«

Raúl sitzt im Wohnzimmer in einem Sessel und wirft die Zeitung, in der er geblättert hat, von sich, tastet blind nach der Weinflasche, die vor seinen Füßen steht, und schaut verächtlich auf den Kommissar, einen Mann, der sich um Verständnis und Verbindlichkeit bemüht. Ein Wagen von der Funkstreife hat ihn hergefahren und wartet draußen hinter dem Haus, neben Valentíns Fahrrad und dem von der Guardia Civil verplombten Renault. Der Kommissar wird begleitet vom Chefsergeanten der örtlichen Polizei, einem großen, weißhaarigen Mann mit dunkler Sonnenbrille, den Raúl trotz seiner Uniform als Gast des Clubs erkennt, der sich in Zivil gelegentlich freundschaftlich mit Frau Lola unterhalten oder mit Rebeca und Yasmina gesäuselt hatte, und bei dem er immer den Verdacht gehabt hatte, er sei ein Dealer. Die beiden Beamten stehen mitten im Wohnzimmer, sie haben sich nicht setzen wollen. José sitzt an dem schon fürs Abendessen gedeckten Tisch, Olga steht neben ihm, die Hand auf seiner Schulter. Einem Zeichen ihres Mannes gehorchend, nimmt Olga eine andere Zeitung mit einem Foto der Beerdigung vom Tisch, ihre Aufmerksamkeit gilt aber Raúl und seinen unvorhersehbaren Reaktionen auf den Kommissar:

»Ist das der Abschlußbericht?«

»Jawohl.«

»Mich überzeugt er nicht!«

»Es handelt sich um das falsche Ziel, das ist klar«, sagt der Kommissar. »Die Mörder haben sich geirrt ...«

»Ich sage Ihnen, das überzeugt mich nicht! Und das Kaliber ist mir scheißegal!« Raúl trinkt aus der Flasche, behält sie in der

Hand und sieht sie an, als ob er mit ihr rede: »Ich kenne den Hurensohn, der das getan hat, und ich weiß auch, warum er es getan hat … Ich war gemeint, das ist klar! Wer sollte meinem Bruder schon etwas Böses wollen?«

»Natürlich handelt es sich um einen Irrtum«, bekräftigt Kommissar Trías. »Aber dieser Irrtum ist nicht der Person unterlaufen, die Sie hinter dem Anschlag vermuten. Ich kenne den Fall, ich habe mit dem Leiter Ihrer Einheit in Vigo gesprochen.«

»Sie wissen gar nichts. Verschwinden Sie.« Er nimmt den Ärger im Gesicht des Kommissars wahr und fügt hinzu: »Sie haben richtig gehört, Kommissar. Wissen Sie, ich leide nämlich, wie mein Bruder, am Enthemmungssyndrom, und sage, was ich denke, wo und wann ich will.«

Unbewegt mustert der Kommissar ihn ein paar Sekunden, schweigend. Dann redet er im gleichen zähen, monotonen Tonfall weiter:

»Als Sie in Bilbao stationiert waren, haben Sie Drohungen von der ETA erhalten, vor allem aufgrund eines Mißverständnisses, eines Zwischenfalls mit einem Verdächtigen, den Sie ohne richterlichen Befehl festgenommen hatten und der schlecht behandelt wurde …«

»Mißverständnis?« fällt ihm Raúl spöttisch ins Wort. »Da gab's kein Mißverständnis. Ich hab ihm die Zähne eingeschlagen.«

»Die Einzelheiten kenne ich nicht, weiß aber, daß es sich um jemanden Wichtigen handelte.«

»Glauben Sie? Er gab sich als Klempner aus, und wir haben ihn mit einem Haufen Flugblätter erwischt. Das waren …«

Er unterbricht sich und trinkt die Flasche fast in einem Schluck leer, verärgert darüber, daß nur noch so wenig da ist. Der Kommissar sieht ihn mit Widerwillen an, Olga und José argwöhnisch. Worauf will er hinaus.

»Es waren Flugblätter mit sehr präzisen Anleitungen zum Basteln von Sprengkörpern«, fügt er schließlich an. »Ich hab ihm mit den Scheißflugblättern den Mund gestopft.«

Der Chefsergeant beginnt, leicht zu lächeln, und sagt:

»Wenn es nur das war…«

»Nun ja, sie waren in einem Bleirohr versteckt«, fügt Raúl mit einem süßlichen Lächeln hinzu. »Der Scheißkerl war nicht sehr einfallsreich, meinen Sie nicht auch?«

Der Chefsergeant schiebt die dunkle Brille auf die Stirn, um Raúl besser betrachten zu können.

»Wie auch immer«, meint Komissar Trías bedächtig, »sei es nun wegen Ihres Vorgehens in diesem Fall oder in anderen, die in Ihrer Akte aufgeführt sein dürften, Sie sind jedenfalls zu einem Ziel der Terrorbande geworden. Man hat Sie auf die Liste gesetzt. Und dann hat man sich in der Person geirrt. Das wäre nicht das erste Mal.«

Raúl will etwas sagen, schaut dann aber zur Seite. Durch das Fenster sieht er das Meer als makellose horizontale Linie, ein Silberfaden unter dem Mond, und erinnert sich flüchtig an zwei Jungen, die auf den Verandastufen vor dem gleichen fernen und unwandelbaren Silber sitzen. Nein, die haben sich nicht geirrt… Mag es das Vaterland sein oder die Wut oder die fixe Idee von irgend jemandem, denkt er, ein fauliger Traum, die verdammte blutrünstige Paranoia, diese dumme und blinde Hingabe an die Intoleranz, egal, es wird auch dir eine Kugel im Kopf bescheren oder dich eines schönen Tages in die Luft jagen. Es hat Valentín getroffen, aber sie haben uns schon alle im Visier.

José blickt mit einer Mischung aus Trauer und Strenge auf seinen Sohn und fragt, um die Situation zu entspannen:

»Möchten Sie beide nicht etwas trinken, Kommissar?«

»Nein, danke, wir gehen gleich.« Er macht dem Chefsergeanten ein Zeichen. »Wir bleiben in Kontakt«, sagt er zu Raúl. »Ich rate Ihnen, nichts auf eigene Faust zu unternehmen, nicht daß Sie es bereuen müssen. Und stoßen Sie das Auto ab, das ist das Vernünftigste.« Im Vorbeigehen legt er eine Hand auf Josés Schulter. »Auf Wiedersehen, Herr Fuentes. Frau…«

Olga begleitet die beiden zur Veranda, und der Chefsergeant entschuldigt sich:

»Ich komme gleich nach, Kommissar ... Eine Sekunde nur.« Er wartet, bis der Kommissar und Olga draußen sind, und fügt mit einem Blick auf José hinzu: »Herr Fuentes, es wäre vielleicht günstig, die Arbeit Ihres Sohnes in diesem Animier-Club nicht an die große Glocke zu hängen. Aber ich soll einen Bericht für die Guardia Civil schreiben. Anscheinend hat der junge Mann dort mehr erledigt als nur Botengänge und Kochen ... Aber gut, ich will Sie jetzt nicht weiter stören. Ich rufe Sie in den nächsten Tagen an.«

Raúl reagiert schnell und mit Zorn in den Augen.

»Sie rufen verdammt noch mal nicht in den nächsten Tagen an. Das Lokal hat nichts mit dem Vorfall zu tun, und das Mädchen schon gar nicht.«

Der Chefsergeant zieht mit unschuldiger Miene die Brauen hoch.

»Was für ein Mädchen?«

»Na, na, kommen Sie mir nicht dumm!«

José bemerkt Raúls zunehmende Gereiztheit, beschließt jedoch, sich nicht einzumischen. Olga und der Kommissar unterhalten sich jenseits des Fensters, und der Chefsergeant wirft ihnen einen Blick aus den Augenwinkeln zu.

»Nun ja, es ist meine Pflicht, überall ein wenig genauer hinzusehen, oder nicht?«

José, die Ellbogen auf dem Tisch, die sehnigen Hände über dem Teller gefaltet, läßt die Augen nicht von seinem Sohn. Sein Gesichtsausdruck verrät tiefe Niedergeschlagenheit, doch in seinem Blick hält sich eine wache Anspannung.

»Sergeant, Sie kennen diese Spelunke besser als ich«, wirft ihm Raúl ins Gesicht. »Ich habe Sie da oft beim Trinken gesehen, aber nie beim Zahlen.«

Der Chefsergeant erkennt Raúls Absicht, aber sein reifes, rosiges Gesicht eines stattlichen, autoritären Galans läßt sich keinerlei Unruhe oder Erstaunen anmerken. Er nimmt sich ein paar Sekunden Zeit, bevor er ohne Schärfe, fast schon spöttisch, antwortet:

»Kann schon sein. Aber was soll das?«

»Was wohl, du Vogelscheuche.« Raúl steht mit der Flasche in der Hand vom Sessel auf. »Und da gibt's noch einiges.«

Der Chefsergeant beginnt zu begreifen und sieht ihn jetzt mit dem gleichen nachsichtigen und jovialen Lächeln an, das sich noch vor wenigen Jahren langgediente Polizisten der alten Franco-Garde bei Raúl erlaubten, ein Lächeln, das ihn immer an jenen Inspektor erinnerte, der einst seinen Vater mitten auf der Straße geohrfeigt hatte.

»Nun gut«, räumt der Chefsergeant ein, »vielleicht ist es besser, die Dinge auf sich beruhen zu lassen.«

»Aber sicher«, knurrt Raúl.

»Wir überwachen das Lokal und diese Mädchen ebenfalls ... Alles legal, soweit ich weiß. Keine Drogen, keine Skandale, nichts. Alles in Ordnung.«

»Klar, alles in Ordnung.«

»Dann auf Wiedersehen.«

Mit verächtlichem Blick sieht Raúl ihn hinaus auf die Veranda zu dem Kommissar gehen, der sich von Olga mit Handschlag verabschiedet.

»Der Kommissar wollte wissen, seit wann Ahmed bei uns arbeitet und ob er dich kannte«, sagt Olga zu Raúl, als sie wieder ins Wohnzimmer kommt. »Und du sollst das Auto da wegfahren, je früher du es verkaufst, um so besser für alle. Setz dich. Ich trage das Abendessen auf.«

Sie geht an ihm vorbei, ohne ihn anzusehen. Raúl steht mitten im Raum und scheint nicht zu wissen, wohin er soll. Er führt die Flasche an den Mund, die ist aber leer, und er wirft sie aufs Sofa.

»Schon gut«, sagt er zu seinem Vater. »Schon gut. Du kannst dich beruhigen.«

⁂ 29 ⁂

Jetzt verbringt er die Nachmittage damit, barfuß und mit einem einfachen Strohhut auf dem Kopf am Strand hin und her zu laufen, entlang der von der Brandung hinterlassenen Schaumborte. Manchmal sitzt er auch auf einem Felsbrocken oder in den von Salzkraut und Espartogras stacheligen Dünen. Die Wellen rollen gemächlich heran, nehmen das letzte Abendlicht auf, während er den fernen Horizont fixiert, der Valentín schon als Kind faszinierte. In dessen klarem, geduldigem Blick – er konnte stundenlang in die Ferne schauen – entdeckte Raúl eines Tages die eigene Faszination für eben dasselbe: Er sah, wie sehr Valentín von dieser zwischen Meer und Himmel hingestreckten horizontalen Lüge gebannt war, und lernte seinerseits, darauf zu schauen. Es verbanden sie damals noch andere Formen der Komplizenschaft, doch ein solcher Gleichklang der Erwartungen ergab sich nur in jener Ferne, in der blauen Ausdehnung einer kindlichen Sehnsucht nach Zukunft. Er erinnert sich daran, wie sie beide barfuß unter sengender Sonne rannten und mit den Füßen Quallenhäute platzen ließen. Nachts legten sie sich in die Dünen, um den Sternenregen zu sehen. Sie machten Lagerfeuer, und Raúl las laut Comics vor und erklärte ihm die Geschichte, und sie sprachen nie von Mama. Unsere Mutter arbeitet als Hure im Barrio Chino, betrinkt sich in den Tavernen, aber das wirst du mich nie sagen hören, und du wirst sie auch nie wiedersehen, wer will das schon, okay, einverstanden, und so weiter und so fort. Manchmal kamen sie mit ihrem Vater zum Fischen hierher, und Valentín vertrieb sich die Zeit damit, am Ufer Muscheln und Kiesel in Herzform zu suchen – nie fand er ein Herz, das nicht verformt war, nie konnte er eines nach Hause tragen, das ihm gefallen hätte –, während er selbst die

Angelrute in den Sand rammte, mit nackten Füßen ein wenig in die brechenden Wellen hineinlief und dabei die makellose Linie in der Ferne musterte. Eines Tages läßt er sich mehr als üblich ablenken, die Angelrute vibriert, und das Garn strafft sich über dem Wasser, aber nur sein Vater nimmt es wahr:

»Die Fische strecken dir die Zunge raus, und du merkst es nicht mal. Was siehst du denn da in der Ferne, ein Schiff?«

»Nein.«

»Du schaust den Horizont an und siehst nichts.«

»Ja.«

»Aber du siehst die Linie, an der sich Himmel und Meer treffen.«

»Ja.«

»Und das scheint dir eine sehr gerade Linie zu sein, stimmt's?«

»Ja.«

»Aber sie ist es nicht, mein Junge. Deine Augen sehen eine Gerade, aber diese Linie ist eine Kurve, gebogen wie die Erde. Wußtest du das?«

»Nein.«

Er erinnert sich an ein blutiges Leuchten auf den Wellenrücken. Jetzt, wo es Abend wird, rückt der Horizont näher, zeichnet sich deutlicher ab. Die Wellen kommen seltener, in großen Abständen, ohne viel Schwung und ohne Schaum, gerade mal eine leichte Dünung, schläfrig und grünlich, voller Algen und Abfall, das Wasser zischelt, wenn es seine Füße erreicht, und eine der Wellen hinterläßt rückflutend einen dunklen Holzlöffel auf dem Strand, bemoost, teilweise geborsten und vom Salz angefressen.

Wenn es dunkel wird, legt er sich auf Valentíns schmales Bett, liegt auf dem Rücken, hält die Schachtel mit dem Spar-Kaninchen in den Händen und schließt die Augen. Eine halbe Stunde später, zurück von der Arbeit im Reitstall, öffnet Olga die Tür und schaut herein, sieht ihn schlafen, einen weiteren Tag dem Alptraum ausgesetzt. Sie kommt behutsam herein und stellt sich ans Fußende der Liege. Die Schultern vorgezogen, die Arme vor der Brust gekreuzt, als suche die Kälte sie heim, sieht sie sich die Sachen von Valentín an, eine nach der anderen, und kann sich nicht dazu entschließen, sie zu entfernen. Dann blickt sie auf Raúl und beginnt leise zu weinen. Sie stellt fest, daß der Schlaf seine Züge nicht entspannt, auch nicht den finsteren Eindruck der letzten Tage mildert, unrasiert und mit nachgewachsenem, verfilztem Haar, und sie denkt, er verdiene trotz des Unheils, das er angerichtet hat, nicht, daß dieser Alptraum immer weitergeht.

»Raúl«, sagt sie, und das ist kein Rufen, es ist, als flüstere sie sich den Namen selbst zu: »Wir warten unten zum Abendessen auf dich.«

Und gibt gleich auf. Schließlich hebt sie nur die leere Flasche vom Boden und geht geräuschlos aus dem Zimmer.

Zur immergleichen Uhrzeit ertönt die immergleiche Tanzmusik, während Alina am Waschbecken gurgelt und sich freudlos im Spiegel betrachtet. Sie rückt den Büstenhalter zurecht, zupft am Rock, streicht furios mit dem Lippenstift über ihren Mund und betrachtet sich erneut. Sie gefällt sich noch immer nicht.

Nancy, die Zigarette zwischen den Lippen, setzt sich auf den roten Diwan in ihrem Schlafzimmer und zieht sich rasch die Strümpfe über, da ist der vage, ewige Kummer beim Blick auf ihre Beine, die zwar hübsch, aber etwas krumm sind. Sie drückt die Zigarette im Aschenbecher aus, achtet darauf, die frisch lackierten Nägel nicht zu beschädigen, und plötzlich verschleiert Trauer ihre Augen, reglos und nachdenklich sieht sie auf die luftige Rauchspirale, die noch immer von der Kippe aufsteigt. All das hier wird ganz schnell vorbei sein, mein Onkel nimmt mich mit, und dann mache ich ganz viel Maniküre. Sie gibt sich einen Ruck, steckt die Füße in die Schuhe, reibt einen hartnäckigen Fleck unbestimmbaren Ursprungs aus ihrem Rock und befestigt dann mit plötzlicher Wut in den Händen die Strümpfe. Angekleidet und geschminkt, greift sie sich ein Päckchen Kleenex und den Geldbeutel, steckt den Lippenstift und einen Taschenspiegel ein und geht hinaus auf den Flur.

Sie öffnet die Tür zu Milenas Zimmer, schaut hinein und erkennt im Halbdunkel das Bett und ihren Körper unter der Decke. Sie ruft leise nach ihr, als wolle sie die Freundin nicht verschrekken. In Gedanken versunken, wartet sie ein paar Sekunden, dann schließt sie leise die Tür und geht mit kurzen Schrittchen auf ihren überhohen roten Plateauschuhen den Gang entlang. Sie stößt auf Alina, die gerade aus ihrem Zimmer kommt, und hängt sich bei ihr ein. Gemeinsam steigen sie die Wendeltreppe hinunter, und Alina hebt, um Nancy aufzumuntern, deren Hand, um das hübsche Smaragdpulver auf ihren Nägeln von nahem zu bewundern, lobt ihre Geschicklichkeit und ihren guten Geschmack bei der Maniküre.

»Wundervoll, Nancy. So elegant.«

Frau Lola lehnt den Rücken an das Flaschenregal und schüttelt den Cocktailbecher. Die Uhr über ihrem Kopf zeigt fünf Uhr zwanzig an. Sie wechselt einen Blick mit Simón, der hinter dem Tresen das Eis heranschafft, und macht ihn mit ernster Miene und einer Kopfbewegung auf Raúl aufmerksam, der sich gerade an seinem Stammplatz niedergelassen hat und so etwas wie eine Schuhschachtel dabeihat, die ungeschickt in Zeitungspapier verpackt ist. Er stellt die Schachtel vor sich hin und stemmt die Ellbogen auf die Theke, einen auf jede Seite der Schachtel, als fürchte er, sie zu verlieren, oder als wolle er sie vor neugierigen Blicken schützen. Yasmina, hoch auf dem Barhocker, scherzt mit Rebeca, beide warten auf Kunden, Jennifer verwickelt den ersten Gast in ein Gespräch, doch alle, auch Nancy und Alina, die sich gerade an einen Tisch gesetzt haben, achten mehr auf Raúl als auf irgend etwas anderes. Frau Lola hat kurz den Cocktailshaker beiseitegestellt, greift nach einer Flasche Wodka und einem Glas und nähert sich ihm. Wortlos schenkt sie ihm ein wenig ein, wartet ab, die Flasche in der Hand, die Augen auf die Schachtel gerichtet: »Was hast du da, darf man das wissen?«

Raúl nimmt ihr die Flasche aus der Hand und füllt sein Glas. Lola sieht ihm beim Trinken zu und läßt einen Moment verstreichen, bevor sie ihn warnt:

»Es ist gar nicht sicher, daß sie runterkommt.« Und, nach einer weiteren Schweigepause: »Seit zwei Wochen hat sie ihr Zimmer nicht verlassen. Wenn sie sich nicht bald aufrappelt, wird sie weggebracht ... Hörst du mir zu?« Der mitleidige Blick, mit dem sie ihn so schnell trinken sieht, mildert nicht den strengen Ton, mit dem sie hinzufügt: »Es gibt andere Möglichkeiten, mit dem Unglück umzugehen, mein Junge.«

»Kümmere dich um deinen eigenen Kram.«

Raúl greift nach der Wodkaflasche und wendet sich zur Wendeltreppe, um zu sehen, wer herunterkommt. Einen Moment lang scheint sein trüber Blick den Wirbel der sich um eine Mitte wälzenden Stufen zu spiegeln; seit mehreren Wochen erhebt sich diese die bläulich verqualmte Luft durchbohrende Wendeltreppe nicht nur hier, sondern auch in irgendeinem Winkel eines pünktlich jede Nacht wiederkehrenden Alptraums, zu dem auch die nur allzu bekannten Füße mit lackierten Nägeln in schrillfarbenen Riemchenschuhen gehören, da ist immer diese Wendeltreppe, die sich wie ein großer Korkenzieher um Milenas Beine und Körper windet, sie nicht mehr freiläßt, weder nach oben noch nach unten, eine schwindelerregende Metapher der Gefangenschaft, die sie erleidet. Aber es ist Bárbara, die jetzt herunterkommt, und er verliert sich wieder in seinen Gedanken und der Flasche. Lola läßt ihn allein und geht an der Theke entlang hinüber zu Jennifer und ihrem Freier, die sich gerade küssen, und stellt die Musik lauter.

Gegen acht steht Raúl immer noch am selben Platz, den Kopf über das Glas gesenkt und die Hände auf der Schachtel. Am Tresen ist jetzt mehr los, und Bárbara nimmt einen der Gäste an der Hand, überquert mit ihm die Piste, sie gehen die Treppe hoch und begegnen Milena, die langsam, auf ihre Füße schauend, herunterkommt, verhärmt und kaum geschminkt, doch aufreizend gekleidet. Bevor sie unten ankommt, bleibt sie in einer der Windungen der Treppe stehen, von der aus sie Tanzfläche und Bar überblickt, ihre schwarzen Augen sind zwischen zwei Treppenstufen zu sehen, sie zeigen keinerlei Überraschung, vielmehr eine hingenommene Traurigkeit, als habe sie schon immer gewußt, daß er da ist, in der gewohnten Ecke und ohne auf seine Umgebung zu achten.

Als spüre er die Augen des Mädchens im Nacken, dreht Raúl sich um. Milena hält seinem Blick kaum ein paar Sekunden lang stand, dann wendet sie sich ab und geht mit gesenktem Kopf die Treppe langsam wieder hoch. Er denkt einen Augenblick nach, das Kinn hochgereckt, als horche er auf die Gespräche und das Gelächter und diese Tanzmusik, die er noch nie gemocht hat. Und auf einmal greift er die Wodkaflasche und die Schuhschachtel, löst sich vom Tresen und geht über die Tanzfläche. Vom anderen Ende der Theke aus schaut Lola ihm nach, während er die Treppe hochsteigt.

Milena hat gerade ihr Zimmer betreten, bleibt mit dem Rücken zur Tür in der Mitte des Raumes stehen, wartend. Das Bett ist nicht gemacht, es herrscht Unordnung, Kleider liegen herum, der Schrank steht offen. Nicht einmal das Licht im Bad hat sie ausgeschaltet, bevor sie hinuntergegangen ist. Die Tür geht auf, und herein kommt Raúl mit Schachtel und Wodkaflasche, schließt die Tür und bleibt reglos stehen, blickt auf Milenas Rücken.

»Seine Sachen sind im Bad«, sagt sie und setzt sich auf den Bettrand. Doch ihre Augen tränen, und sie ergibt sich gleich, läßt den Kopf auf die Brust fallen und fügt hinzu: »Ich habe nichts angerührt.«

Raúl sieht sie unter schweren Lidern schweigend an. Er wickelt die Schuhschachtel aus dem Zeitungspapier.

»Das gehört dir.«

Sie schüttelt den Kopf, ohne die Schachtel eines Blickes zu würdigen.

»Siehst du, was da steht?« sagt Raúl, auf den Deckel zeigend. »Oder kannst du auch nicht lesen?«

Milena wirft einen schnellen, schrägen Blick darauf.

»Was ist das?«

»Dein Geld.«

»Ich will es nicht.«

»Ob du es willst oder nicht, es gehört dir.«

Er holt das weiße Kaninchen aus der Schachtel und wirft es aufs Bett, lustig klimpern die Münzen. Milena sitzt eine Weile reglos da nimmt das Kaninchen dann behutsam mit beiden Händen und stellt es auf ihren Schoß. Sie schaut in die lebhaften Augen und das breite Grinsen des Porzellantiers, als wolle sie mit ihm sprechen. Raúl kommt näher, streckt die Hand nach ihrer Schulter aus, doch schon bevor er sie berührt, weicht sie ihm mit einer schroffen Bewegung aus, und er läßt die Hand schlaff fallen. Die andere Hand, die den Flaschenhals hält, bewegt sich auch nicht, sie hängt neben der Hose und so nah an Milenas Gesicht, daß sie glaubt, die Wärme zu spüren und das Pochen des Bluts in den heraustretenden Adern. Diese Hände, die mich anfassen, auch wenn sie sich nicht regen.

»Geh«, sagt sie.

Raúl trinkt einen Schluck aus der Flasche, dreht sich um und geht ins Bad. Da liegen seine Sachen noch, auf dem Glasbord. Rasierapparat und Klingen in dem Betty-Boop-Halter, die Zahnbürste in dem Superman-Glas, ein Zeitungsausschnitt von Shrek, dem Ungeheuer, steckt hinter dem Spiegel, die Radfahrerkappe hängt am Haken. Worauf wartet diese Unglückselige noch, um das alles wegzuschmeißen? Die Schirmmütze steckt er in die Tasche, dann nimmt er ein Glas vom Bord und geht zurück ins Schlafzimmer. Er gießt ein wenig Wodka ins Glas, hält es Milena hin und wartet geduldig, schaut sie mit trostlosen Augen an. Sie weist das Getränk mit einem verwirrten Kopfschütteln ab, das eine Betroffenheit und einen Jammer ausdrückt, die sie nicht mit ihm teilen will, doch gleich darauf, noch bevor sie den Selbstvorwürfen, die sie zu verdienen glaubt, freien Lauf läßt, hat sie noch flüchtig Gelegenheit, in seinem trüben, schrecklichen Blick die Verheerungen der Einsamkeit, des Alkohols und der Verzweiflung der letzten Tage zu erkennen, auch ein fernes, mattes Licht in den Pupillen, ein Schuldgefühl, das tiefer geht als das ihre. Und weil sie in vielen Zimmern wie diesen gelernt hat, in den Augen der Männer zu lesen, nimmt sie aufs neue und mit Trauer die starke sexuelle Anziehung wahr, die sie weiterhin auf ihn ausübt, und kann sich vorstellen, welche Gewissensbisse jetzt dieses Gefühl beherrschen und unterdrükken. Der Barriere bewußt, die zwischen beiden steht, und ihn so schweigsam sehend, übernimmt sie lieber wieder die Rolle, die sie immer hatte.

»Sag schon.« Sie steht vom Bett auf und sieht ihn von vorne an. »Sag mir, was du denkst.«

»Wozu«, sagt Raúl.

»Damit du dann ruhig bist. Mal sehen, sag schon ...«

»Was soll uns das bringen ...«

»Sag schon, daß ich eine Nutte bin und die Liebe etwas anderes ist.«

»Ich habe immer gedacht, daß sie etwas anderes sein müßte. Aber du glaubst trotzdem, daß das mit dir und meinem Bruder eine echte Liebesgeschichte war ...«

»Zumindest war es sehr ähnlich.«

»... ausgerechnet hier, in einem schäbigen Sex-Club.«

»Ja, hier.« Sie unterdrückt einen Schluchzer. »Hätten wir denn einen anderen Ort gehabt? Und erzähl mir nichts von seinem geringen Verstand. Das wenige reichte ihm aus, um ein besserer Mensch zu sein als du.«

Raúl nimmt die Schirmmütze aus der Tasche und betrachtet sie. Milena stürzt sich auf ihn, will sie ihm entreißen, hat plötzlich einen hysterischen Ausbruch, schlägt ihm mit den Fäusten gegen Brust und Gesicht.

»Geh zum Teufel! Scheißkerl, Mißgeburt! Warum mußtest du ihm weh tun, ha? Ich wußte es, du Scheißkerl, ich wußte, daß wir ihm weh tun würden ...! Hoffentlich krepierst du, du Mißgeburt, hoffentlich krepierst du!«

Er tut nichts, um sich zu schützen, und läßt zu, daß Milena

sich abreagiert. Die Schläge und Beleidigungen gipfeln in Weinen, Milena schwinden die Kräfte, und schließlich lehnt sie den Kopf an seine Brust. Doch gleich rückt sie wieder von ihm ab und bemüht sich um Fassung.

»Geh lieber«, sagt sie mit erstickter Stimme. »Ich mache es nicht mit Betrunkenen, und erst recht nicht mit dir ...«

Raúl bleibt einen Moment reglos stehen, die Schirmmütze in der Hand. Er trinkt das Glas aus, stellt es neben die Flasche auf den kleinen Tisch, dreht sich um und geht aus dem Zimmer.

30

Am Schlafzimmerfenster stehend, beobachtet Olga, im Nachthemd und mit einem Glas Wasser in der Hand, wie der Renault hinter das Haus fährt und scharf bremst. Raúl steigt aus dem Wagen und bleibt unter der Lampe des Kücheneingangs vor Valentíns Fahrrad stehen, das an einem Stoß Brennholz lehnt.

»Du lieber Gott, er fährt immer noch mit diesem Wagen rum ...«

»Er hat ihn schon verkauft.« José sitzt im Pyjama auf dem Bett, reibt sich das Bein. »Beruhige dich.«

»Woran er wohl gerade denkt ...«

»Wer weiß. Dieser Junge hat verborgene Seiten, die er selbst nicht kennt ... Aber mach dir keine Sorgen, er kann auf sich aufpassen. Reich mir das Glas, sei so gut.«

Er holt eine Tablette aus dem Röhrchen, hält sie in der Hand und wartet mit betrübten Augen unter runzligen Lidern auf Olga, die sich noch einen Moment am Fenster aufhält.

Unten, die Hände in den Taschen, betrachtet Raúl Valentíns Fahrrad und scheint auch nicht bereit, sich zu bewegen.

»Was darf's sein, mein Süßer?« fragt Lola und legt den Glasuntersatz vor einen jungen, rothaarigen Burschen, der geistesabwesend wirkt, eine starke Brille trägt und unscheinbar gekleidet ist.

»Einen Tonic mit Gin ... Wenig Gin«, fügt er gleich hinzu, lächelt unsicher, nervös. Mit eben diesem Lächeln blickt er Raúl an, der neben ihm am Tresen sitzt, und sagt, ein wenig die Stimme über die Musik erhebend: »Das steigt mir gleich zu Kopf ... Ein cooler Ort, nicht. Na ja, ich weiß nicht, ich bin zum ersten Mal hier ...«

Raúl hebt den Blick vom Glas, sieht ihn von der Seite an, trinkt und starrt wieder auf den Grund des Glases. Rundherum ist ziemlich viel los, ein paar der Mädchen sind oben beschäftigt, die anderen am Tresen auf Beute aus, außer Milena, die in einem winzigen blaßblauen Kleid, eigentlich einem Unterrock, an einem Tisch sitzen bleibt. Ein weiterer Tag, sie sitzt allein, raucht eine Zigarette. Raúl dreht ihr den Rücken zu, alle Aufmerksamkeit auf sein Glas gerichtet, und sie läßt sich nicht anmerken, ob sie ihn gesehen hat. Doch vor ein paar Stunden, als sie auf dem hinteren Balkon am Boden saß und den Verkehr auf der Schnellstraße beobachtete, hatte sie auf dem Seitenstreifen einen Fahrradfahrer ohne Hast in Richtung Club fahren sehen, eine unverwechselbare Silhouette, die in einem bekannten Rhythmus in die Pedale trat, näher und näher kam. Und da war ihr plötzlich bewußt geworden, wie unerbittlich die Zeit vergeht, und sie hatte überlegt, sich gefragt, wann er damit begonnen hatte, auf dieses gelbe Fahrrad zu steigen, genauso in die Pedale zu treten, sich das gleiche lange Haar unter derselben kleinen Schirmmütze wachsen zu lassen, wann er damit angefangen hatte, ihm in fast allem noch mehr zu gleichen ... Beunruhigt war sie vom Balkon gegangen und wollte nun, da sie ihn so nahe hatte, nicht wieder hinschauen.

»Da hast du, mein Schatz.« Frau Lola stellt den Gin Tonic vor den rothaarigen Jungen. »Gleich wirst du Gesellschaft haben ...«

»Oh, das hat keine Eile.«

Lola geht weiter, um andere Bestellungen aufzunehmen, und der Junge, der ein Gespräch mit seinem Tresennachbarn anfangen will, stammelt erneut:

»Haben Sie diese kleine Dunkle gesehen, die da allein rumsitzt?« Raúl ist nicht anzusehen, ob er ihn gehört hat, und so fügt der Rothaarige hinzu: »Die da. Sie hat ... wie soll ich sagen ... sie hat was. Vielleicht ist es billiger, wenn ich sie an der Bar einlade ... Was meinen Sie?«

Jetzt schaut ihn Raúl mit eisigen Augen an, sagt aber wieder nichts. Der andere insistiert, senkt die Stimme: »Wissen Sie, wieviel die nehmen ...?« Er unterbricht sich, schaut wieder auf Milena. »Also, wieviel die da nimmt, zum Beispiel?«

»Warum fragst du sie nicht?« sagt Raúl, ohne den Blick vom Glas zu heben.

»Ja, aber davor hätte ich gerne eine Vorstellung ...«

»Halbe Stunde dreißig Euros. Eine Stunde fünfzig.«

»Gar nicht so teuer, was?« macht er gute Miene zum bösen Spiel und mustert Milena erneut. In diesem Augenblick setzt sich ein Mann in den Sechzigern mit schläfrigem Blick und einem Bier in der Hand zu ihr.

»Ehrlich gesagt, ich weiß nicht so ganz, was ich tun soll«, sagt der rothaarige Bursche. »Ein Freund hat mir erzählt, sie hat eine häßliche Narbe in der Nähe ... Na, Sie wissen schon.«

Jetzt schaut Raúl ihn neugierig an. Er sagt:

»Oh ja, gleich daneben.« Er senkt die Stimme und fügt hinzu: »Und dann noch das künstliche Gebiß.«

»Nein! Ist das wahr?«

»Da kannst du Gift drauf nehmen, Junge!« nickt er, leicht verschmitzt, stark betrunken, im Innersten trostlos. »Und das ist noch nicht das Schlimmste.« Er schaut sich um und macht ihm ein Zeichen, mit dem Ohr noch näher zu kommen. »Sie hat ein Holzbein.«

»Nein! Sie nehmen mich auf den Arm ...«

Der Mann, der bei ihr ist, erhebt sich mit ungläubigem Grinsen und läßt Milena allein, die sich plötzlich nur noch für eine Unregelmäßigkeit des Spitzenbesatzes an ihrem Unterkleid interessiert. Der kurzsichtige junge Mann beobachtet sie verunsichert, trinkt dabei in großen Schlucken seinen Gin Tonic.

»War nur ein Witz, verdammt«, stammelt Raúl. »Hör nicht auf mich ... Es ist bloß ein Kratzer, nicht der Rede wert.« Er läßt den Kopf über das Glas sinken und fügt mit erloschener Stimme hinzu: »Du bekommst sofort einen Steifen, sie weiß, wie man das macht ...« Plötzlich explodiert er: »Verflucht, was wartest du noch, es ist nur ein Kratzer! Hast du nicht gehört, du Schwachkopf?«

Der junge Mann sieht ihn argwöhnisch an und rückt von ihm ab. Da ist noch etwas anderes, außer dem exzessiven Alkoholgenuß, das diesen Mann an den Tresen schmiedet, denkt er. Er wendet ihm den Rücken zu und schiebt den Hocker ein Stück weiter, und dann hat er die Sache bald vergessen, denn erst bedrängt ihn Alina, dann befummelt ihn Rebeca. Aber er ist immer noch von Milena gebannt, und nach vielem Überlegen rutscht er schließlich vom Barhocker und geht zu ihr hinüber. Leicht verstört spricht er sie an, sie probiert ein Lächeln und nickt, steht wie ein Automat auf und geht ihm voraus zur Wendeltreppe. Auf den ersten Stufen bleibt sie stehen und wirft einen schnellen Blick auf Raúl, ein Lidschlag nur. Sodann, die Augen nach vorn gerichtet, tastet sie blind mit der Hand nach hinten, bis sie auf die des schüchternen Unbekannten trifft, sich daran klammert und weiter hochsteigt.

Sie weiß nicht, ob er dann, wenn sie zurückkommt, immer noch am Tresen sein wird, wie aufgehängt an diesem unsichtbaren Wäschedraht aus Alkohol und Verzweiflung, der in seinem Gewissen gespannt ist, sie weiß nicht, ob er nur darauf warten wird, sie wieder herunterkommen zu sehen, wie so viele andere Male – ein schneller Blick über die Schulter –, und weiß auch nicht, ob er noch ein Glas bestellen wird. Heute hat er schon viele getrunken; aber wenn er es tut, wenn er mit gesenktem Kopf auf die Theke klopft und noch eins bestellt, dieses dringende Glas, das er immer fordert, wenn sie von einem Gast nach oben begleitet wird, dann weiß sie, daß Frau Lola zu ihm gehen, den Kopf mißbilligend schütteln wird und ihn dann widerstrebend, verärgert und bekümmert bedienen und einmal mehr versuchen wird, ihn diskret zum Heimgehen zu bewegen.

⁂ 31 ⁂

Die vom hinteren Balkon aus allmorgendlich unwirtlich anmutende Landschaft strahlt gegen Mittag ein rückgespiegeltes, trügerisches Licht ab, das über der kahlen Böschung flirrt, dahinter ein Stück der Schnellstraße, die sich dort vom Meer weg nach Süden wendet, befahren von im Hitzedunst verschwimmenden Autos. Milena sitzt im Morgenrock auf dem Boden des Balkons, den Rücken gegen die Wand und die Knie hochgestellt, ungekämmt und ungeschminkt, und neben ihren nackten Füßen läuft der Kassettenrecorder. Unten, zwischen dem Gestrüpp, neben dem kaputten Vogelkäfig und anderem Abfall, läßt ein leichter Wirbel rötlichen Staubs auf die flüchtige Anwesenheit des Kaninchens schließen, und die Augen sind einen Augenblick lang gefesselt. Doch das Kaninchen läßt sich nicht blicken.

Sie hat eine Kleinigkeit auf ihrem Zimmer gegessen und läßt den Nachmittag dann wieder am gleichen Ort vergehen. Gegen Abend hört sie Schritte auf dem Gang, und Raúl erscheint auf der Schwelle der Balkontür, trägt in jeder Hand eine Tasse Kaffee. Er steht eine Weile still da, setzt sich schließlich vorsichtig neben sie und reicht ihr schweigend eine Tasse. Sie blickt auf die Tasse, nimmt sie ihm aber nicht ab. Raúl stellt sie auf den Boden. Er zeigt seine Handfläche, auf der mehrere Zuckerstücke liegen. Eines wirft er in ihre Tasse und zögert, ein zweites hinzuzugeben. Milena ignoriert weiter die Tasse und schaut geradeaus. Sie schaltet den Kassettenrecorder aus, und ihre Finger verweilen einen Augenblick an dem Silberkettchen um ihren Knöchel.

»Unten warten sie auf dich«, sagt Raúl.

Milena antwortet nicht gleich. Ihre heisere Stimme vermengt sich mit dem Rauch der Zigarette:

»Heute ist mein freier Tag.«

»Aber sie würden dich gerne sehen.«

»Wie bist du in die Küche gekommen?«

Raúl schweigt. Schließlich wiederholt er:

»Auch wenn es dein freier Tag ist, viele würden dich gerne sehen.«

»Du lügst.« Sie läßt den Kopf sinken, und ihre Stimme bricht. »Warum lügst du mir weiter was vor, warum?«

»Ich bin nicht gekommen, um dich weinen zu sehen.«

»Dann geh doch!«

Raúl betrachtet sie, weiß nicht, was tun. Aus der hinteren Hosentasche zieht er den Flachmann, schüttet einen kleinen Strahl in ihre Tasse, dann in seine eigene, verstaut den Flachmann wieder, wartet. Er sieht etwas an ihrem zarten Mädchenhals, einen Fleck unter dem Ohr.

»Du hast da was ...«

»Was denn.«

»Ich weiß nicht ...« Er tupft mit dem Finger auf die Haut. »Hier. Das sieht wie Blut aus.«

Milena schiebt seine Hand weg, nicht schroff, aber entschieden.

»Das ist nur Rouge, Dummkopf.« Sie reibt kräftig um das Ohr herum, sagt dann nach einem Schweigen: »Was willst du?«

Sie sehen sich zum ersten Mal für ein paar Sekunden in die Augen, mit einer Intensität, die keiner von beiden vorausgesehen hat.

»Ich weiß es nicht«, sagt Raúl. »Ich weiß es wirklich nicht.«

Er stellt ein Knie hoch und läßt die Hand darauf liegen. Plötzlich gehen die Lichter entlang der Schnellstraße an. Milena nimmt die Tasse und blickt starr auf den schwarzen Inhalt. Ich möchte jedenfalls, daß du eins weißt, will sie ihm sagen, und das ist genau das, was ich auch schon mal Valentín gesagt habe. Sie trinkt einen Schluck Kaffee, und ihr Blick bleibt an der Hand auf dem Knie hängen. Auch dir hätte ich es schon viel früher sagen müssen, jetzt nützt es sowieso nichts mehr. Dennoch will sie es ihm jetzt gleich mit genau den Worten sagen: Was ich mit diesen Männern mache, alles, was ich mit ihnen für Geld mache, hör mir gut zu, ich habe mich nie dafür geschämt, wenn ich es mit ihm machte. Nie in meinem ganzen Leben habe ich mich reiner gefühlt, als wenn er mich berührte ... Aber sie denkt das nur. Sie trinkt noch etwas Kaffee, dann wendet sie die Augen wieder auf das leere Feld und die Schnellstraße, und dann endlich richtet sie den Blick auf die große, dunkle Hand, die die Zuckerstücke gebracht hat und jetzt über Raúls Knie hängt.

»Gib mir noch ein Stück Zucker. Und dafür, daß du hier bist, wirst du zahlen müssen.«

»Gut.«

»Ich möchte, daß du dafür zahlst, mit mir zusammen zu sein. Und nicht anfassen, klar?«

»In Ordnung.«

Milena steht auf.

»Nicht anfassen«, wiederholt sie leise. »Mir ist kalt. Gehen wir rein.«

»Einmal, als wir klein waren, haben Valentín und ich gesehen, wie ein Mann meinen Vater schlug ... Das war in Barcelona, vor einem Polizeirevier. Er hat ihn zweimal ins Gesicht geschlagen. Und mein Vater hat sich nicht gerührt, hat nichts getan, um sich zu verteidigen ... Meine Mutter hatte uns schon verlassen, sie lebte mit einem anderen Mann zusammen. Wir wußten nicht, wer das war, hatten ihn nie gesehen, aber ich dachte, der Polizist, der meinen Vater schlug, müsse dieser Mann sein. Das habe ich sofort Valentín gesagt, und er hat sich ein Auge mit der Hand zugehalten, hat sich auf den Boden geworfen und angefangen zu schreien ...«

Sein Vater, wie er vor dem Polizeiamt an der Plaza Lesseps stand, das Kinn auf der Brust, die Taschen seines Jacketts ausgerissen, die Hosenbeine schmutzig und schief über den Schuhen hängend. Das Bild einer Niederlage, die er schon lange vor seiner Heirat, lange bevor seine Söhne geboren wurden, akzeptiert hatte.

Der Morgenmantel rutscht über Milenas Schenkel, öffnet sich, und einen Augenblick lang ist die Narbe zu sehen. Sie sitzt auf dem Sofa, den Kopf seitlich über die Schulter geneigt, und raucht einen Joint, die Lichtreflexe des kleinen Fernsehers im Gesicht. Neben ihr Raúl, eher geduckt als sitzend, zusammengekauert, die Ellbogen auf den Knien, die Augen auf den Boden gerichtet und eine Flasche Wodka in der Hand.

»Wenn ihm etwas nicht gefällt, dann hält er sich ein Auge zu«, murmelt Raúl nachdenklich. »Das hat er einer störrischen Stute abgeguckt, die ein paar Tage lang ein verbundenes Auge hatte … Weißt du, wie eine Stute reagiert, wenn du ihr ohne Vorsichtsmaßnahmen an einen Huf willst? Die Leute wissen nicht, daß das Pferd ein Jagdtier ist und seine Hufe nicht jedem Dahergelaufenen überläßt … Ich habe Valentín gezeigt, wie er sich Julieta nähern mußte. Ich weiß es noch, als sei es gestern gewesen.«

Er sieht die beruhigende Hand seines Bruders, geführt von der eigenen, die Mähne streicheln. Er sieht den schwarzen Verband, der das Auge des Tiers verdeckt, und das andere unruhige, schöne Auge, das Valentín anblickt, als er ihn mit der Stute allein läßt und zum Stall geht, wo Olga auf ihn wartet.

»Sie arbeitete da schon über ein Jahr bei meinem Vater, ich hatte sie aber kennengelernt, als sie in einem Café bediente und später auf einem Campingplatz … Die Stute hat dann jedenfalls wegen irgend etwas gescheut und ausgeschlagen, hat meinen Bruder ausgerechnet am Auge getroffen, und er hat einen Schreck bekommen und ist in den Stall gerannt und hat uns gesehen … und hat sich schnell das Auge mit der Hand zugehalten. So hat er uns gesehen. Seitdem ist das einer seiner Ticks.«

Er ist sich nicht sicher, ob sie zuhört. Sie hat schon eine Zeitlang die Augen geschlossen und den Kopf auf die Sofalehne gelegt. Er nimmt ihr die Kippe aus den Fingern, drückt sie im Aschenbecher aus. Echos der Barmusik tönen herauf, auf dem Gang schließt sich eine Zimmertür, ein nervöses Lachen. Auch er ist schläfrig, überdies ziemlich betrunken, er stellt die Flasche auf den Boden, und bei dieser Bewegung sorgt das Trägheitsmoment dafür, daß sein Kopf sanft auf Milenas Schoß sinkt.

Der Bildschirm des kleinen Fernsehers gibt flächige Bilder von heftigem Regen aus einem japanischen Film wieder. Milena wacht auf und läßt die Hände ein paar Sekunden über Raúls Kopf schweben, als wage sie nicht, ihn zu berühren, oder als wolle sie es nicht, aber dann tut sie es doch, erst mit einer gewissen Scheu und ohne ihn ansehen zu mögen, dann aber gleich mit einer verhalten schützenden Gebärde, die sie in andere Nächte wie diese versetzt. Sie wartet ein Weilchen, drückt dann den Kopf weg und steht auf, setzt sich auf die Bettkante und richtet mit der Kante einer Spielkarte ein paar weiße Linien auf dem Nachttisch aus und schnupft sie ein. Dann legt sie sich aufs Bett, rollt sich zusammen und schließt die Augen.

Später, in irgendeinem Moment dieser Nacht, in der sie frei hat und in ihrem Zimmer bleiben kann, oder irgendeiner anderen jener Nächte, die für sie beide wie diese beginnen und alle gleich im bläulichen Dämmer enden, mit dem gleichen Grasgeruch in der Luft und der gleichen Verzweiflung und dem gleichen Alkohol oder Acid in den Adern, schläft das Mädchen in einer ähnlichen Stellung, und Raúl setzt sich auf die Bettkante und beobachtet ihren halboffenen Mund, der gegen das Kopfkissen atmet, und ihre Schulter, die auf den weißen Kinderschuh drückt. Und mit der gleichen düsteren Andacht, das wachende Adlerprofil über ihr, läßt er den Blick zu ihren nackten Füßen gleiten und bemerkt auf der Decke das Silberkettchen, das sich vom Knöchel gelöst hat. Einen Augenblick wacht er noch über ihren Schlaf, dann beugt er sich vor und befestigt die Kette wieder am Knöchel, legt den Kinderschuh auf den Nachttisch, zieht die Decke über sie und steht dann auf, nimmt seine Jacke und verläßt das Zimmer.

32

Vor der Veranda hat Raúl das Rad verkehrt herum aufgebockt, nimmt das Hinterrad ab und setzt sich dann auf die Stufen, um die Kette zu reparieren und die Bremsen zu überprüfen.

Olga schaut aus dem Wohnzimmer, tritt hart mit ihren Langschäftern auf. Zügelzeug und Rucksack hängen über ihrer Schulter, sie hat ein Tuch um den Kopf gebunden und will zur Arbeit gehen.

»Kommst du?«

»Wenn ihr mich nicht braucht, dann nicht.«

Er sieht sie nicht an, ist immer noch mit dem Rad beschäftigt. Olga rückt das Pferdegeschirr mit einer nervösen Geste auf ihrer Schulter zurecht.

»Soviel hin und her auf dem Fahrrad. Darf man wissen, wo du schläfst?«

Jetzt sieht er sie an, wischt sich die schmierigen Hände mit einem Lappen ab.

»Auf dem Fahrradsattel.«

Nach kurzem Schweigen sagt sie:

»Ich habe Huhn und Salat in den Kühlschrank gestellt ...«

»Ich esse unterwegs etwas.«

Olga tritt den Rückzug ins Haus an, dreht sich dann aber um und steht wieder da, betrachtet ihn. Raúl bemerkt es und erhebt sich, während er die Fahrradkette mit einem Lappen säubert.

»Danke.« Nach einer Pause fügt er hinzu: »Geht es meinem Vater gut?«

»Siehst du denn nicht, wie es ihm geht?« antwortet sie schroff. Dann mildert sie den Ton: »Ich weiß nicht, er ist sehr früh aufgebrochen ... Ich habe gehört, daß du mit Vigo telefoniert hast.«

»Ich muß dort antreten. Die beschissene Akte, du weißt schon.«

Olga beobachtet, wie die mit schwarzem Öl verschmierten Hände die Kette auf das Zahnrad setzen.

»Werden sie dich entlassen?«

»Glaubst du, daß ich etwas anderes verdiene?«

Die Antwort bringt sie etwas aus dem Konzept.

»Aber du kommst zurück ...«

»Klar.«

Olga überlegt einen Augenblick.

»Ich meine, ob du hierher zurückkommst, in dieses Haus.«

Raúl läßt die Hände ruhen und sieht sie mit versteckter Trauer im Blick an.

»Nein.«

Sie läßt ein paar Sekunden verstreichen und sagt dann niedergeschlagen: »Bereust du es ...?«

Raúl bückt sich und vertieft sich wieder in die Arbeit, untersucht das Gummi der Bremsen.

»Antworte. Bereust du es?« beharrt Olga.

»Was soll das jetzt«, murmelt er zwischen den Zähnen, verärgert und traurig. »Was bringt das schon. Es ist zu spät zum Bedauern.«

Sie steht noch eine Weile da, leicht instabil, das Geschirr auf der Schulter und sich am Türrahmen festhaltend, bis sie sich plötzlich verabschiedet: »Viel Glück.«

Raúl richtet sich auf, den schmierigen Lappen in der Hand, und sieht durchs Fenster, wie sie das Wohnzimmer durchquert, um über die Küche das Haus zu verlassen, als er das Handy läuten hört, das er auf dem Tisch gelassen hat. Er geht ins Haus und nimmt den Anruf entgegen.

»Fuentes ... Ja ...« Das Handy ans Ohr gepreßt, sieht er Olgas Rücken verschwinden. »Nach Barcelona? Jetzt ...? Da werden Sie jemanden schicken müssen, der mich abholt. Ich habe keinen Wagen.«

Eine Sackgasse im Raval. Von der Tür eines Friseurladens aus beobachten ein paar Schaulustige nordafrikanischer Herkunft, wie ein Streifenwagen sich in die Einfahrt der Gasse stellt. Raúl und der Polizist, der den Wagen gefahren hat, steigen aus, um gleich darauf in einem Portal zu verschwinden, darüber das Schild PENSION.

»Danke fürs Kommen.« Kommissar Trías gibt Raúl die Hand. »Es dauert nur kurz. Ich weiß allerdings nicht, ob Sie ihn wiedererkennen können ...«

»Wart ihr das?«

»Wir haben nichts angerührt.«

Sie stehen in einem Zimmer der billigen Pension, das augenscheinlich gnadenlos durchsucht worden ist. Zwei offene Koffer, Schubladen und teure Kleidung liegen herum, das Bett ist zerwühlt, und auf dem Boden verdeckt die aufgeschlitzte Matratze einen Teil der blutverschmierten Leiche eines Mannes, der nur mit einer Pyjamahose bekleidet ist. Zwei Beamte sichern den Tatort. Der Besitzer der Pension, ein Männlein mit starken Brillengläsern, beobachtet von der Tür aus, was sie treiben. Der Kommissar und Raúl stehen neben dem Toten, während ein anderer Beamter fotografiert.

»Er hat sich unter falschem Namen eingetragen«, bemerkt der Kommissar, während er sich bückt und die Matratze wegschiebt, »aber wir glauben zu wissen, um wen es sich handelt.«

Raúl schaut auf das blutverschmierte Gesicht. Ein Auge steht offen, im Mund steckt ein Taschentuch als Knebel. Mit dem zerquetschten Gesicht und dem säuberlich nach hinten gekämmten, blondgefärbten Haar ist er kaum zu erkennen.

»Sie haben ihn ordentlich rangenommen«, stellt er fest, während er sich wieder aufrichtet. »Aber er ist es. Nelson Mazuera. Die rechte Hand von Drogenboß Tristán ... Hatte er kein Notizbuch dabei?«

»Nichts, weder in den Taschen noch in den Koffern. Sie haben ihm nicht einmal den Personalausweis gelassen.«

»Und warum soll gerade ich ihn identifizieren?«

»Nach dem Bericht aus Vigo wollte sich dieser Mann mit Ihnen in Verbindung setzen.«

»Das ist schon eine ganze Weile her.«

»Ja.« Der Kommissar schaut sich um, seine Gedanken sind woanders. »Teure Kleidung und viel Gepäck, wie für eine lange Reise. Warum ist er wohl in so einem miesen Loch abgestiegen?«

Vom Boden hebt er ein edles Jackett und ein seidenes Frauennachthemd auf, das halb aus seiner Schachtel geglitten ist. »An Geld fehlte es ihm offensichtlich nicht, schauen Sie, in Luxusgeschäften eingekauft ... Meinen Sie, daß er sich versteckt hielt?«

»Er war ein Angeber.« Gelangweilt tritt Raúl ein wenig beiseite und zündet sich eine Zigarette an. Seine zweideutige Antwort scheint den Kommissar nicht zu interessieren, er wendet sich an den Pensionsbesitzer.

»Sagen Sie, hat dieser Mann etwas beim Portier hinterlassen, irgendeine Nachricht?«

»Nein, nichts ... Vorgestern abend ist er mit einer Aktentasche heruntergekommen und hat mich gebeten, sie aufzubewahren, aber dann hat er es sich anders überlegt und sie mitgenommen.«

Raúl betrachtet die behandschuhten Finger, die unter der Matratze hervorschauen. Einer der Beamten geht in die Knie und breitet die Instrumente für die Abnahme der Fingerabdrücke auf dem Boden aus.

»Und, ist er mit der Tasche zurückgekommen?« fragt der Kommissar.

»Ehrlich gesagt, ich habe nicht darauf geachtet, nein«, antwortet der Wirt. »Es war sehr spät, als er zurückkam, und ich schlief halb ...«

»Nun, diese Tasche, von der Sie sprechen, befindet sich nicht unter seinen Sachen.«

Der Beamte hat die Hand des Toten freigelegt, und während er die Fingerabdrücke abnimmt, zeigt Raúl plötzlich Interesse für das, was der Mann da tut. Er kommt näher und bückt sich wieder, um die Hand der Leiche von nahem zu sehen. Die Nägel sind ganz wunderbar rosa und silbern lackiert. Eine Tunte, kommentiert der Beamte leise.

»Na, da waren Sie ja sehr aufmerksam«, beschwert sich der Kommissar beim Besitzer. Dann kommt er zu Raúl, der im Begriff ist zu gehen. »Warten Sie, Fuentes. Glauben Sie, daß der Kolumbianer nach Barcelona gekommen ist, um mit Ihnen Kontakt aufzunehmen?«

»Der wußte ja nicht einmal, daß ich hier war.«

»Und diese Tasche, die er bei sich hatte und die nicht mehr da ist? Fällt Ihnen dazu etwas ein?«

»Nicht das mindeste, Kommissar. Nun gut, Sie wissen ja, wo Sie mich finden können, falls Sie mich brauchen.«

∷ 33 ∷

»Heul doch nicht, Mädchen«, sagt Raúl. »Du hast nicht viel verloren.«

»Was weißt du schon! Ich habe Angst …!«

»Niemand wird dir ein Haar krümmen. Sag mal … Dein Onkel hat dich besucht, stimmt's?«

Nancy wimmert, sie sitzt auf dem Sessel und hält einen Schuh in der Hand. Raúl geht vor ihr in die Hocke, während Bárbara und Milena sie zu trösten versuchen. Milena bietet ihr ein Kleenex an, Bárbara einen Joghurtbecher mit Löffelchen. Jennifer und Yasmina, in Morgenmantel und mit Lockenwicklern, stehen in der offenen Tür, die eine mit einer Tasse Kaffee und der Nagelfeile, die andere kaut an einem Brötchen. Sie sind gerade dazugekommen und sehen Nancy bedrückt an. Es ist die Zeit des späten Frühstücks, und die Sonne scheint voll in den Raum.

»Du kannst es mir unbesorgt sagen«, fügt Raúl hinzu. »Niemand wird es erfahren.«

»Er ist nachts gekommen, ohne Ankündigung!« schluchzt Nancy. »Inkognito, das war das Wort, das er gebraucht hat, und ich bin erschrocken! So tolles Haar, und sich dann wie eine Ratte verstecken! Er hat mir sogar verboten, den Mädels zu sagen, wer er war …« Sie beugt sich vor, schaut auf dem Boden herum. »Ach, ich finde meinen anderen Schuh nicht …«

Erneutes Schluchzen, während sie bündelweise Kleenex aus der Schachtel reißt, die Milena ihr hinhält.

»Und er hat sich maniküren lassen und war echt begeistert, und jetzt soll er tot sein …! Armer Onkel Nelson! Mein Gott, Milena, jetzt kommen wir hier wirklich nicht mehr raus, niemals!«

»Bitte, beruhige dich ...« Milena setzt sich neben sie und versucht, den Arm um sie zu legen, aber Nancy läßt sich auf den Boden fallen, kriecht herum, sucht ihren Schuh.

»Warum bist du nicht mit ihm nach Barcelona gefahren?« fragt Raúl. »Er wollte dich doch mit nach Kolumbien nehmen ...?«

Den Hintern in die Höhe gereckt, ihren Schuh unter dem Bett suchend und leise weinend, stammelt Nancy:

»Man müsse noch ein klein bißchen warten, das hat er gesagt! Daß er davor noch einige Dinge erledigen muß, eine Frage von ein paar Tagen, und daß er mich dann abholen kommt ... Das hat er gesagt!«

»Er hat also versprochen wiederzukommen.«

»Das hat er immer versprochen ...« Ein Schluchzen erstickt ihre Stimme.

»Ist ja gut, ganz ruhig.« Raúl bückt sich und hebt sie vom Boden, hält sie an den Schultern. »Hör mir zu, kein Wort darüber zu Frau Lola oder Simón. Hast du verstanden? Jetzt sag noch, hat dein Onkel etwas hiergelassen? Hat er dir eine Tasche oder so was zum Aufbewahren gegeben?«

Nancy hört einen Augenblick auf zu wimmern und blickt ihn argwöhnisch an. Raúl liest die Wahrheit in ihren Augen. Verängstigt weicht ihr Blick ab zu Milena und den anderen Mädchen, und sie beginnt, noch lauter zu wimmern.

»Er ist wirklich verkleidet gekommen, er sah zu komisch aus, wie eine verschreckte Tunte ...! Armer Onkel Nelson! Und ich hab ihm noch die Nägel so wunderbar gemacht!«

»Echt wahr, ich hab sie zufällig gesehen«, bemerkt Bárbara.

Raúl wühlt bereits im Schrank herum. Alle außer Nancy, die zunehmend verängstigt wirkt, schauen ihm erwartungsvoll zu. Bárbara hält immer noch das Löffelchen über dem Joghurt, ißt nicht.

»Wenn er wenigstens eine kleine Aufmerksamkeit für mich dabeigehabt hätte«, sagt Nancy weinerlich. »Er hätte mir doch was mitbringen können ...!«

Raúl untersucht den Raum zwischen der Wand und dem

Kopfteil des Betts, sucht hinter den Sofakissen, dem Nachttisch, tastet das Innere der Puffs ab, während Nancy, die ihn nicht ansehen mag, in ihrer Klage fortfährt:

»Vielleicht ein Parfum, ich weiß nicht, wenigstens einen Nagellack oder eine neue Nagelschere! Nicht einmal eine kleine Aufmerksamkeit, nachdem er mich so lange hier eingesperrt hatte, dabei gehörte er doch zur Familie …? Er war schließlich nicht nur mein Verlobter, sondern auch mein Onkel!«

»Ein ziemlich knauseriger Onkel, oder etwa nicht, Kleine«, meint Jennifer.

Raúl geht ins Badezimmer.

»Er war derjenige, der mich wieder nach Hause hätte bringen können …!« fügt Nancy mit einem Blick auf Milena an. »Mein Gott, heiliger Himmel, was wird jetzt aus uns …? Ich hab doch noch einen Haufen Schulden, drei Tage lang habe ich nicht geschlafen und finde diesen Scheißschuh nicht …!«

Ihre Worte lösen sich in Tränen auf, doch sie verstummt, als sie Raúl mit einer Aktentasche aus dem Bad kommen sieht.

»Da ist sie.« Raúl öffnet die Tasche und untersucht ihren Inhalt. Zwei Geschäftsbücher, Mappen und Klarsichthüllen mit säuberlich geordneten Rechnungen und Verträgen und ein kleines Notizbuch mit schwarzem Wachstuchumschlag. Er öffnet es. Eine Seite mit einer Spalte von Frauennamen, die von Nancy und Milena sind unterstrichen, und Angaben zu anderen, die in Medellín und Pereira wohnhaft sind:

Asunción Vargas – Pereira
Gladys García – Bogotá
Desirée Alvarado (jetzt Ibiza)
Lucy Molina
Nancy Bermejo – Pereira
Rina Someso
Milena Holgado – Pereira (Barrio Otún)
Doris Vallejo

»Nur Papiere«, klagt Nancy erzürnt. »Er hat mir gesagt, solange wir die haben, würde mir nichts passieren, auch nicht meinen Eltern. Und ich solle es keinem sagen ... Na ja, was bringt das schon, nicht? Es ist kein Geld da, ich hab nachgeschaut, nur Scheißpapierkram.« Wieder Geschluchze. »Wir kommen hier nicht raus, Milena, nie und nimmer ...!«

Milena nimmt Bárbara den Joghurt ab, von dem diese kaum gekostet hat, und bietet ihn Nancy an.

»Iß ein bißchen was, vielleicht geht's dir dann besser ...«

»Bestimmt, Mädchen, da ist jede Menge Darmflora drin!« meint Bárbara.

Nancy weigert sich zu essen. Milena macht den drei anderen ein Zeichen, sie allein zu lassen, und führt Nancy dann ins Bad, schließt die Tür. In die Lektüre eines der Dokumente vertieft, verläßt auch Raúl das Zimmer, folgt zerstreut Yasmina, Jennifer und Bárbara in den Gang. Die Frauen reden über den Vorfall, verschwinden in Jennifers Zimmer, Raúl geht zum hinteren Balkon, die Tasche unter den Arm geklemmt und die Papiere in der Hand. Vom Badezimmer her hört er Nancys Klagen und Milenas Stimme:

»Das beste ist ein schönes, warmes Bad, ich schwör's dir. Und iß wenigstens den Joghurt ... Danach machst du mir die Nägel, ja?«

Den Blick auf die Dokumente gerichtet, betritt Raúl den Balkon und geht zum Geländer. Es ist jetzt viel Verkehr auf der Schnellstraße, und Raúl beobachtet ihn, das Papier in der Hand. Plötzlich scheint er eine Entscheidung getroffen zu haben, legt die Dokumente in die Tasche, hört dann hinter sich Milenas Stimme. Die Ärmel ihres Morgenmantels sind hochgekrempelt und naß.

»Geh lieber. Frau Lola hat uns verboten ...«

»Laß das meine Sorge sein«, sagt Raúl. »Sie wird mich sowieso eine ganze Weile nicht mehr sehen. Hör zu ... Wenn alles so ausgeht, wie ich hoffe, hol ich dich hier raus. Und Nancy auch.«

Die Tasche wieder unter dem Arm, will Raúl sie an den Schultern fassen, aber sie kann eine abwehrende Gebärde nicht unterdrücken.

»Was ist da drin?« fragt sie, auf die Tasche blickend.

»Mit etwas Glück ein Ticket zurück in die Heimat. Und Sicherheit für deine Familie. Diesmal mußt du mir glauben.«

Er versucht noch einmal, freundschaftlich die Hände auf ihre Schultern zu legen, und jetzt läßt sie es zu, allerdings steif und verängstigt, sie unterdrückt ein Schluchzen und sieht ihm weiter in die Augen.

»Was wirst du tun …?«

»Zunächst mal muß ich zurück zu meiner Einheit. Wahrscheinlich werden sie mich gerichtlich belangen. Oder vielleicht auch nicht, wir werden sehen … Vor zwei Monaten war mir das egal«, fügt er an, wie zu sich selbst. Ohne sie loszulassen, weicht er ein wenig zurück, um ihr ins Gesicht zu sehen, und seine Stimme gewinnt Farbe und Festigkeit zurück: »Ich rufe dich an. Und solange achtest du darauf, daß keine sich verplappert.«

»Wie lange wirst du weg sein?«

»Das weiß ich nicht. Vertrau mir. Du wirst von hier weggehen, ohne irgendeinem einen Cent zu schulden, so wie mein Bruder es wollte … Und jetzt kümmere dich um Nancy.« Er will gehen, dreht sich aber noch einmal um, nimmt plötzlich Milenas Gesicht in beide Hände und küßt sie auf den Mund, obwohl sie sich sträubt. »Es ist in deinem Sinne, wenn du auf meine Rückkehr wartest, und das machst du auch, einverstanden?« Er zeigt mit dem Finger auf ihre Nase und sagt noch: »Mal sehen, wie sich dieser kleine Koksstaubsauger benimmt … Benutz ihn nicht.«

Milena zeigt sich wieder argwöhnisch und ablehnend.

»Ich mach, was ich will …«

»Schon gut, schon gut«, unterbricht sie Raúl. »Ich bitte dich nur, daran zu denken. Nur das. Adios.«

Die beiden Freundinnen sitzen einander gegenüber in der Badewanne, nackt, mit nassem Haar, die Arme um die angewinkelten Knie geschlungen. Nancy schluchzt und drückt mit belämmertem Gesichtsausdruck einen Schwamm über ihren Brüsten aus, Milena hält einen Joghurt in der Hand und bietet ihr ein Löffelchen an.

»Nur ein klein bißchen, Nancy. Schau, da sind Früchte drin ... Du ißt doch seit drei Tagen nichts mehr.«

»Laß uns von hier weggehen, Milena, wir hauen ab ... Wir haben keinen mehr. Du hast Valentín nicht mehr, und ich habe meinen Onkel nicht mehr ... Laß uns abhauen!«

»Was heißt hier abhauen, das ist doch bescheuert!« Sie steckt einen Löffel Joghurt in den Mund. »Hast du denn schon vergessen, wie sie uns bei unserer Ankunft behandelt haben, wie sie uns eingesperrt, geprügelt und vergewaltigt haben, hast du das vergessen? Komm schon, iß ein wenig ...«

Ohne mit dem Wimmern aufzuhören, schlägt Nancy den Löffel weg, legt dann mutlos die Stirn auf die Knie.

»Du glaubst, daß dich Raúl hier rausholen wird«, sagt sie.

Milena streichelt ihr über den Kopf, nimmt ihr dann den Schwamm aus der Hand und drückt geduldig und zärtlich Wasser über Nacken und Schultern der Freundin aus. Nancy sagt mit verheulten Augen:

»Das glaubst du, oder?«

Milena zieht die Schultern hoch und schüttelt dann ein paar Mal niedergeschlagen den Kopf.

34

Acht Tage nach Raúls Abschied, an einem Samstagabend, der für alle außer für Milena mit viel Arbeit begonnen hat, bleibt Milena oben auf der Wendeltreppe stehen, geschlagen von der plötzlichen Einsicht, daß sie hier nie herauskommen wird, und wenn doch, dann nur, um an einem noch schlimmeren Ort zu landen, und daß Raúl beim nächsten Anruf sagen wird, er könne nicht zurückkehren, und so schaut sie zum ersten Mal starr auf die blaue Tanzfläche dort unten in der Bar und denkt, wie leicht es wäre, sich über das Geländer zu beugen und kopfüber fallen zu lassen. Eher ein unterschwelliges Bild als ein Gedanke, ein Bild, das sich in seiner Flüchtigkeit jetzt öfter einstellt und für das sie immer eine Ablenkung findet. Nur um sich an etwas festzuhalten, lenkt sie jetzt ihre ganze Aufmerksamkeit auf die Musik, die zu laut aufgedreht ist. *Perfidia*, ohne Worte, nur die Musik. Was für eine schöne Melodie, die hat mich immer weich gestimmt. Obwohl Milena sorgfältig geschminkt und provokativ gekleidet ist, verraten ihr starrer Blick und das gezeichnete Gesicht die Drogenabhängigkeit. Unten angelangt, überquert sie in gerader Linie die Tanzfläche zum Tresen hin, vor dem Nancy steht und auf zwei Cocktails wartet, für die Frau Lola gerade Zitronenscheiben schneidet. Die Drinks sind für Nancy und den Kunden, der an einem Tisch auf sie wartet. Das Lokal ist gut gefüllt. Alina ist das dritte Mal in zwei Stunden beschäftigt gewesen, und Yasmina und ihrem Begleiter ist Milena auf der Treppe begegnet. Jennifer und Rebeca scherzen am einen Ende der Theke mit zwei Männern über sechzig, Bárbara macht ein paar Tanzschritte auf der Piste, und ein dicker junger Mann imitiert ihren Rhythmus, bewegt sich ungeschickt und erhitzt um sie herum.

»Für mich bitte ohne Zitrone, Frau Lola«, sagt Nancy, und zu Milena, als sie hinzukommt: »Du hast zu tief in den Farbtopf gelangt, Liebling.«

»Nerv mich nicht, Nancy.«

»Schau mal in den Spiegel. Und schau dir deine Nägel an, wie schrecklich!« ruft sie bedauernd aus, während Milena nicht stehenbleibt, an ihr vorbeigeht. »Ich hab dir doch gesagt, wie wichtig die Nägel für uns sind, Mädchen, ich hab's dir tausendmal gesagt ...«

Milena achtet nicht auf sie und geht mit schleppendem Schritt zu einem abseits stehenden Tisch. Lola folgt ihr mit dem Blick, während sie die Zitronenscheibe an den Rand des Glases klemmt und beide Drinks Nancy zuschiebt: »Du paßt mir auf sie auf.«

Nancy verzieht das Gesicht. Ein älterer Mann setzt sich neben Milena und spricht sie an, er bietet ihr eine Zigarette an und legt die Hand auf ihr Knie.

»Ich weiß nicht mehr, was ich tun soll, Frau Lola.«

»Er hat wieder angerufen, aber sie wollte nicht ans Telefon gehen.«

»Ach, ja?« klagt Nancy. »Warum nur?«

»Tja. Frag sie.«

»Und Sie haben ihm gesagt, daß sie nicht mit ihm sprechen will ...?«

»Ich habe gesagt, daß sie beschäftigt ist. Wie das letzte Mal.«

»Und was hat er gesagt?«

»Nichts.«

Der Mann steht auf und läßt Milena alleine zurück.

»Nichts?«

»Wir sollen auf sie aufpassen.« Und fügt mit gekünstelter Gleichgültigkeit hinzu: »Und daß es dort oben viel regnet.«

»Und das war alles?«

»Erscheint dir das wenig? Weißt du nicht, daß dieser Polizist ein Stachelsaurier ist? Daß er statt des Herzens einen Steinbrocken hat, wie alle Polizisten?« Sie schiebt die Cocktails noch ein Stück auf sie zu. »Komm schon, nimm die mit.«

Milena sitzt mit aufgestützten Ellbogen am Tisch und hält ihr Kinn in den Händen, wenig später läßt sie den Kopf auf die Brust rutschen und neigt sich langsam nach vorn. Die Zigarette zwischen den Fingern, legt sie die Arme auf den Tisch, lehnt die Stirn darauf und rührt sich nicht. Lola bemerkt es, und ihr Blick sucht Nancy.

In diesem Augenblick betritt Freddy Gómez mit zwei Typen das Lokal. Die drei gehen an Milena vorbei, ohne sie zu beachten, Freddy macht Frau Lola ein Zeichen, die verläßt sofort den Tresen und trifft sich mit ihnen an der Glastür. Bevor sie die Tür öffnet und die drei Männer in die Küche geleitet, wechselt Lola einen schnellen warnenden Blick mit Nancy und Rebeca, die Freddy ebenfalls haben kommen sehen. Nancy entschuldigt sich bei dem Gast und eilt zu Milenas Tisch. Sie nimmt ihr die Zigarette aus den Fingern und rüttelt sie wach.

Einer von Freddys Begleitern kommt wieder aus der Tür, läßt den Blick durch das Lokal schweifen, bis er sie ortet. Mit einer Kopfbewegung befiehlt er Nancy und auch Milena, in die Küche zu kommen. Nancy gelingt es, Milena zu wecken, sie hilft ihr aufzustehen, und beide gehen untergehakt zu dem Mann, der die Tür aufhält und auf sie wartet. Sie gehen hinein, der Mann folgt und schließt die Tür.

⁂ 35 ⁂

Am Rande des Hafenbeckens, hinter der Bar Finito Aguado, zieht Raúl den Regenmantel über seinen Schultern zurecht und sieht auf die trübe Wasseroberfläche, in die jetzt leichter Regen piekt. Unter dem Arm, vom Mantel vor dem Regen geschützt, trägt er eine kleine blaue Mappe mit Gummibändern. Er sieht auf die Uhr, dreht sich um und geht durch die Hintertür zurück in die Bar.

Er wählt einen etwas abseits stehenden Tisch und setzt sich, ohne den Regelmantel abzulegen, auf den der Eingangstür zugewandten Stuhl. Er weiß, daß in weniger als fünfzehn Sekunden César Tristán hier sein wird. Er legt Mappe und Zigarettenschachtel auf den Tisch und überlegt, was ein Mann morgens trinken könnte, der zu trinken aufhören möchte und sich dazu außerstande sieht. Es gibt drei Gäste zu dieser Uhrzeit, einer liest am Tresen die Zeitung, und zwei Alte spielen an einem Tisch am Eingang Domino und trinken Trester. Der Wirt bereitet hinter dem Tresen Tapas vor.

Die Tür geht auf, und herein kommt ein großer, schlanker Mann, fünfunddreißig Jahre alt, elegant gekleidet mit einem Stich ins Vulgäre, das Seidenhemd offen, auf der Brust ein goldenes Medaillon, eine Lederjacke mit aufwendigem Revers und dicke Ringe an den Fingern. Hinter ihm ein Typ, der nach Gorilla aussieht. Tristán bleibt stehen, sieht Raúl an, schätzt den Ort mit geringschätzigem Blick ab und weist seinen Begleiter mit einer Kopfbewegung an, am Tresen zu bleiben. Dann schreitet er zu Raúls Tisch.

»Lange her«, sagt er in abweisendem Ton.

»Nicht so lange. Setz dich.«

Bevor er das tut, schaut sich César Tristán noch einmal um.

»Es gibt in Vigo bessere Orte zum Sitzen.«

»Ohne Frage. Aber hier habe ich unseren Freund Nelson zum letzten Mal lebendig gesehen. Ich hab mir gedacht, der arme Teufel hat eine kleine Ehrung verdient.«

»Herr Nelson Mazuera«, sagt Tristán fast genüßlich, »der ist jetzt in Kolumbien, wenn ich recht informiert bin.«

»Ich würde eher sagen, er ist in der Hölle, und ich weiß, wer ihn dorthin geschickt hat. Aber lassen wir das. Was willst du trinken?«

»Weiß nicht.« Er überlegt gelangweilt. »Na gut, einen Albariño.«

Raúl hebt den Arm, macht den Wirt auf sich aufmerksam, der gerade den Gorilla an der Theke bedient.

»Zwei Albariños!«

»Mein Vater läßt dich grüßen ...«

»Sie«, unterbricht ihn Raúl mit gezügelter Heftigkeit im Ton. »Du siezt mich.«

Tristán fixiert ihn fünf Sekunden lang schweigend. Er beschließt nachzugeben, lächelt leicht.

»Ich sehe, Ihre Bullenmanieren haben sich nicht gebessert.«

»Dir gegenüber nicht.«

»Soso.« Ruhig fügt er hinzu: »Glauben Sie ja nicht, wir hätten vergessen, was Sie mit meinem Bruder gemacht haben.«

»Kommen wir zur Sache. Ich habe etwas mitgebracht, was dich und deinen Vater interessieren wird. Am Telefon habe ich schon Mazueras kleines Geschenk erwähnt.« Er schiebt ihm die Mappe über den Tisch zu. »Da hast du es.«

César sieht ihn mißtrauisch an, dann nimmt er die Mappe, öffnet sie und setzt eine Brille auf. Dick ist das Konvolut nicht, es enthält nur ein halbes Dutzend Dokumente.

»Das sind natürlich Fotokopien«, stellt Raúl klar.

An die Theke gelehnt, läßt der Bodyguard den Tisch nicht aus dem Blick. Tristán untersucht die Fotokopien mit gerunzelter Stirn, offensichtlich gefallen sie ihm gar nicht. Der Wirt kommt mit den zwei Gläsern Wein und geht wieder. Tristán trinkt einen Schluck aus seinem Glas, liest dabei weiter.

»Das ist nur eine Auswahl«, fügt Raúl hinzu. »Es gibt noch mehr Belege und zwei Geschäftsbücher in Schönschrift. Freund Nelson Mazuera war ein tüchtiger und akkurater Buchhalter, wenn auch etwas altmodisch.«

Tristán beendet die Durchsicht, nimmt die Brille ab und mustert Raúls Gesicht.

»Dieses Geschäft ist aufgelöst worden«, sagt er. »Und meinen Vater kann man dafür nicht belangen, er war nie damit befaßt.«

»Das bezweifle ich. Da gibt es Steuerhinterziehungsmanöver und Devisenflucht, die ihn ganz bestimmt kompromittieren. Aber das ist egal, du bist es, der mich jetzt interessiert. Diese Papiere bringen dich direkt ins Kittchen, das wirst du gemerkt haben ... Menschenhandel mit Minderjährigen, fast gar nichts. Ob das nun dein Geschäft ist oder du es überschrieben hast – was ich nicht glaube –, dein Hals steckt in der Schlinge. Und da werden dir deine legalen Geschäfte, mit denen du das Drogengeld wäschst, auch nichts nützen.

»Seien Sie vorsichtig, Mann. Sie können hier nicht mehr die Dienstmarke raushängen lassen, wir wissen, daß man Sie entlassen hat.«

»Glaubst du wirklich, ich brauche die Dienstmarke, um dir die Eier zu zerquetschen?«

César Tristán wägt die Drohung ab, und Raúl legt nach:

»Zu dem Konvolut gehört eine Liste von Prostituierten, die du unter Vertrag hast. Da ist eine, für die ich mich interessiere ... Besser gesagt, zwei.«

Tristán macht es sich auf seinem Stuhl bequem und nimmt sich Zeit für seine Antwort.

»Ich verstehe. Korrigieren Sie mich, wenn ich mich irre. Der Herr kommt, um mir einen Kuhhandel vorzuschlagen ...«

»Nenn es, wie du willst.«

»Eine Abmachung, wenn Sie das vorziehen.« Und mit einem

ironischen Lächeln: »Wenig ehrenhaft, wenn es von seiten eines Polizisten kommt, meinen Sie nicht?«

»Ich bin noch nie ein ehrenhafter Polizist gewesen.«

Tristán überlegt, während er die Gläser seiner Brille mit einem Taschentuch putzt.

»Na schön«, sagt er schließlich. »Worum genau geht es?«

»Mazuera hat zwei Mädchen aus Pereira hergebracht. Sie heißen Nancy Bermejo und Milena Holgado ...«

»Ich kenne sie nicht. Ich beschäftige mich nicht persönlich mit der Ware.«

»Jetzt wirst du es tun müssen. Ich will, daß du ab heute ihre Schulden als beglichen ansiehst. Und natürlich ohne Repressalien. Dafür werden all diese Papiere, solange wie nötig, an einem sicheren Platz verwahrt.«

Auf Tristáns Lippen zeigt sich wieder ein spöttisches Lächeln und Geringschätzung.

»Ja, so was. Da wird der tollwütige Hund ganz zahm, weil er eine Nutte ohne Papiere fickt. Oder irre ich mich? Was würde Ihr Chef im Drogendezernat sagen, wenn er Sie hören könnte ...«

»Ich bin jetzt mein Chef. Du hast mein Angebot gehört.«

Tristán wird wieder nachdenklich. Seine verschränkten Finger streicheln das Weinglas absichtsvoll bedächtig, ein nutzloser Versuch, die Situation in den Griff zu bekommen.

»Gut, dann sehen wir mal, was da getan werden kann«, sagt er endlich. »Aber ich habe nie direkt das Personal kontrolliert. Ich weiß, daß man einige Frauen ab und zu an einen anderen Ort verschob ...«

»Die beiden sind in einem Nutten-Club an der Schnellstraße, in der Nähe von Barcelona.«

»Das ist egal. Ich bin nicht mehr im Geschäft, die Ostmafia macht sich überall breit, und viele werden weiterverkauft ... Was ist, wenn die beiden gar nicht bei uns unter Vertrag sind? Das ist sogar anzunehmen, denn, wie schon gesagt, wir haben das Geschäft aufgelöst.«

»In dem Fall wirst du dich darum kümmern, sie zurückzubekommen, und daß ihnen ja nichts passiert«, sagt Raúl. »Laß dir was einfallen, sonst wird dich nicht mal Gott vor dem Gefängnis bewahren. Schreib dir die Namen auf, sag deinen Söldnern Bescheid und tu, was zu tun ist.«

»Und woher weiß ich, daß Sie sich an die Abmachung halten?«

»Du mußt dir nur eins merken: Es darf ihnen nichts passieren, weder ihnen noch mir. Wenn uns etwas zustößt, liegen diese Papiere binnen höchstens vierundzwanzig Stunden dem Richter vor.« Er drückt die Zigarette im Aschenbecher aus und trinkt das Glas leer. »Hast du dir das gut eingeprägt?«

Tristán schweigt. Er schaut auf die Papiere auf dem Tisch.

»Nehmen Sie das mit.«

»Die kannst du behalten und deinem Papa zeigen.« Er steht auf. »Er soll wissen, daß die Originale in sicheren Händen sind.«

Tristán beginnt, die Papiere in die Mappe zu legen. Am Tresen wartet der Bodyguard wachsam auf irgendeine Anweisung, aber sein Boß bleibt sitzen, streift nachdenklich die Gummis über die Mappe.

»Du wirst in die Tasche greifen müssen,« fügt Raúl hinzu. »Flugtickets, ich sag dir noch das Datum. Grüße an die Familie.«

»Moment mal«, Tristán legt das Bein über einen Stuhl und schneidet ihm den Weg ab, sagt dann mit affektierter Stimme: »Wissen Sie was? Ich weiß nicht, auf was Sie sich was einbilden ... Sie sind keine Spur besser als wir.«

»Stimmt. Das wirst du erleben, wenn du die Abmachung nicht einhältst. Und ich hoffe, daß du eines Tages das bekommst, was du verdienst.«

»Keine Predigten, Fuentes. Überziehen Sie nicht.«

Raúl blickt auf das Bein, das ihm den Weg versperrt. César Tristán zieht es zurück, und Raúl schreitet zum Ausgang.

⁂ 36 ⁂

Die kleine Rollschuhfahrerin in Weiß, die im Umkreis des Supermarkts Werbung verteilt, dreht ein paar Pirouetten, bleibt abrupt stehen und bietet den Reklamezettel mit einem blendenden Lächeln an.

»Hallo, hallo! Lächle mit Fuldent! Hier, dafür kriegst du einen Rabatt! Danke!« Sie macht eine Wende und entfernt sich lächelnd, sieht ihn dabei weiter an. »Wo warst du denn? Wir haben dich vermißt!«

Mit dem Zettel in der Hand und etwas benommen inmitten all der Leute, die in den Supermarkt hinein- und hinausgehen, das gelbe Fahrrad zwischen den Beinen und die Schirmmütze auf dem Kopf, die sein Haar schlecht zusammenhält, sieht Raúl das Mädchen in die Zone der Videospiele wegrollen. Er legt die Zigarettenstange, die er gerade gekauft hat, in den Fahrradkorb und sieht auf die Uhr. Fünf Uhr zwanzig. Er steigt aufs Rad und tritt munter in die Pedale, fährt den Kreisverkehr, von dem die Auffahrt zur Schnellstraße abgeht. Er biegt auf den Seitenstreifen, und nach einer Weile, als er das Schild des Clubs sichtet, fragt er sich, wie er ihr wohl begegnen wird. Er denkt, er hätte ihr vielleicht etwas aus Galicien mitbringen sollen, ein kleines Geschenk ... Nein, so ein Quatsch. Sei kein Trottel! Wer dich kennt und jetzt sieht ... Bei seinem letzten Anruf aus Vigo vor drei Tagen war sie wieder nicht ans Telefon gekommen, weil sie, laut Lola, beschäftigt war. Und die beiden Male, die er mittags angerufen hatte, schlief sie oder war vermutlich platt.

Zu dieser Uhrzeit ist nur ein Gast da, ein Gewohnheitstrinker des Hauses, er sitzt am einen Ende der Theke und spricht mit Rebeca in einem düsteren, vertraulichen Ton. Jennifer sitzt rittlings auf einem Stuhl jenseits der Tanzfläche und untersucht ganz genau etwas an ihrem Knie, und Alina, Yasmina und Bárbara hängen gelangweilt an der Bar herum, warten. Es gibt zwei neue Mädchen, eine hochaufgeschossene Blondine, die nach Ukraine aussieht, und eine mollige Dunkle, die Erfahrung ausstrahlt. Alina und Yasmi drehen sich fast gleichzeitig um, als sie Raúl hereinkommen sehen, dem Simón bis zur Schwelle der Bar gefolgt ist. Von dort aus, hinter Raúl stehend, macht er seiner Schwester ein Zeichen, wie um sie vorzuwarnen, dann kehrt er zurück zur Garderobe am Eingang.

»Sieh an. Der verlorene Sohn. Ich hätte nicht gedacht, daß du zurückkommst«, stimmt Frau Lola an, die gerade die Theke mit einem Lappen wienert. Sie sieht, wie er den Blick durchs Lokal streifen läßt, und sagt: »Du mußt sie nicht suchen. Sie ist nicht mehr hier.«

Raúl rückt näher an die Theke heran, blickt ihr forschend ins Gesicht und will etwas sagen, als er das Klacken von Absätzen auf der Wendeltreppe hört und sich umdreht. Es sind andere Beine, ein neues Gesicht.

»Was hast du gesagt?«

»Daß sie nicht mehr hier ist. Sie wurde weggebracht. Und Nancy auch.«

»Wann?«

»Willst du einen Rat?« Sie kommt den Fragen zuvor, die sie voraussieht. »Trink ein Glas und warte auf Nachrichten. Schau mal, es gibt neue Gesichter ... Das ist Tatjana, und das ist Doris. Und da kommt Gabriela.«

»Warum hast du mich nicht angerufen?« sagt Raúl. »Wann ist das passiert?«

»Es ist eben passiert, das ist alles.« Lola, mißlaunig: »Ich weiß nicht, wohin sie die Mädchen gebracht haben, das sagen sie mir nie.«

»Das glaube ich nicht. Du hast mich betrogen, alte Hexe.«

»Hör mal, Junge, warum läßt du nicht die Finger davon? Dieses Mädchen ist verloren ... Sie war es schon, als dein armer Bruder sich in sie verliebte und alles tat, um ihr zu helfen.«

»Du lügst.«

»Das ist die Wahrheit, ob es dir paßt oder nicht ...«

Sie bricht ab, da ein Gast hereinkommt und sich am Tresen niederläßt. Es ist ein Bekannter von Bárbara, die sich lächelnd und kosend zu ihm gesellt hat.

Lola dreht die Musik hoch, macht Yasmina ein Zeichen, sie abzulösen, und geht, den feuchten Lappen in der Hand, zum anderen Ende der Theke, um dort mit Raúl weiterzusprechen.

»Komm schon, reg dich nicht auf. Gott weiß, was Simón und ich mit dieser Kleinen durchgemacht haben. Sie will nicht geheilt werden und vertraut keinem. Ihr ist nicht zu helfen ... Du kannst dir nicht vorstellen, was ich für sie getan habe. Zuletzt habe ich nicht mal die Miete für das Zimmer berechnet ... Ich hab's ihr schon seit langem gesagt, die werden dich fortschaffen. Hättest du sie gesehen, als man sie hier rausbrachte, du hättest sie nicht wiedererkannt.«

»Schon gut, schon gut!« unterbricht Raúl. »Wer hat sie abgeholt?«

»Dieselben, die sie gebracht haben.«

»Und wohin ging die Fahrt?« Lola schüttelt erschöpft den Kopf, und angesichts ihres Schweigens greift er über die Theke hinweg ihren Arm und schüttelt sie voller Wut: »Wen versuchst du zu decken, Maitresse?«

Jennifer und Alina, die schon gleich, als Raúl hereinkam, eine heftige Reaktion befürchtet hatten, rutschen von ihren Hockern und kommen näher.

»Alles in Ordnung«, sagt Lola zu ihnen, spricht weiter zu Raúl, läßt sich nicht aus der Ruhe bringen. »So arbeiten diese Leute, falls du das noch nicht wußtest. Sie holen welche ab und bringen mir neue, das war schon immer so. Und mehr kann ich dir nicht sagen, weil ich nicht mehr weiß.«

»Warum hast du mich nicht in Vigo angerufen?«

»Wozu? Was hättest du getan? Ich dachte, du wärst dort besser aufgehoben. Du verlierst zu leicht die Beherrschung, und das ist nicht gut. Laß mich los, bitte.«

Sie befreit sanft ihre Hand, sieht ihn dabei weiter an, als sich Jennifer entschließt zu reden:

»Hören Sie ...« Sie bricht ab, als er sich umdreht und sie ansieht, sie zögert und schaut zu Lola hinüber, dann wieder auf Raúl. »Ich weiß nicht, das hat Milena einmal gesagt ... Sie hat mal gesagt, daß dieser Mann, der Herr Freddy, ihr immer damit drohte, sie an ein Scheißlokal zu verkaufen, außerhalb von Sitges ... Irgendwo an der Schnellstraße zwischen Vilanova und Sitges, glaube ich. Aber den Namen weiß ich nicht.«

Frau Lola beginnt müde, die Theke mit dem Tuch zu polieren, schaut nicht auf das, was sie tut, schaut nur auf Raúl.

»Ich weiß von nichts«, behauptet sie. »Aber wenn das stimmt, was die da sagt, dann ist das nicht weit. Kaum mehr als zwanzig Kilometer, vielleicht dreißig, nicht wahr?«

»Hat sie den Namen nicht gesagt, oder kannst du dich nicht an ihn erinnern?« fragt Raúl mit scharfem Blick auf die verängstigte Jennifer.

»Das Mädchen weiß ihn nicht, du hast es doch gehört«, mischt sich Lola ein. Sie wirft Jennifer einen warnenden Blick zu, sie soll verschwinden, und dann, von plötzlicher Polierwut gepackt, als wolle sie mit Raúls Sorgen nichts zu tun haben, brummt sie: »Was glauben die wohl, wozu Untersetzer da sind?«

Er hört ihr nicht zu. Früher oder später würde er Milena finden, wo auch immer sie jetzt ist, denkt er, und das ist vielleicht nicht so weit weg. Gerade mal zwanzig oder dreißig Kilometer könnten ihn von ihr trennen, gewiß, aber ein Gefühl, das er sich jetzt nicht zu analysieren traut, diktiert vom Willen, etwas wiedergutzumachen, oder von der Erinnerung an Valentín, von der ganz neuen Erfahrung der Zuneigung oder einfach vom Begehren, sagt ihm, daß es sich um eine viel größere Distanz handelt, nicht nur physisch, da ist ein ganzer Ozean und ein weites Gebiet der Gewalt, die ferne und elende Unterwelt, die sie jenseits dieser paar Kilometer erwartet, und das ist die wirkliche Distanz, das spürt er, die er überwinden muß. Und wie mißt man diese Distanz? Je sicherer er ist, das Mädchen heute oder morgen oder später in irgendeinem Bordell an der Schnellstraße zu finden, desto deutlicher nimmt er diese Distanz wahr und desto sicherer ist er, sie zu bezwingen.

»Ich weiß nicht, ob wir uns noch einmal wiedersehen, Maitresse«, sagt er, und schlägt mit der Hand kurz auf die Theke. »Alles Gute also.«

»Warte«, sagt sie. »Du weißt, daß ich Milena nichts Böses wünsche, die Arme hatte schon ihr Päckchen zu tragen, als man sie hierherbrachte. Aber das, was ich dir gesagt habe, ist die Wahrheit ... Sie ist wie Desirée. Frag mich nicht warum, aber solche Mädchen sind die Hölle und locken das Unglück an. Immer bleiben ihnen alle Türen verschlossen, die zur Rückkehr in ihr Land, die zur wahren Liebe, zur Tilgung der Schulden ... Nun ja, ich brauch dir nichts zu erzählen.« Sie dreht sich um und nimmt eine Flasche Wodka vom Regal. »Wie auch immer, du wirst wissen, was du tust. Ein Glas, bevor du abziehst? Das geht aufs Haus ...«

Die Nacht senkt sich über ihn, während er auf dem Asphalt der C-243 am Meer entlangradelt, die Schirmmütze über den Augen und den kleinen Rucksack auf dem Rücken, mehr mit Schuld bepackt als mit irgend etwas anderem, er strengt sich in den Steigungen an und läßt es an den Abhängen laufen, wird zuweilen von den Autoscheinwerfern geblendet und bewegt sich gelegentlich im Sog der mit Lichterketten besetzten, schnaubenden Laster. Über den Klippen von Garraf, das Meer zur Seite, das aus einer uferlosen Dunkelheit tost, denkt er an das Gespenst jener Prostituierten, die Valentín ständig sah, ertrunken oder am Rand der Schnellstraße, und er denkt an seinen Vater, der von diesen und jenen besiegt wurde, sein Leben lang, nur nicht in seinem Ideal der Freiheit, verkörpert in Valentín, und wieder einmal bedauert er, daß er beim Abschied von ihm und Olga so kühl und kurz angebunden war, vor allem aber denkt er an das, was ihm Frau Lola am Tresen gesagt hat, als sie ihm das letzte Glas anbot, an ihre vollmundige und etwas spöttische Stimme, untermischt mit der Tanzmusik und dem Gelächter in Lolita's Club:

»Das geht aufs Haus. Aber wenn du zurückkommst und wieder ein Glas willst, mußt du dafür zahlen, mein Lieber. Es ist vorbei mit dem Gratistrinken, ich muß ans Geschäft denken, und du bist hier nicht mehr die Obrigkeit. Du bist jetzt nur noch ein junger Mann mit Problemen.«

Lateinamerikanische Literatur bei Wagenbach

Edgardo Cozarinsky
Man nennt mich flatterhaft und was weiß ich
Roman
Eine bewegende Geschichte aus Buenos Aires, der Welt des jiddischen Theaters und des argentinischen Tangos.
Aus dem argentinischen Spanisch von Sabine Giersberg
Quart*buch*. Gebunden mit Schutzumschlag. 128 Seiten

Edgardo Cozarinsky Die Braut aus Odessa Erzählungen
Sieben wunderschöne Erzählungen über Emigranten im 20. Jahrhundert. Ihre Spuren führen von Odessa nach Buenos Aires, von Wien und Budapest nach Lissabon und Paris. Mit diesen elegant ineinander verflochtenen Geschichten wird Edgardo Cozarinsky erstmals in Deutschland vorgestellt.
Aus dem argentinischen Spanisch von Sabine Giersberg
Quart*buch*. Gebunden mit Schutzumschlag. 160 Seiten

Jorge Edwards Der Ursprung der Welt Roman
Ein scheinbar harmloser Museumsbesuch verändert das Leben eines angesehenen Arztes. Vor einem berühmten Bild kommt ihm ein unheilvoller Gedanke: Stand seine eigene Ehefrau Modell für Aktfotos?
Ein turbulenter Roman über die Kraft der Phantasie und der Eifersucht.
Aus dem chilenischen Spanisch von Sabine Giersberg
Quart*buch*. Gebunden mit Schutzumschlag. 176 Seiten

Santiago Gamboa Die Blender Roman
Drei Blender aus Deutschland, Frankreich und Amerika auf der fieberhaften Suche nach einem wertvollen chinesischen Manuskript. – Ein äußerst humorvoller kosmopolitischer Roman über Selbstbetrug und Betrug.
Aus dem kolumbianischen Spanisch von Stefanie Gerhold
Quart*buch*. Gebunden. 320 Seiten

Die Originalausgabe erschien 2005 unter dem Titel *Canciones de amor en Lolita's Club* bei Areté in Barcelona.

Diese Ausgabe wurde mit Unterstützung der Abteilung für Bücher, Archive und Bibliotheken des spanischen Ministeriums für Kultur übersetzt.
La presente edición ha sido traducida mediante una ayuda de la Dirección General del Libro, Archivos y Bibliotecas del Ministerio de Cultura de España.

Verlag Klaus Wagenbach, Emser Straße 40/41, 10719 Berlin
Umschlaggestaltung Julie August unter Verwendung einer Photographie von José Navia / buchcover.com. Gesetzt aus der Imprint von der Offizin Götz Gorissen. Gedruckt auf säurefreiem Papier und gebunden bei Pustet, Regensburg. Einbandmaterial und Vorsatzpapier von Peyer, Leonberg.

ISBN 978 3 8031 3213 0